U0921888

岳麓山新时代文艺丛书

致敬岳麓山三部曲

万年青翠

黄耀红　著

岳麓书社·长沙

《致敬岳麓山三部曲》编委会

著　　者：谢宗玉　王开林　黄耀红

项目支持：2023年长沙市重点文艺精品创作项目

项目出品：长沙市岳麓山风景名胜区管理局

辅文插图：陈飞虎绘

内文插图：陈先枢　李　兵　胡　彧　晟　龙　王　敬

王　萍等提供

鸣　　谢：郑明星　常立军

总　序

长沙乃三千年历史文化名城，南接衡岳，北枕洞庭，湘水为带，洲渚棋布。更有西山岳麓，形若卧虎，造化独钟，卫护星城。山水洲城，山列其首，非独因其自然生态雄奇秀美，更因其承载数千年湖湘文化精魂。从禹王碑的洪荒天书到爱晚亭的枫火霞天，从岳麓书院的儒风浩荡到辛亥枪声的裂帛惊雷，从新民学会的同志砥砺到橘子洲头的苍茫之问，湖湘文化源远流长，生生不息。悬挂于岳麓书院讲堂檐前的"实事求是"匾额，既是湖湘文化一脉相承的精神内核，也是岳麓山千年文脉的生动体现。"十步之内，必有芳草"，既是革命年代湖南做出巨大牺牲的生动诠释，也是岳麓山丰碑矗立的真实写照。今天的岳麓山早已超越了地理上的标志意义，它是一部以风雨、墨香与热血写就的山河史书，一幅湖湘文化的精神图腾。

由长沙市岳麓山风景名胜区管理局组织出版的岳麓山新时代文艺丛书《致敬岳麓山三部曲》，以"万年之风、千年之雅、百年之颂"为经纬，将岳麓山的自然肌理、文脉传承与精神魂魄层层剖解，为湖湘文化立心、立言、立传，以文学形式深度挖掘岳麓山的自然与人文价值，全面塑造岳麓山文化品牌，意义非凡。这不仅是对湖湘精神的生动描述，更是对岳麓山历史与文化的崇高致敬。长沙市岳麓山风景名胜区管理局延请黄耀红、谢宗玉、王开林三位作家分别负责《万年青翠》《千年弦歌》《百年群英》的创作。这三位作家均在散文创作领域成绩斐然。他们既是湖湘文化的资深研究者和书写者，也是岳麓山的深情讴歌者。

黄耀红的《万年青翠》以心之大爱聚焦岳麓山地理生态之美，视野阔大，用笔深情，篇篇中有“我”，写得格外扎实细腻。一山一水，一泉一石，视之，听之，嗅之，手之摩之，脚之踏之，莫不有作者的亲自勘察和考据。行文如铺霞织锦，华美流丽，却字字不虚。一气读来，满耳满眼江声云气、粉墙黛瓦、香樟滴翠、曲涧鸣泉，满心满肺六朝松的馨香、岳麓茶的甘美、爱晚亭的热烈、赫曦台的明亮。字里行间，处处清词丽句，诗情画意，沁人心脾。这是献给岳麓山核心生态圈的立体音画交响诗，有湘江北去的磅礴壮阔，有麓山峰壑的蔚然深秀，有橘子洲头的江天暮雪，有对山石地质基因的严谨考古，有对“树之长者”的殷情叩问。自然的风雨清音、人文的诗书碑刻，共生共长，既古老，又年轻。

《万年青翠》的书写结构颇有讲究。从空间上来说，全书如作一幅大画，笔墨从容。开篇以云气江声布局，把岳麓山置于巍巍南岳与浩渺洞庭之间，连贯一脉，气势夺人。次写麓山周边的山水风物，写湘江、流泉、橘子洲、亭台楼阁，写麓山下的桃子湖，写麓山西边的桃花岭、南边的靳江河。如此铺垫，才把笔落到画布中心。写岳麓山，也不急于写岳麓山的生态草木，而是先考据禹王碑、麓山寺碑，其形态、其来历、其价值，立碑者、书碑者，钩沉索隐，层层设色，铺陈岳麓山的文化生态，又写自江边的道岸牌坊往自卑亭而上，过清风峡至山顶，正是岳麓山由书院、古寺勾勒出的一条中轴线。再写爱晚亭、风雩亭、自卑亭、道中庸亭、极高明亭，笔笔细描，点出其处处契合中国文化的人生美学和哲学境界。再写两侧的穿石坡、赫石坡，又回写岳麓八景与一脉文泉，以湖湘文化底蕴为这一幅“万年青翠”图布好底色。接下来才写麓山草木：有菊有兰，有古树名木，种类繁多；又专篇写枫香、香樟、银杏、六朝古松，特别写到一棵孤品树——苦槠钩锥，至此已是一部麓山草木志。佳木树之，良禽必栖，笔墨自然又一转，写鹤，写鹭，又写岳麓山上的蟒蛇与老虎，我们仿佛在现场观摩一位丹青高手作画。整部《万年青翠》的最后部分，又回到人，写人在麓山中的诗意栖居。我们看见那位画家手拈画笔，以焦墨点睛：一位高士正在品茶，时抚无弦之琴。整部书由广大而精微，由历史而当下，由自然、山水、草木而建筑、诗碑、楹联。《万年青翠》正是以其清丽而精巧的诗性之笔，完成了对岳麓山生态人文的生动叙写。

谢宗玉的《千年弦歌》堪称一部厚重的岳麓思想史、岳麓教育史、岳麓文化史、岳麓文人评传、岳麓诗话、岳麓胜迹考之大集合，完全可称之为一部综合性极强的岳麓文化专著。这部书能写出来，不知作者要收集多少史料，读透多少文献，坐多久的冷板凳，磨薄多少双鞋底。所用功夫，令人喟叹！读者万不可被这部书中深厚的思想与学术含量吓退，也万不要误以为这部书都是些板着面孔的冷漠文字。恰恰相反，这部书视野广阔，节奏自由，或追索求证，紧锣密鼓；或信马由缰，时缓时驰。其文字亦庄亦谐，灵性跳脱，自由自在。有时自问自思，锋芒毕露，直指真相，如福尔摩斯探案；有时引经据典，旁征博引，又收束有力，万流归宗。谢宗玉一如既往，将敏锐的思辨性、严谨的学术性与文学的诗性、灵性浑然融合，读来甚有美感，甚有趣味。读《江天暮雪的打开方式》，你会击掌而叹：是哦，潇湘八景真都在朦胧晨昏，要的就是这一点虚无缥缈的惆怅。读《杜甫：四时麓山疾采薇》，你会惊讶地发现，作者从杜甫的一首长诗中，敏锐地推导出诗人晚年在长沙恬然的生活状态，竟让人觉得合情合理。作者认为是麓山草木成全并拯救了杜甫。当然，最能看出谢宗玉性情的是他在《罗典、欧阳厚均及曾国藩的师生情》一文中，对自己的乡党、曾任岳麓书院山长的欧阳厚均大书特书。他认为，曾国藩受老师欧阳厚均影响极深，而正是因为曾国藩所带领的湘军崛起，使得潇湘大地由迁客诗文渲染的愁怨气质为之一变，后来的革命风云也由此铺天盖地。这个观点，也很是新颖。

《千年弦歌》中非常厚重的一部分，在于作者对岳麓书院文化独到的研究与发现。无论是梳理道法源脉，还是刻画人物风骨，无论赏析岳麓山的诗词楹联，还是描绘岳麓山建筑地标，皆可与岳麓书院有关的人和事、与岳麓书院丰厚的文化内涵相勾连。《名山大麓下的湖湘本色》一文，谢宗玉从岳麓书院系官员共有的“传道济世”“经世致用”“以天下为己任”的情怀入手分析，进而揭示出这些官员能抱团取暖、相互提振的内在逻辑。正是基于这样的精神纽带，自晚清后，湖南人才群体崛起，湖湘文化始为大观，湖湘人物的精神气质卓然而立。这是对岳麓书院精神和湖湘文化颇有意义的深度解读。正如谢宗玉自己所说：“岳麓山本就是一座八面来风、人群熙攘的山冈，在新的时代，必须有新视角、新思维、新观念，为游客提供新的精神能量，才能永葆青春，永葆魅力。”

王开林的《百年群英》分为六辑，精选百年来与岳麓山有过深厚缘分的数十位湖湘人杰，多为一人一篇，以时代先后定顺序，兼以人物身份分类别。其中，有晚清名臣，有共和英雄，有革命先驱，有妇女英杰，有教育宿儒，人物涵盖众多领域。作者在《跋》中自述：“整个写作过程环环相扣，步步为营，初始阶段讨论选题，中间阶段调整篇目，末尾阶段增删内容，几度整合，反复打磨，最终定型。”足见材料审度之严，斟酌之用心。

王开林本以写历史文化散文见长，对湖湘人物、湖湘文化精神研究匪浅，此次写数十位湖湘人物，别有新法，别开生面。文体上有新创：每篇题下均有一小段源自正文的题记，大约能概括所写人物的精神面貌，这一段往往又正在人物性格塑造的关键处，更重要的是，这段题记必点出人物与岳麓山之间的关系。这样写人物，大开大合，支点稳健，能以短章见命运，纵横人物一生，又紧系岳麓母题。王开林写历史人物有严谨的史料考据，所引正史、稗史、碑文、书信、日记，无一字无出处。王开林刻写人物，力写人物的德才胆识，尤重刻画人物情感。笔下人物，或满怀豪情，气吞山河；或一腔痴爱，生死相许。人之为人，唯情珍贵。要知道人的思想之生发，往往基于情之所系。大先生、大英雄情感之丰富深沉，更过于常人。英雄皆为情种，此言不虚。王开林又善将人物置于广阔纷繁的社会风云中，由命运最危紧处下笔，由一人而见社会，由一事而见历史。写曾国藩，从帮办团练的困窘开笔，接着引《清史稿》为其画像，再写其在岳麓山李邕的《麓山寺碑》前悟到解困之法，从而移军衡州。从靖港战败投水，到湘潭大捷，其间皆有鲜活的细节，生动的人物对话，逼真的场景描摹，细腻的心理描写，使读者有在场感，有代入感。作者亦无惧有损人物形象的完美，重笔分析曾国藩投水自杀的心理动机，融入自己的思辨，力求深度还原历史人物的真实面目。

读完皇皇三卷，深觉《万年青翠》的草木、《千年弦歌》的文脉、《百年群英》的肝胆，皆是铺湖湘河山为纸、蘸历史人文为墨的岳麓山自述。凭此山立此卷，并非仅仅为了追怀过往，更是邀约当代人共赴“文化寻根”之旅。今天的人们看爱晚亭红叶燃天，看到的何止是风景？那是杜甫未写完的诗稿，那是先烈未酬的壮志，那是千年文脉在今日的涌动。

岳麓山新时代文艺丛书《致敬岳麓山三部曲》的出版，离不开长沙市委、市政府及湘江新区党工委、管委会的关心和支持，体现了新时代长沙城市管理者的高瞻远瞩与文化情怀。长沙市委宣传部、湘江新区宣传工作部的具体指导和帮助，为丛书出版提供了有力保障。长沙市岳麓山风景名胜区管理局为丛书出版所做的组织服务工作，充分展示了岳麓山当代“守护者”的责任与担当。

是为序。

王跃文

目录

引言 001

辑一 山水相依

云气江声 003

石头记忆 012

湘江北去 019

麓山流泉 025

风起绿洲 037

桃子湖春行 055

桃花岭上 064

靳江水 076

辑二 人文互见

有碑则名 089

朱张渡 097

那些古建筑 105

飞虎
2022.8.3

山亭翼然　114

穿石坡怀古　122

赫石坡风骨　133

诗话岳麓八景　137

一脉文泉　148

辑三　草木四时

山有木兮　157

枫叶正红　164

六朝古松　170

山间银杏　176

古樟纪年　181

草木探问　186

草木共情　192

春之自愈　197

辑四　众生平等

想念一只鹤　205
山上鸟儿知多少　212
西湖寻鹭　220
蟒蛇洞幽思　226
最后的老虎　231
一眼万年　239

辑五　清欢有味

赫曦，赫曦　247
麓山风吹　256
空山听雨　263
苍山映雪　269
山月随人归　278
曲径通幽　284
为君亲烹岳麓茶　292
后山是一种生活　301

后湖之光　307

心归岳麓　317

跋　325

引　言

一

我见青山多妩媚，料青山见我应如是。

于我而言，亿万斯年的岳麓山，早就由地理上的隔江相望变成了心理上的青绿相依。

岳麓山、湘江、洞庭湖，乃湖湘自然地标，更为湖湘文化版图。江和山构成江山；江和湖构成江湖；湖和湘构成湖湘。

山水不可辜负，如同爱和生命。在仰观俯察的先民那里，山水可能是他们最初的象形文字，它们带给人类最早的审美惊奇。在人们心里，山水相依意味着和谐共生，山水相映意味着诗画天成。

山水是存在的空间,亦是存在的时间。面对万年青翠的岳麓山，我试图想象云气江声的浩荡，触摸地质记忆里的远古，追寻一滴清泉的源头，标举青山绿水之于现代生态文明的价值。

二

生态关乎山水，关乎草木，关乎鸟兽虫鱼，它是自然环境下一切生命存在与发展的状态。自然生态、社会生态、文化生态、精神生态，不同维度的生态信仰像协调天人的一道绿光，指向文明的开疆拓土与技术的迭代升级。

⊙ 清代初期长沙岳麓山水图

岳麓山生态书写显然不可能止于描山范水，它是我们自觉卸下人类中心主义的傲慢之后，对于天地大美的重新发现，是我们对于草木的博物学体察，亦离不开我们对自然与人文的互文阐释。我试图经由朱张渡重回岳麓书院的历史现场，试图由亭台轩榭去理解蕴含其中的文化伦理，由赫石坡的赫石去共情英雄的脊梁与风骨，由一脉岳麓文泉理解人心、地心与文心的精神同构。

三

古松岁寒，香樟滴翠，枫叶染霜……这是岳麓山留给世间的生态标签吗？

真正走进岳麓山，就得撕开无数自以为是的观念标签。我曾在清风峡口的枫香树下流连忘返，我想以虔敬的目光去抚摸、去对话

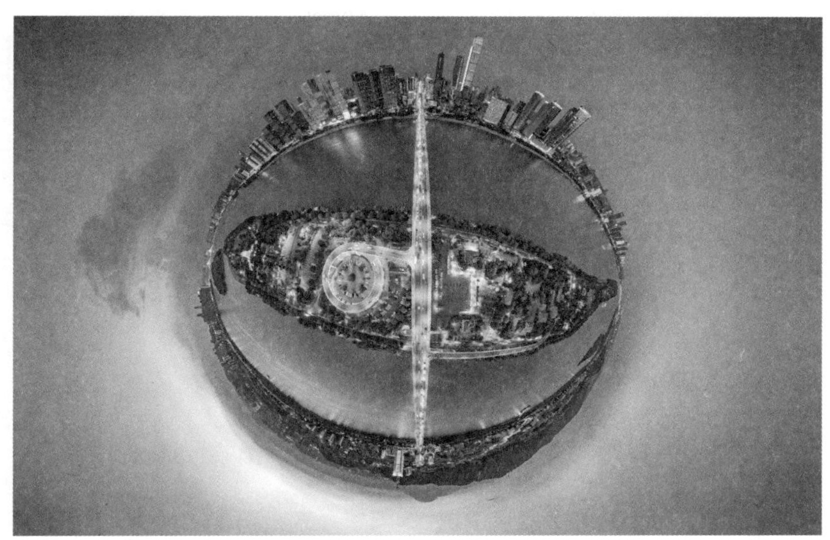

⊙ 山水洲城，城市之眼

那“树中长者”，我想从古树的沉默里读懂岁月的苍黄风雨。

我曾在麓山古寺的观音殿前久久凝眸，我祈望远翥之思穿越至江南六朝，去还原罗汉松上的风霜雷电，去感受一千七百多年的人间漫长。

我曾漫步在麓山路古樟夹道的林荫里，头上的香樟如绿云涌动；我曾站在云麓宫近旁的古银杏树下，任翩然的金黄飘落于早生的华发……

我深知，每一棵树都是历史的证词，更是生命的奇迹。

四

草木极古老，又极年轻，它们是岳麓山的时间，亦是它的表情和话语。

岳麓山的表情永远青翠，它像一面巨大的绿色屏风立在城市的西边天际。不知为什么，提起生态的时候，就会格外怀念那一去不返的白鹤，怀念它洁白的羽毛在阳光下闪亮，怀念它颀长脖颈显出的高雅；我站在熙来攘往的街市目送过一行白鹭，想象它们飞越的所有城市，期待它们俯瞰下的每一条道路都变化成温柔而美丽的叶脉；我让自己慢下来再慢下来，试图从无数山间小动物清亮的眼神里遥想万年不老的天真……

五

风起绿洲吹浪去，这是历史；雨从青野上山来，那是未来。

去岳麓山吧。也许你与山上一棵树、一朵云、一只鸟的相遇，都可能是跨越千年的共情。我吹过你吹过的风，这算不算相拥？我走过你走过的路，这算不算相逢？

人间有味是清欢。岳麓山从来不是一枚标签，它是面向每个人敞开的生活。

岳麓山每天的时间从朝暾开始，从赫曦开始，从朱熹、张栻曾经叫醒的千年山风开始。

一切生态终归化作心态。你可以在岳麓山卧听风声、雨声、读书声，让历史的黑白片连接至远古；你可以在岳麓山聆听高山流水，任月下古琴将你的心安放此间；你可以神游于黛瓦粉墙，想象苍山映雪，月照潇湘的壮美；你可以在岳麓山茶的盈盈绿意间想象江南的陌上春光；你可以悄然起身，让自己的身心融入山间毅行者的脚步声声……

六

山水之于城市，亦如一部空间诗学。举目天下，曰山城者有之，称水城者亦有之，而山水洲城如此天然的诗画配合，唯长沙得天独厚。我们实在无法想象，没有岳麓山、湘江水、橘子洲的长沙城，将会是怎样一座长沙城。岳麓山、湘江对于长沙城市的存在意义，何止于物理空间上的山水呢？它分明是文化空间里的万年青翠，精神空间里的漫江碧透啊！

与其说岳麓山是一座山，莫如说它是广大市民不可或缺的生态人文空间，是现代人的一种生活方式。因为，在山水洲城的自然伦理中，山永远排在第一位，它就像这座城市的脊梁和绿肺一般存在。

作为国家级风景名胜区，岳麓山景区总面积为35.2平方千米，它包括八大风景区，即麓山景区、天马山景区、橘子洲景区、桃花岭景区、石佳岭景区、寨子岭景区、后湖景区和咸嘉湖景区。其中，岳麓山和橘子洲乃最核心的单元景区。2012年，这两大核心景区与岳麓书院、新民学会联合在一起，成功申报为国家5A级旅游景区。

其实，岳麓山远远算不上高山，其地理海拔才三百米多一点。然而，儒、道、释共存于此山，书院文化、辛亥革命文化和抗战文化亦藏蕴于斯。因此，岳麓山显然不可能只以“南岳七十峰之尾”来定义。在人们心里，这是一颗漫山苍翠的绿色明珠，一座兼容并蓄的文化名山，一条弦歌不绝的千年文脉，一群引领时代的湖湘英杰，一段同学少年的青春足迹，一场荡气回肠的英勇抗战……

七

古往今来，我不知有多少圣贤、豪杰、大儒、高僧、士子曾向着岳麓山闪闪的绿色奔赴而来。我只知道，那些石径上的登临者，

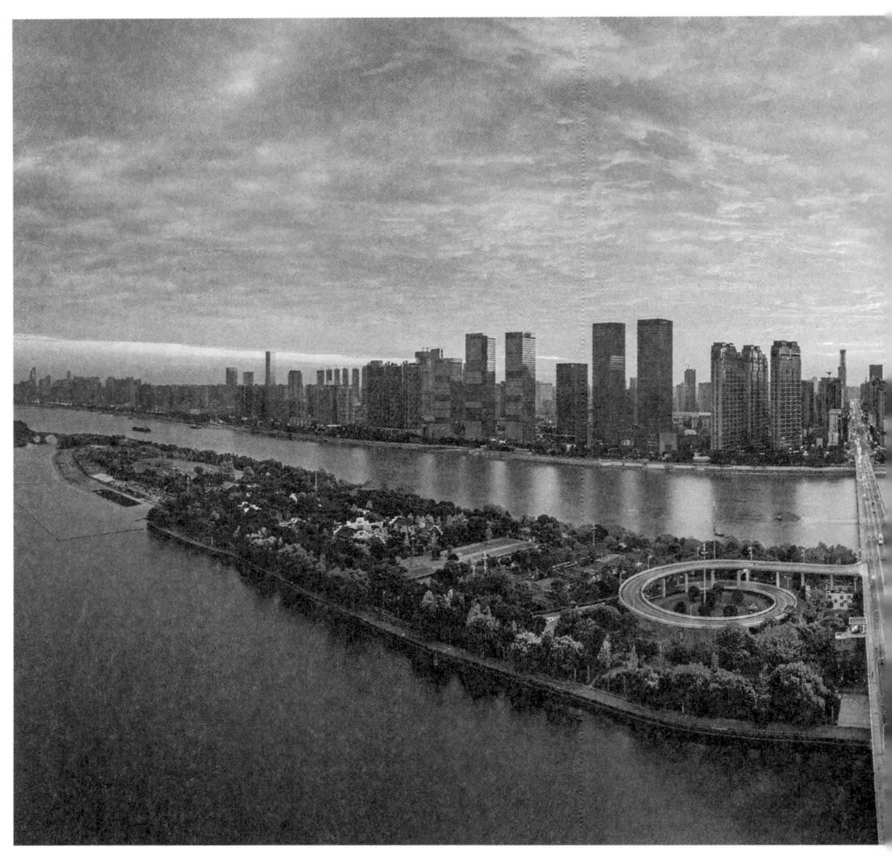

⊙ 霞照星城映橘洲

林泉下的流连者，亭榭间的幽居者，讲席上的弦诵者，他们的背影，而今均已隐入这一片青山夕照之中，唯有山脚下那不舍昼夜的湘江水声里传来历史的回响，传来远方和未来的澎湃。

学正朱张，一代文风光大麓；勋高黄蔡，千秋浩气壮名山。

一座山与一座城，共荣而共生。今日之长沙，不只是积淀千年

的楚汉名城，也不只是诗情画意的山水洲城。它早就成了一座青春勃发的网红之城，洋溢着世界媒体艺术之都的无限创意和活力。青青岳麓山，始终向着五湖四海敞开它葱茏的襟抱。

2023 年、2024 年，岳麓山每年的游客总量近 3000 万。这已经是一个了不起的数字。作为国内并不多见的城市山岳型景区，今天的岳麓山正朝着世界级旅游景区的目标悄然行进。

山水相依，人文互见。相看两不厌，唯有岳麓山。

辑一

山水相依

云气江声

一

论海拔，长沙岳麓山才区区三百米，与世之奇崛瑰伟者比，实在算不得什么。然而，这座山所涵蕴的文化气象，所奏响的教育弦歌，所标举的精神高度，却又足以令世人高山仰止，景行行止。

岳麓之岳，乃南岳之岳。自南北朝起，岳麓山即被视为南岳七十二峰之足。《南岳记》云 ：“南岳周围八百里，回雁为首，岳麓为足。”

历代关于麓山湘水的诗词歌赋不可谓不多。但在我心里，论江山形胜，令人耳目为之一新、境界为之一开者，唯有这样一副对联 ：“西南云气来衡岳，日夜江声下洞庭。”

此联最初悬挂在云麓宫南侧望湘亭上，出自清人黄道让之手。每次读到，总觉得这平仄对仗里澎湃着一种山水相连、文化氤氲的大格局和大气象。

独立岳麓峰头，眼底奔涌而来的何止是视野可及的山水洲城，更有涵虚致远的湖光山色。虚实相生，远近相望，这何止是一座城市的依山傍水呢，分明看见湖湘浩荡的风月同天。

湖湘三面环山，坐拥层峦叠嶂 ；北临洞庭、长江，面朝浩渺波光。湘江作为母亲河，由南而北，纵贯其中。

湖南之为省，北阻大江，南薄五岭，西接黔蜀，群苗所萃，盖四塞之国。其地水少而山多，重山迭岭，滩河峻激，而舟车不易为交通。顽石赭土，地质刚坚，而民性多流于倔强。以故风气锢塞，常不为中原人文所沾被。抑亦风气自创，能别于中原人物以独立。人杰地灵，大儒迭起，前不见古人，后不见来者，宏识孤怀，涵今茹古，罔不有独立自由之思想，有坚强不磨之志节。湛深古学而能自辟蹊径，不为古学所囿。义以淑群，行必厉己，以开一代之风气，盖地理使之然也。

20 世纪 40 年代，抗战烽烟弥漫之际，国立师范学院悄然创建于湘中的青山绿水之间。一代大儒钱基博先生曾以湖湘地理阐释湘人风骨，堪称湖湘地理文化学的奠基人。

岳麓书院大门两侧的“惟楚有材，于斯为盛”，天下皆知。如果从山水地理的角度看，我更喜欢“西南云气来衡岳，日夜江声下洞庭”。它甚至也在表达一种精神气象。读此联的时候，以衡岳为代表的厚重、灵秀，以洞庭为代表的壮阔、奔腾，它们如此完美地映现在湖湘子弟的心中。

洞庭湖，八百里云水泱泱；岳麓山，八百里翠微苍苍。岳麓山一眼万年，湘江水九曲回肠。山环水绕，云水映带，正是我们的浩荡湖湘。

麓山一脉，湘江一脉，血缘一脉，文化一脉。汉语中的“一脉”，何其传神，何其精妙，具有何其强大的生命力。它是历史的基因，更是时代的律动啊！湘水浩浩荡荡，麓山蜿蜒起伏。楚人精神，一脉相承。

大地上的清嘉山水，文化上的气象万千。因此，岳麓山从来不只是一座山；湘江，也从来不只是一条江。

明代岳麓书院山长吴道行曾在《岳麓山水记》中写道："东面豫章、浏、醴诸峰，缥缈天际。北漾洞庭，湘水澄彻如匹练。"如此山水相连的大境界，令我想起悬挂在岳麓书院讲堂的那副长联：

是非审之于己，毁誉听之于人，得失安之于数，陟岳麓峰头，朗月清风，太极悠然可会；

君亲恩何以酬，民物命何以立，圣贤道何以传，登赫曦台上，衡云湘水，斯文定有攸归。

心在岳麓峰头，浮现的是清风朗月；情系衡云湘水，迎候的是斯文攸归。

衡岳在南，洞庭在北。岳麓山顶，是大湖湘的风云际会。

二

按《南岳记》的说法，岳麓山乃南岳七十二峰之足。不得不先说说南岳这座山。

南岳之古老，远追三皇五帝的神话时代。面对高山、流水、石头、古木，先民无不奉若神明。南岳，很早就是一尊山神，与东岳泰山、西岳华山、北岳恒山、中岳嵩山并称为"中华五岳"。

《尚书·禹贡》《山海经》《舜典》《周礼》《尔雅》《吴越春秋》《史记》《水经注》等典籍中，均有关于南岳的文字记载。《山海经》里，南岳亦称衡山，又称岣嵝山。舜帝南巡衡山后，衡山渐成天下名山。

在古人留下的文字里，南岳、岳麓如同一个生命，它们首尾相连。湖湘大地的两座山存在太多的呼应，比如，都是儒释道共存，又都曾存在仙鹤。

徐灵期《南岳记》记载 :“紫盖、云密二峰皆高五千余丈，而云密峰有禹治水碑,皆蝌蚪文字。碑下有石坛,流水萦之,最为胜绝。而紫盖常有鹤集其顶，而神芝灵草生焉。”

罗含的《湘中记》也曾描述过衡山上的奇石与仙鹤 :“山有锦石，斐然成文。衡山有悬泉，滴沥岩间，声泠泠如弦音，有鹤回翔其上，如舞。”

岳麓山与仙鹤相关的故事，最神秘的莫过于白鹤泉 :“泉出石窦，甘冽绝伦，尝有白鹤守之。”遥想远古的天空，南岳与岳麓的消息，是不是就在云中仙鹤那里交汇?

今天，禹王碑成了岳麓山的镇山之宝，论其来历，却也离不开南岳衡山。

《湘中记》留下了南岳存在禹碑的最早记录 :“岣嵝山有玉牒，禹按其文以治水，上有禹碑。”

禹碑何以留在南岳呢？远古神话中，大禹曾登南岳而祭。正是在衡山，他于梦中得到了“治水之要”，后来治水才获得了成功。因此，大禹曾勒石衡山，此即后世所说的禹王碑的由来。

数千年来，人们并未在南岳看到真正的禹王碑，除了南宋一个叫何致的人,自称曾由山中樵夫引路目睹过。他到底是否真的见过，当时与后世都有人存疑。他将当时从南岳禹碑拓印的蝌蚪一样的文字，勒石于岳麓峰头。一千多年过去，岳麓山始终立着那拓印而来的禹王碑。

说到岳麓山与南岳的文脉关联，至少可以说到两个重要人物。

岳麓书院曾因朱张会讲而轰动士林。当年朱熹从福建来岳麓，主要出于对胡宏学问的仰慕，而张栻正是胡宏在湘潭碧泉书院时的大弟子。胡宏，世称五峰先生，早年亦曾寓居南岳五峰山下。

另一位勾连南岳与岳麓的人物是明末清初的思想家王夫之。他19岁就来到岳麓书院，而他那“六经责我开生面”的创见，多在他后来隐居的莲花峰和“湘西草堂”里完成。这里的湘西，乃湘江之西的意思。

吾道南来。潇湘云气离不开衡岳，湖湘文脉又何曾离得开？

三

湘江是中国江河里极为鲜见的一条，其流向不是自西而东，也不是弯弯南流，它与大多数河流相反，自南向北。不知湖湘精神里的那种独立不羁是否与此有些关系？

“……遥望衡山如阵云，沿湘千里，九向九背。”

南岳、岳麓、洞庭，萦绕在青山绿野之间的，正是九曲回肠的湘江水。

历史上的湘江，江水之清亮超乎你我的想象。而今，那份澄澈还倒映在《湘中记》的文字里：

湘水至清，虽深五六丈，见底了然，石子如樗蒲矣，五色鲜明，白沙如霜雪，赤岸如朝霞。绿竹生焉，上叶甚密，下疏寥，常如有风气。

那是一千多年前的湘江吧？隔着五六丈深的江水，还可以见到江底的沙石。你想，那水之缥碧，石之五彩，沙之洁白，那石岸之赭红与竹林之幽绿，风动光影之下都是浓淡深浅的天地之诗啊！

一脉湘江的清亮，就是一片天地的清亮。

想起公元八世纪时，老病的杜甫曾驾着一叶扁舟漂流在湘江之上。诗人的内心那么痛苦，吟出的诗句居然是“岸花飞送客，樯燕语留人”这样的呢喃之语。

自北宋画家宋迪始，沿着湘江展开的“潇湘八景”之说渐渐为天下所闻。由永州的“潇湘夜雨”至衡阳的“平沙落雁”，由衡山的“烟寺晚钟”至昭山的“山市晴岚”，由橘子洲的“江天暮雪”至洞庭湖的“洞庭秋月”，由桃源的“渔村夕照”至湘阴的“远浦归帆”……

湘江，是一段美的历程。夜雨，晴岚，暮雪；平沙，远浦，山市；江天，烟寺，渔村。由南向北，由春到冬，由近到远，由诗到画……整个湘江，始终在美的波光里流转。

陆游有诗曰：“挥毫当得江山助，不到潇湘岂有诗。”锦绣潇湘，是江流宛转的诗兴，亦是江山入画的壮怀。

四

湖南，明朝属湖广布政使司。清康熙三年（1664）析置湖南布政使司。以湖南为名，缘于此地位于洞庭湖之南。

洞庭湖，作为湖南最大的地标，不知经历过多么漫长的历史变迁。至南朝时，盛弘之在《荆州记》里称它：“周回数百里，日月出没其中。”自晚唐至清，洞庭烟波浩渺，方有“八百里洞庭”之说。

水草丰茂处，历来都是文明繁衍地。就湖南而言，环洞庭湖地区自古就是文化与文明的核心地带。

考古学家发现，距今 50 万年前或更早时期，澧阳平原就已经存在早期人类所使用的砾石石器。不要以为那只是一个石器的发现，若从文化孕育和传播的角度看，那石器无异于一簇文明的幽光。

它从澧阳平原出发，沿着洞庭湖一带，缓缓地将光亮带向四水三湘。

由山地到平原，由穴居到造屋，我们的先民不知走过了多少岁月。后世从道县玉蟾岩发掘的陶器和水稻种子化石，距今一两万年。那是新石器时代更近的薪火，它所映照的是，当时处于洞庭湖区的澧阳平原已是一片文化繁盛之地。

在澧县彭头山，考古学家从出土的墓葬、房屋或仓储的遗址上，从陶器、石器与化石上，又看到了更近的文明光亮。距今 9000—8300 年左右，此处的稻作业已经成了主要经济形态，那里的先民开始以环壕聚落的方式群居，家庭已经成了社会的基本组织。

人们又从距今 7000 年左右，自高庙出土的白陶上，清楚地看见神人兽面、凤鸟载日等精美的艺术纹饰。那是史前时代湖湘这片土地上的先民所达到的审美境界啊！更令人惊奇的是，距今 6300 年左右，澧县城头山还曾出现了一座城池。那真是又一个伟大的信号。

正如郭伟民先生所说："城头山城池的意义，代表了中国史前时代一种新的社会和文化价值形态的产生，代表了最早中国城乡社会二元分化的出现，代表了人类群聚新生态的到来，代表了东方传统农业文明古老模式登上世界历史舞台，从这样的角度怎么去评价城头山城池的价值都不为过。"

隔着史前时代的时间暗河，回望文明的火把蜿蜒而来。早在千万年之前，洞庭湖波光里倒映的，不只是天空流云，更有稻羹鱼饭的文明面庞啊！

洞庭湖哪里只是湖南最大的地标呢？它是这片土地上最古老的文化星座。因为，在洞庭湖一带的地层之下，深埋着一个以万年、千年为计量单位的"史前时代"，也深埋着文明演进的缓慢足迹。

洞庭湖真正走进中国文学，至少到了公元前四世纪。当时，楚国大夫屈原，忠而被谤，流放于此。他散发行吟，吸纳巫楚文化的浪漫风华，为中国文化开创出香草美人的诗骚传统，让诗学成为湖湘文化最灵澈的源头，与后世的理学、实学遥相呼应。

因为屈原，因为洞庭湖，《楚辞》成了中国诗歌最美丽的源头之一。汨罗江,亦被诗人余光中称为“蓝墨水的上游”。“袅袅兮秋风，洞庭波兮木叶下”，那是屈子行吟的苍凉秋色。“上下天光，一碧万顷。沙鸥翔集，锦鳞游泳。岸芷汀兰，郁郁青青”，那是范公笔下的无边春色。“素月分辉，明河共影，表里俱澄澈”，那是张孝祥词里的月明千里……

五

王金石先生凭借其大胆的艺术想象，创作出《锦绣潇湘·南岳衡山七十二峰图》。

看山不是山，看水不是水。这幅山水长轴，堪称湖湘山水的艺术心象。七十二峰，望峰息心；高山流水，左右映带。城市村庄，掩映于山岚雾霭；朝晖夕阴，流转于万绿丛林。

邓清柯先生曾评价说，这是一幅“万年的‘风’、千年的‘雅’、百年的‘颂’，三曲合奏的多彩潇湘长卷；一幅自然山水图、人文山水图、城市山水图，三图合一的山水景观长卷”。

山脉、水脉、人脉以意象的方式汇集到一起，自然山水、人文山水和城市山水于此共生共荣，《锦绣潇湘·南岳衡山七十二峰图》是湖湘精神世界的《千里江山图》。

湖湘山水的亘古形胜在此，湖湘文化的来龙去脉在此，湖湘先贤的俊采星驰在此。

万壑风来雨乍晴，登高一览最忪惺。
西南云气来衡岳，日夜江声下洞庭。
我发实从近年白，此山犹似旧时青。
读书老友今何在，古木深秋爱晚亭。

朋友，请在朝霞喷薄的早晨，站在岳麓山的风里朗读这首诗吧。请放开你的声音，让南岳的翠色听见，让北去的涛声听见，让孕育出岳麓山、湘江水、洞庭湖的湖湘听见。

山不在高，有仙则名。水不在深，有龙则灵。

让我们记下这精神的形迹：南岳—岳麓—湘江—洞庭。这样的形迹里有山水相依的大境界，有通江达海的大气度，更有一种家国守望的大情怀。

石头记忆

一

一座山的记忆在哪里呢?

在一块山岩面前，所有记忆都显得不够古老。地球有 50 亿年历史，人类在这个蓝色星球上的历史尚只能追溯至 300 万年之前。300 万年的历史长河，史前时代占去了这条长河 99% 以上的流程。

史前时代，是深埋于地下的洪荒岁月。那时，尚未有文字照亮文明。甲骨文直至清光绪二十五年（1899）才由金石学家王懿荣发现。刻在龟甲、兽骨上的文字与地下出土的石器、陶器、青铜，为消逝了的王朝提供着文化的见证。然而，更长的史前时代却苍茫如海，谁能为那样的时代提供古老的证言呢?

大地上的石头，石头中的化石。

石头,原始人最初发现和使用的工具。由打制石器到磨制石器，由旧石器到新石器……沉默的石头忠实地记录着早期人类社会的消息：由山地到平原，由散处到群居，由采集到栽培，由部落到家庭，由粗粝到精致……

当石头变成化石，它成了一种文化的语言。

2011—2013 年，考古学家从湖南道县福岩洞里发现了 47 枚人类牙齿化石，距今 12 万 ~8 万年，这个发现的意义确实非同凡响。

关于人类的起源，一般认为，距今 300 万 ~200 万年前，非洲出现了直立人。所有现代人共同的女性始祖可以追溯至距今 20 万年左右的“非洲夏娃”。距今 13 万年左右，其后代开始向全球迁徙。距今 6 万年左右到达中国。道县所发现的人类牙齿，至少挑战了现代人皆出自非洲的假说。数十万年的人类历史，就凭一枚化石撕开了一道口子。

描述世界变迁之大，汉语里有一个词，叫沧海桑田。在遥远的地质时代，不知到底有多少沧海变成了桑田。

我曾漫步张家界天子山的山顶。从铺在脚下的岩石里，我惊喜地发现那些石头的花纹里，竟能辨认出游鱼、贝壳等海洋生物的生命轮廓。那时，我才清楚地意识到，眼前的奇峰绝壁，其实曾是一片沧溟。何曾想到，那直插云霄的危崖，深不可测的沟壑，它们的“前世”曾是雪浪澎湃、海鸥翱翔的场景啊！

想起湖湘学派开创者胡宏的观点，他认为世间万物皆为“消息体”。高山是大海的“消息”，大海亦是高山的“消息”。“消息”，就是连接我们和世界的哲学通道。

每当远望湘江对岸，看岳麓山青色的山脊绵延于城市西方的天际，每当看成群的飞鸟于深绿浅绿间飞来飞去的时候，我总是出神地想：岳麓山，它从来就在那里吗？

岳麓山不说话，只以青翠作为回答。也许，山上最老的古木才会知道，这座山最久远的记忆，其实都镌刻在石头里。

二

请特别留意岳麓山上的石阶，留意山中大大小小的石头吧。

曲曲折折的林中石阶，有些是古旧的麻石，有些是无名的碑石，更多的还是采自山间的花岗岩。从那些铺路的岩石上，或许你可以看到岳麓山最初的肌理。

每一块石头，都是这座山的地质基因；而每一块石头，又都连接着一场惊天动地的造山运动。倘若岳麓山的石头会说话，它的故事定将从鸿蒙初开讲起。就像张家界的岩石里收藏着贝壳的遗骸一样，岳麓山的巨石里同样藏着大海的消息。

地质学研究表明，岳麓山一带曾被称为“古湘桂海湾”。那是距今多少年的事情呢？三亿五千万年。它属于古生代的泥盆纪—石炭纪。三亿多年前的消息，而今还栖息在岩层深处。

在滦湾镇、二里半一带的地层中，地质学家曾发现海洋地层与滨海地层。

你想，三亿五千万年前，地球是怎样的面貌呢？那时，它正处于大冰期。大冰期的特点是什么呢？一是全球气候比今天要低，二是降水量比今天小。今天，离我们最近的，乃是地球的第四纪冰期，它发生在距今一两万年之前。

据科学家研究，第四纪冰期的最大一次冰期中，地球 32% 的陆地面积均被冰川覆盖，大量的水分停滞于大陆上，致使海面下降约 130 米。如此看来，当岳麓山一带还处于“古湘桂海湾”的时代，那时的“人间”远不像如今的情状吧。

其实，我们根本找不到那时候人类存在的证据，甚至连鸟类也不曾有。鸟类在地球上的生存史有一亿多年，传说中的恐龙最早能追溯到两亿三千万年之前。也就是说，当时连恐龙也不存在。

由一片海湾到一座山峰，再到今日岳麓山的安静与美丽，中间隔着亿万年的巨变。今天，无论你如何想象，也还原不了那一场天崩地裂，还原不了海底深处岩浆的奔涌、澎湃与燃烧。然而，惊天巨变的结局是：海水全然退去，岩浆停止奔腾，天地陷入无边的寂静。

不知过了多久，岳麓山终于屹立于缥缈的云雾之中，像是大地上一个自然的神谕。又不知过了多长时间，这座山终于等来了最早的飞鸟，最早的走兽，最早的绿树与野花。

那是多么漫长的沉默啊！直到人间有了魏晋，岳麓山才开始走进文字的世界。

南岳周围八百里，回雁为首，岳麓为足。

南朝徐灵期在其《南岳记》里这样写道。与徐灵期同时代的盛弘之在其《荆州记》里则说："麓山盖衡山之足。"岳麓山又名灵麓峰，"乃南岳七十二峰之数"。

现代地理学已经表明，岳麓山与南岳并不像神话里所说的那样，它们并无地理、地质上的直接关联。就是说，古人所谓"回雁为首，岳麓为足"的说法，主要出于对山水形胜的诗意想象。

不知为什么，我还是更愿意相信南岳和岳麓"首足相连"的说法。在我心里，"回雁为首，岳麓为足"的人格化想象，更有一种峰峦顾盼的情意。

作为"南岳之足"的岳麓山，其实是一座低山。它中部高耸，南北渐低。从山的形胜看，玉屏、天马、凤凰诸山为丘陵，它们俯首于岳麓山前；桃花、绿蛾诸岭竞秀于岳麓山后；金牛、寨子岭逶迤于岳麓之南，云母、石佳则拱峙于岳麓之北。

岳麓山水的奇妙组合，仿佛来自上天的恩赐。不是吗？湘江在前，麓山在后，风烟弥望的橘子洲永远横卧于碧波之中。这样的自然诗画，哪一处不像是造物主的慷慨馈赠？

三

不知是不是地质运动的原因，作为岳麓山记忆的石头，孕育着太多太多的神奇。

在白鹤泉，岩石与清泉相激相撞，如鸣珮环；在笑啼岩，岩石与山风相呼相应，亦笑亦啼。

在岳麓山，碧虚和云麓相对，其间巨石凹凸。当山风吹过，嶙峋的怪石间发出似啼似笑的声响，是为笑啼岩。天籁亦如心声。流泉之声、岩石之声、山风之声，宛如岳麓山的心情意绪。

岳麓山头，还有一处地方，称作响鼓岭。

磴道盘空望赤城，玄都初觉步虚声。
冬冬云外随人足，响鼓应知不浪名。

这是清代弥嵩和尚的绝句，所写正是响鼓岭。足音仿佛来自云外，是不是让人挣脱俗念，挣脱这沉重的肉身？走在山石之上，脚下是一片虚空。故响鼓岭又称步虚岭。莫名就想起王维“夜静春山空”的诗句。他当年若来过岳麓山，响鼓岭是不是提醒着无所不在的“空”？岩石的“空”，亦如人生的“空”。如此禅意禅境，怎不令那岳麓高僧沉醉呢？

如果说笑啼岩与响鼓岭还带着佛道的幽玄，那么飞来石似有一种“神龙见首不见尾”的缥缈。

飞来石在云麓峰前的古银杏树下。据《岳麓书院志》记载：“石飞岩外，如伸螭首。”此石纵横二丈，平如砥，可坐卧。一千多年前，宋代御史赵抃曾在此石上留有一诗：

片石倚中天，云深鸟道间。
人多祝尧寿，登此拜南山。

世人都说南岳是寿山，飞来石亦被称作拜岳石。或许你想不到朗月之下，晚风徐来，这一方飞来石居然可成抚琴之地。那是怎样的山中雅兴啊！

乘月登山椒，纡回二三里。
石从何处来，嵌空平如砥。
小坐拭苍苔，闲情展绿绮。
一弹松入风，微飙飒飒起。
巢鹤发清唳，为我助琴理。
停琴一遥睇，澄空净如洗。

那个端坐于月下飞来石上弹琴的，叫欧阳厚墀。隔着千百年时光眺望，不知是那夜的琴声奏响了月光，还是那夜的月光流动着琴声。自然和琴声，如此交融于一，如此物我两忘。与李白笔下“为我一挥手，如听万壑松”的蜀僧相比，欧阳厚墀更像是一个石上幽人啊！

若论岳麓山最大的石头，还得数赫石坡的赫石。赫石，即岳麓山北坡上一整块巨大的山崖石。它几乎占据了半个山坡，远远望去，巨大的黑色隐约于绿意披拂之中。从石下仰望，它似乎自天外飘落而来。而今，赫石的罅隙里，丛生着野树荆棘，四周则多为香枫与南酸枣。它们将赫石掩映在一片寂寞之中。

岳麓山上的石头，很古老，亦很奇妙。古老如高山大海的前世今生，奇妙如风、泉、草、木的生动形色。它们在啼笑，它们在响鼓，它们恍如云外飞来，又带着巨大的沉默……

莫非，岳麓山的传记，原本是大自然的《石头记》?

湘江北去

一

橘子洲的花，开在冬日暖阳里。江畔那一大片绯红，映着水色天光，如烟霞烂漫。浓艳或素淡的山茶花，隐于叶的静绿间，显得从容而饱满。

远看，这一片细长的土地，犹如一艘承载历史的木舟，不知从何时开始，悄然停泊在这湘水的温存里。

时间流入空间，历史经行山水。

洲之西对岸，乃岳麓山脚下一片红墙黛瓦，学府相连，斯文在望；东边则是水映高楼，静影繁华。立于洲头，但见南来江水，如翠色的绸带。回望身后，一桥飞渡，石拱默然。

此刻，我伫立于洲上一株新柳之下。杜甫江阁、贾谊故居，正好隔江相望。

湘江安静地流着，波光映在襟前。此刻的江水，不像深秋时节那么清瘦，更有那涵虚守静的平和，透着温润如玉的翡翠质地，可掬亦可濯。

船过处，江水犁开一道雪白的波痕。

江风袭来。你甚至分不清这江水的流向。每一滴水的记忆里，交织着雷电夜雨，急流飞瀑，亦涌动着草木的清香。

这是湘江在星城长沙的一段。一脉清江，仿佛正从蜿蜒奔腾的历史深处，飘向浩浩汤汤的未来。

二

湘水所滋养的这片土地,乃旧时的荆蛮之地。在漫长的岁月里，湖湘曾是一片卑湿的荒野。然而，若从北国的庙堂上空御风南行，此地却又是芳草夕阳外的清嘉山水。

湘江如带，洞庭万顷。一江一湖，谓之江湖。于湖湘而言，所谓“江湖”二字，与其说是地理写照，莫如说是心灵隐喻。

遥想那舟漂橹摇的岁月，在缓慢而凝重的桨声里，有着太多贬谪南迁、家国北望的沉郁和感伤。

那时的湘江，很清，很亮，带着深蓝与忧郁。然而，年年岁岁，在岸芷汀兰的幽香或月朗星稀的空旷里，总是开出一朵一朵高洁与坚贞的精神之花。

就是这条江啊，她听见过屈原的行吟，贾谊的凭吊，亦听见过杜甫、柳宗元、刘禹锡的宦海沉浮与生命悲欣。如今，那些远去的背影，早已融入江流千古，融入脚下的土地。它们滋养着湘江两岸苏醒的生命，培育出湖湘大地的蕙质兰心。

从此，这一片神巫飘逸、楚韵悠长的云水之地，有了一种忧患与担当。湘江两岸成为身在江湖而心存魏阙的“屈贾之乡”。

湘江以古老的诗句，铭记着历史深处的清音，连同孤舟，连同星月。那些吟咏，是一个人的命运，更是一个时代的剪影。在高度集权的帝国时代，放逐与漂泊，往往是一个人或一个家族无可摆脱的宿命。

705 年，杜审言被贬峰州。他南渡湘江时，正值春暖花开。这个花甲长者，凝神于舟畔流水，不禁感叹：“迟日园林悲昔游，今春花鸟作边愁。独怜京国人南窜，不似湘江水北流。”

彼时彼地，北流的湘江水，映照着那个老臣的自怜。

谁能料到，六十多年后的那个春天，他的孙子又在这条江上漂泊。那是杜甫生命的残年。大唐时局动荡，诗人家在天涯。贫病交加的杜甫，寄身于湘江上的一艘破船。然而，他依然用诗句留住了那湘江的春天与黎明。

“夜醉长沙酒，晓行湘水春。岸花飞送客，樯燕语留人。贾傅才未有，褚公书绝伦。名高前后事，回首一伤神。”那是怎样的春光明媚，又是怎样的苍老和凄迷啊！

“挥毫当得江山助，不到潇湘岂有诗。”千百年来，湘江北上，不知它的波光里到底有过多少平平仄仄的咏叹啊！那诗句，充满着楚客的悲声，漂泊的相思，亦看得见美好的生态，婉曲的柔肠。

春之烂漫如此，秋之辽阔亦然。

“九月湘江水漫流，沙边唯览月华秋。金风浦上吹黄叶，一夜纷纷满客舟。”秋月湘江，静美无言。“秋风万里芙蓉国，暮雨千家薜荔村。”夜雨湘江，梦锁清寒。“巴陵无限酒，醉杀洞庭秋。”江入洞庭，秋深如醉。

如诗如画的江，如画如诗的湖。它们，与贬客逐臣的黍离之忧如此完美地融合到一起。从此,楚天云水,诗骚氤氲。“湖湘”二字，飘逸着原始的野性和浪漫，亦不乏文化的使命与担当；它流溢着倔强的生命意志，更见出清怨的生命情调。

潇湘何事等闲回，水碧沙明两岸苔。
二十五弦弹夜月，不胜清怨却飞来。

而今，从地图上看湘江，不过是弯弯曲曲的一线淡蓝。然而，大地上的湘江，却是造化的诗意铺陈。

一脉湘江，就是一脉美的踪迹。

在永州，遥看潇湘夜雨；至衡阳，目送平沙雁落；及衡山，夜听烟寺晚钟；立昭山，观山市晴岚；在橘子洲，绘江天暮雪；抵湘阴，望远浦归帆；下洞庭，品洞庭秋月；自桃源，汇入渔村夕照……

千百年的时光路上，不知湘江遗落了多少记忆里的温暖，比如漫天鹧鸪，比如古老渡头，比如悠然钓叟。

清江远去，岸花寥落。今天，不再泛着贬臣悲伤的湘江水，却又平添了回望古典的无限乡愁。

三

每一条故乡的江，都是游子心中的母亲河。

江河从来就是母亲的形象，它哺育着土地生灵，繁衍出文明生态。祖祖辈辈苦难中的希冀在江底沉积，生生息息的向往和创造在两岸呼吸吐纳。

正如《蓝色多瑙河》是施特劳斯的忧郁和深情，《巨流河》是齐邦媛书写的血泪与史诗一样，湘江自古就是湖湘大地的叙事和怀古。

这里，流淌着心忧天下的激越，振臂一呼的豪迈。当然，它亦潜流着一隅的安逸。

湘江夹岸，群山连绵，田畴万顷。江南的黑白屋舍，平野的星斗明月，还有那饮食男女、婚丧嫁娶，以及独特的方言与风俗，它们与江水一样，亘古如斯。

江水吞没着波澜壮阔的历史，时间也抚平了人间的苦难沧桑。在无数灯火斑斓的深处，湘江不断听见理想花开，亦曾陷于沉沉睡去的夜色；看到过烟花绽放，亦叹息过青春凋零。

时间永远向前流驶，历史却并不安宁。湘江并不只是古典与浪漫，也不只是垂钓悠然和江楼凝望。湘江两岸，有过火光与厮杀，有过民族御侮，有过苦难抗争，有过血染的牺牲，更有过图强和变革。

湘江波光流转，又何尝不是历史与时代的交响？

至于湘江，乃地球上东半球东方的一条江。他的水很清，他的流很长。住在这江上和他邻近的民族，浑浑噩噩，世界上事情，很少懂得。他们没有有组织的社会，人人自营散处，只知有最狭的一己，和最短的一时。共同生活，久远观念，多半未曾梦见。

这些文字曾经印在一张 4 开大小的白纸上，时维 1919 年 7 月，作者正是一个喝着湘江水长大的青年。他的青春，与一份以“湘江”冠名的刊物连在一起。这本曾被李大钊盛赞的刊物，就叫《湘江评论》，而那个年轻人，正是 26 岁的毛泽东。他在北大图书馆任职了几个月之后，回到湖南，后来又去上海拜访了陈独秀先生。

六年之后，在南下广州之前，他回到长沙故地重游，不禁心如潮涌。他的心中充满“问苍茫大地，谁主沉浮”的大地之问，与“到中流击水，浪遏飞舟”的江海之志。他把理想与大志，深深勒进橘子洲上的石头，亦深深刻入中华人民共和国的历史。

湘江，从来不是谁的湘江，而是所有人的湘江。无数的支流，无数的思想，都汇聚在它的浪花里。

“吾道南来，原是濂溪一脉；大江东去，无非湘水余波。”

一条江，就这样连接着它的前世今生。

我深深知道，它是一条流传着神话与爱情的忧郁之江，也是一条交织着悲伤与贬谪的清怨之江。湘江水里，流淌着古典的诗性，也映现着战争中的呼号与火光。它低回着思想的沉吟，更澎湃着生命的叩问。

此刻，我站在江边的这棵柳树下，仿佛置身于空间的浩瀚和时间的苍茫里。恍惚回溯至少年，又依稀驻留于远古。

一只江鸟，倏然没入天际。

麓山流泉

一

明月松间照，清泉石上流。

无论市声如何喧嚣，心绪怎样浮躁，只要读到这样的句子，心顿时就会安定下来，清静起来，仿佛就在那一瞬，心头会浮起一派澄明，亦如水月禅境。沉重的肉身，似乎也化作了孤松的静穆、月光的光洁与泉水的清亮。

对一座山来说，流泉就是它沉默中的歌吟，厚重里的灵性。

翻开咏叹岳麓山水的诗文，总能听得到流泉飞瀑的淙淙声响。

那是唐开元十八年，李邕太守于宦海失意中来到岳麓山。这个照亮着中国书法史的一代宗师，这个曾被李白提醒过“丈夫未可轻年少”的长者，他未曾料到生命最终会以这方麓山寺碑而存留于此间。

在漫漶的碑文里，我们看见麓山古寺的前世今生，亦看见那被雨打风吹去的层层岁月。更重要的是，碑文里清晰地记录着一千二百多年前的山川形胜与奇妙视听。

幽岩左豁，崇山右峙。瞰廓万家，带江千里。玉水布飞，石林云起。雷激庭际，月窥窗里。花台随足，天乐盈耳。

麓山，湘水，明月，梵音。岳麓山之美，“致广大而尽精微”。远眺近观如是，俯瞰仰观如是，雄浑优美如是。

“玉水布飞，石林云起”，那是沉潜中飞动的壮丽。在世人眼里，山有清泉，必为佳酿。欧阳修所说的“酿泉为酒，泉香而酒洌”，无疑是太守的自得其乐。然而，对岳麓山的方外高僧来说，烹茶煮茗更具禅趣。

宋代高僧释惠洪曾记载他与道友于岳麓山且饮且坐的日常，极是令人神往：“汲峰顶之泉，试壑源茶，下鹿苑寺，散坐于青林之下久之。”

想那麓山流泉，不知所来，不知所终。然而，亿万年来，它却像心跳与脉搏一样未曾间断。时至今日，那些青崖石缝间依然看得到、听得见山泉的汩汩奔涌。

天气晴和的早上，你看山径上那些身着月白衣衫的老者，他们携壶提瓶，出没于密林鸟语之中。每天，他们沐晨风而拾级，再披一身霞光取泉而返。那羊肠似的取水幽径，好像一条历史的线索，勾连着现代城市烟火与古典山林野趣。

或许是生态变化之故吧，相较于历史深处的岳麓山，今日山间的流泉，早已失去远古的清韵，它变得越来越细瘦，越来越单薄了，似乎整个岳麓山的溪泉声如同山风吹散的寥落古音。

二

说起麓山清泉，不能不说白鹤泉。

天下名泉，遍于南北。济南的趵突泉，北京的玉泉，杭州的虎跑泉，无锡的惠山泉……它们都是传说中烹茗的上等好水。然而，

⊙ 白鹤泉

⊙ 百泉轩外景

若论泉之命名，私以为，没有哪一处比得过白鹤泉的神秘。

余生也晚，并不曾在岳麓山见过一只白鹤。但我知道，那是云天下极美丽的大鸟。它生着颀长的颈项，扇动着光洁的羽翼，一双长足更是秀美。白鹤总是栖落在水一方，它在汀洲上觅食的样子，最是娴静。

在中国文化里，鹤之美可谓源远流长。梅妻鹤子的传说，“黄鹤一去不复返，白云千载空悠悠”的诗行，鹤立鸡群、松鹤延年这些词语的寓意都在昭明后世：鹤的身上总带着飘飘若仙的气质，它就像一个林泉下的隐者。

白鹤泉位于麓山古寺后殿之右侧，本是宋代的一口古井。据说，当年从桃子湖至白鹤泉一带，曾有成群结队的仙鹤栖息。《岳麓书院志》云：“泉出石窦，甘洌绝伦。尝有白鹤守之。刻石记其上，昔人谓冷暖与寒暑相变，盈缩经旱潦不异，盖山中第一芳润也。”

多么奇妙的“芳润”二字。真的不得不惊叹于古汉语独有的风流蕴藉。你想啊，当清亮的山泉自石窦奔涌而出的时候，那潺潺泉声意味着多么深广的润泽，多么温柔的抚慰，多么执着的向往啊！

不管春秋冷暖，也无论旱潦盈缩，白鹤清泉，永远默然欢喜，悄然出世。谁说真水无香？千古白鹤泉无愧于一个“芳”字。“芳”是野花幽独，更是气自芳华。

没有人知道白鹤泉的泉源在哪里。泉之清，眼可视之；泉之甘，舌可尝之；泉之芳，心可感之。然而，泉之畔，为何总有一只白鹤守之？从来没有人知道，泉水与白鹤之间到底隐藏着怎样神奇而美妙的造化机缘。

千百年来，不乏白鹤泉的附会，故事多关善恶与人伦，白鹤泉只是报以清亮的微笑。它能说什么呢？不管后人如何想象，白鹤与泉，早就是言人人殊的“心象”，是至清至洁的人间美好，联结着岳麓山的一缕山魂。

陆廷灿于《续茶经》中说：“山厚者泉厚，山奇者泉奇，山清者泉清，山幽者泉幽。”在我看来，白鹤泉就是岳麓山上的一把竖琴，它所弹奏的永远是高山流水的古音。战争杀伐，市声喧嚣，何以配得上它的宁静从容？唯有鹤与泉惺惺相惜，相濡以沫。

白鹤泉存在于岳麓山，已是累月经年。明代以来，麓山古寺之住持与僧侣曾数度加以整修。至清光绪三年（1877），湖南粮道夏献云建亭以护泉，立碑以记其事，惜后来毁于抗战炮火。1956年，长沙市人民政府又一次重修。今日白鹤泉占地50平方米，井口呈正方形，围以汉白玉石围栏，边长约1米，高0.8米，以西北侧立一方青石碑以志其历史。

每次站在白鹤泉边，我总在想，千百年来，不知多少登临岳麓的背影都从这里隐去，也不知多少名贤大德曾在这里静坐或流连？而今，当年那些目光、心绪或境遇，是否已化作了大树的年轮，是否汇入了古寺的钟声？它们，还会不会在某一阵山风里醒来？

南宋赵抃，一生刚正不阿，他在京师被誉为“铁面御史”。知成都时，赵抃曾以一琴一鹤自娱。至白鹤泉，他仿佛回到了精神的原乡。他赞道：

灵派本无源，因禽漱玉泉。
自非流异禀，谁识洞中仙。

洞中仙，远非凡俗可以抵达，那是人间对神祇的仰望。我不知白鹤护泉的传说到底流传了多少年，至少到了清代，就有“旧闻来白鹤，此事渺千年”的诗句。

白鹤泉令我神往的，不只是它的清亮与神秘，更有一份以泉煮茗的优雅。

“满座松声闻金石，微澜鹤影漾瑶琨。”那于松声鹤影间谈笑的，是谁？不是别人，正是岳麓书院的张栻。那些年，他与朱熹开创的朱张会讲，曾创造了“马饮则池水立涸，舆止则冠冕塞途”的学术辉煌啊！

我曾暗忖，当年朱张二位先生的讲席上，是否也有一壶以白鹤泉水烹煮的新茶？要不，那会讲的思想何以那般清越，其境界又何以如许澄明？

朱张会讲之后，岳麓山成了江南最重要的儒学重镇。“潇湘洙泗，荆楚邹鲁”，自然和文化难解难分。洙泗，系孔孟的母亲河；潇湘，乃我们的母亲河。那么，在地心深处，将潇湘和洙泗联结的，会不会是那神秘的白鹤泉？抑或，为荆楚和邹鲁传递消息的，是不是那岳麓山上的晴空一鹤？

明代吴道行曾长期担任岳麓书院山长。在他心里，岳麓山的流泉飞瀑与自己的春风化雨始终连在一起。在《岳麓山水记》中，他曾这样写道：

经观音阁视白鹤泉，一线石隙中瀐瀐出，甘洌异诸水。循僻岩数百级，上讲经台，宫殿壮丽甚，殿后依岩建静院修廊。廊外绿峰岩泉互相照耀，僧人刳竹从岩畔取泉，声韵更悠。

站在白鹤泉边读这样的文字，仿佛每一种感官都被历史和自然唤醒。其实，麓山流泉又何止白鹤泉呢，整个山间都曾“绿峰岩泉互相照耀”。

岳麓山的声色何其美哉！“云霞映罨，五色氤氲，涧流山泉，飘风激滃，漱石铉铿，可当一部鼓吹。”好一部鼓吹！漫山流泉，犹如一曲亘古的天籁。正如清人罗俊所写：“泉声自窗外至，如歌如诉，如琴韵，如箫声，悦耳怡心，真觉红尘之扰攘可憎也。”

三

泉是自然物象，亦是教育的隐喻。

泉与源一起，谓之源泉，那是生命万物的原初，当然也喻指人之初始。旧时，童蒙开学谓之发蒙，其意与流泉相关。《易》之卦名中，有一卦叫蒙，其象即为山下出泉。君子欲使泉之清洁本色不失，当“以果行育德”。孟子从性善论出发，认为人天生具有恻隐、羞耻、辞让、善恶之心，此种先天性“若泉始达”。

对书院来说，清风流泉就是内心幽独的风水。

岳麓书院后的爱晚亭之上，那线狭长的山涧峡谷，名叫清风峡。整个岳麓山，此处最是危岩壁立、古木参天，乃书院选址的最佳处。然而，不要以为此地只有峡谷，只有幽僻，整个峡谷因泉水不绝而显出勃勃生机。

清风峡间，终年一线清溪，漱玉泻石。远在宋代，溪岸遍布兰花，被命名为兰涧。不管哪里的山间幽壑，有水就生动了，就能称之为“涧”。你看这个“涧”字，三点水最是提醒山间的灵动秀美。

“人闲桂花落，夜静春山空”，不是王维的《鸟鸣涧》吗？“独怜幽草涧边生，上有黄鹂深树鸣”，不是韦应物的《滁州西涧》吗？有了水的鸣奏，峡谷才拂去幽深的暗黑，我们才从旷古的安静中听见生命的蓬勃生长。

就像白鹤泉是泉鹤相守一般，兰涧其实是兰和溪的彼此辉映。或许，这里也算是岳麓山上的另一“芳润”吧。

往事历千年。遥想春和景明时节，朱子、南轩与其弟子同游兰涧，斯时斯地，何异于“浴乎沂，风乎舞雩，咏而归”的沂水春景？

那样的时光，至今还在南轩、朱子的诗句里暗吐兰香。朱熹说：“光风浮碧涧，兰杜日猗猗。竟岁无人采，含薰只自知。”面对山间兰草，先生似乎既有陈子昂那种“岁华尽摇落，芳意竟何成”的功业焦虑，又有张九龄那种“草木有本心，何求美人折”的不假外求。同游的张南轩，却在兰涧的芬芳里沉醉着。他应和道：“艺兰北涧侧，涧曲风纡余。愿言植根固，芬芳长慰予。”

朱张二位先生，他们所期盼的还是滋兰树蕙。因此，他们的诗心，沉潜入溪声，也安顿在兰香。

兰涧的上游，常年都听得见泉流击石的訇然声响。此处被称为石濑。石濑语出屈原的《九歌》：“石濑兮浅浅，飞龙兮翩翩。”或许在张栻的时代，石濑一带有翠竹森森。八百多年后读到南轩的诗句，仿佛还看见溪声竹影里，先生的衣袂翩然。听，他正在高诵长吟：“流泉自清泻，触石短长鸣。穷年竹根底，和我读书声。”

岳麓流泉是岳麓天籁，而琅琅书声却是穿透岁月的清亮人籁。

四

岳麓书院后依清风峡，谷口溪泉汇聚，曲涧鸣泉终年可闻。书院创建之初，时人临泉筑屋，名曰“百泉轩”。

百泉汇于此，凭轩听清音。那是怎样的人间幽境呢？元代吴澄的《重修百泉轩》里有这样的描述：“如雪如汞，如练如鹤，自西而来，趋而北，折而东，还绕而南，渚为清池。四时澄澄，无毫发滓；

万古涓涓，无须臾息。”

朱张会讲时，二位先生也极爱此处。他们当时正值盛年，二人心心相印，形影不离。“昼而燕坐，夜而栖宿，必于是也。”

多年后，我踱步于百泉轩对面的长廊之上。“如雪如汞，如练如鹤”的泉水早已难觅芳踪，亦未曾闻得泉水清音。然而，那一泓清池依然映着蓝天白云。

百泉轩上题联甚多，最具点睛之妙的或许还是清人庆玉的那一副。道是：教同化雨绵绵远，泉似文澜汩汩来。

我想，这正是当年朱、张钟爱此地的缘由吧？对儒者而言，游息于百泉轩上，或许也曾有那“逝者如斯”的慨叹？

朱、张之后，不知又有多少传道济民的先生在此处旷其心而怡其神，又有多少岳麓士子于此临风听泉抑或坐看朝晖夕阴？

自古以来，泽被生命的教育被称为弦歌。我想，岳麓流泉是不是与人间弦歌遥相应和的天地弦歌？

五

在山泉水清，出山泉水浊。

每一道山泉，终归汇入尘俗的江河，也终归流向生命的大海。我深深知道，无论旧时的泉水汩汩，还是当下的泉声叮咚，每一股麓山流泉都将汇入湘江碧水，都将流向青草洞庭，最终流向海天茫茫。

湘江作为“地球东方美丽的江”，千百年来，它的水波里涌动着麓山流泉的诗意与哲学，涌动着强旺而浩渺的湖湘血脉。

“吾道南来，原是濂溪一脉；大江东去，无非湘水余波。”

麓山流泉赋予湘水余波以强大的精神文化基因。那基因并非符号和概念，而是孕育于幽谷青崖间的清亮人性、江海胸襟，以及仁者乐山、智者乐水的至善追寻。

没有水，何以沿波而讨源？对于生于斯、长于斯的湖湘儿女来说，只要不曾忘却母亲河湘江，麓山流泉就一直在你心里奔涌。

风起绿洲

一

古往今来，橘子洲留下了太多太多的诗词。若论影响之巨，莫过于毛泽东的《沁园春·长沙》。作为中学语文教材里的经典选篇，天南海北，不知多少年轻人背过：独立寒秋，湘江北去，橘子洲头……

记得几年前，湖南教育电视台曾策划一档叫“诗说中国”的节目，节目组邀我给中学生讲的正是《沁园春·长沙》。

那是一次难忘的经历。当时正值深秋，十几个身着绿色校服的高中生，一大早就坐在橘子洲凉爽的风中。一边是望江亭，一边是青年毛泽东艺术雕像。

湘江在阳光里泛着波光，就像孩子们一样安静。

我说，古典秋色总带着一份肃杀与悲凉，然而，到了 20 世纪 20 年代，刚过而立的毛泽东，却在橘子洲上看到了秋天里的春天。

那是怎样的天地之境呢？是“万山红遍，层林尽染”的生机，“鹰击长空，鱼翔浅底”的辽阔，“漫江碧透，百舸争流”的进取，更是“万类霜天”的自由。

究竟是什么力量扫开了凝重的秋寒呢？是那一声惊天动地的叩问：“问苍茫大地，谁主沉浮？”

诗人也并不是没有悲伤的理由。且不说 20 世纪 20 年代的中国如何军阀割据又如何政治分裂，就是在橘子洲头，看上去也是一幅积贫积弱的景况。

1904 年长沙开埠之后，英国领事馆、日本海军俱乐部、美国福音堂、美孚洋行、长沙海关税务司、长沙盐务司及日本巡捕住宅等大量洋房，赫然建在橘子洲上。

橘子洲上，外国人的汽车横冲直撞。更有甚者，洲上还曾辟有专供外国人寻欢作乐的万国球坪，坪外竟挂着“华人与犬勿入”的侮辱性标牌。浮在湘江里的橘子洲，曾经承载着多少悲愤与屈辱啊！

这一切，毛泽东一定看到了。但他的诗歌并没有匍匐在历史的屈辱中，相反，诗句中升腾的是力量，是改造，是奋斗，是交织着大仁、大智与大勇的青春。

所谓大仁，就是“粪土当年万户侯”的价值取向和“恰同学少年，风华正茂”的芳华绽放；所谓大智，就是“指点江山，激扬文字”的天下担当；所谓大勇，就是“到中流击水，浪遏飞舟”的生命壮怀。

水天一色的万重秋光，回荡着激昂奋进的青春交响。

深秋的意境，澄明着“见自我，见天地，见众生”；青春的辞典，书写着“知者不惑，仁者不忧，勇者不惧”。

我们不能忘了，这首词写在橘子洲，词题却并不是《沁园春·橘洲》，而是《沁园春·长沙》。近一百年过去，《沁园春·长沙》已然成了长沙这座三千年古城最响亮的青春代言。橘子洲无愧于青春之洲，长沙城亦无愧于青春之城。

今天，你站在橘子洲头眺望东西两岸。东岸的绿荫深处是妙高峰，山下是湖南第一师范，毛泽东曾在那里求学、工作、生活达八年之久。西岸的蓝色天际下,绵延起伏着一线青翠山色。中南大学、湖南大学、湖南师范大学校园里，数十万青春身影都活跃在绿树红墙之间。

橘子洲像那永不沉没的艨艟巨舰，将两岸浩荡的青春带向时代的星辰大海。

散发青春气质的毛泽东艺术雕像堪称橘子洲的画龙点睛。曾几何时，这青春的雕像早已融入远山近水。每当伫立其下，总是情不自禁地想起一百多年前的觉醒时代，想起陈独秀先生曾写在《新青年》卷首的文字："青春如初春，如朝日，如百卉之萌动，如利刃之新发于硎，人生最可宝贵之时期也。青年之于社会，犹新鲜活泼细胞之在人身。"

二

2024 年的一个春日，当我从橘子洲上的乐之书店走出来，迎面看到的就是一轮夕阳晚照。

印象中，风里还略带早春的寒意，眼前却铺着毡子似的草色如茵。我们从石径上穿过，欣喜于江边柳丝已然泛着绿意。它们像一张巨大的卷珠帘，回应着春江水暖的一往情深。

拐过一栋红色建筑，忽而遇到一株合抱之粗的古树。那树高耸入云，枝柯虬劲，远远望去，就像是洲上一幅巨大的黑白素描。

驻足细看，方知那棵树立在洲上已是一百二十余年。我在心里默默地算了算，当年毛泽东写《沁园春·长沙》的时间是 1925 年，这就意味着，当年毛泽东在此"独立寒秋"之时，这棵树也是一个二十多岁的树中青年。这株古树，它是听过那"携来百侣曾游"的青春歌吟的。

⊙ 初雪之橘子洲头

⊙ 橘子洲清晨

早在第一师范求学时，毛泽东就曾与其少年同学一起到橘子洲一带的湘江游泳。

在毛泽东的影响下，罗学瓒也热爱冬泳。他曾在1917年9月20日的日记里写道："今日往水陆洲头泅渡，人多言北风过大，天气太凉。余等竟行不顾，下水也不觉冷，上岸也不见病。"在那群一师青年眼里，游泳最能"坚固皮肤，增进血液，扩充肺腑"。

学生时代的毛泽东极重体育。在国人体质普遍羸弱的时代，他甚至站在提升人种素质的高度，发出"文明其精神，野蛮其体魄"的时代强音。当时，陈独秀先生主编的《新青年》十分风行，一师学生毛泽东就以"二十八画生"为笔名，在此杂志发表《体育之研究》。

有意思的是，毛泽东当年在橘子洲一带游泳时，还经常看到一个十三四岁的中学生，每天摇着木划子，往返于天马山与长郡中学之间。这个中学生日后成了中国人民解放军海军司令员。他就是岳麓山下土生土长的萧劲光。

恰同学少年，风华正茂。青春不仅意味着强健的体格，更意味着"改造中国与世界"，"使个人和人类的生活向上"的伟大理想。

我们从橘子洲向西北望去，可以看到溁湾镇的刘家台子，那是蔡和森当年的家。1918年4月的某个春日，十多个年轻人曾相聚在蔡家。百年后回眸，那是一道何其动人的青春风景啊！那么多人挤在屋里，或坐，或站，每一张脸都洋溢着春天的光泽，毛泽东、蔡和森、萧子升、何叔衡、萧三、张昆弟、陈书农、邹鼎丞、罗章龙……

这么多年轻人为何聚到一起？不为蝇头小利，不为男女情事，只为"革新学术，砥砺品行，改良人心风俗"。他们像一股巨大的清流，穿过滚滚浊世，让个人青春与社会理想同频跳动。

百年前的新民学会，发出了“建党先声”。四十多年后，一个生机盎然的新中国果然屹立于世界之东方。20 世纪 50 年代，毛泽东与其老友周世钊等重游岳麓山。周以诗相赠，毛以诗相和，每一句都闪着漫山遍野的春光。

春江浩荡暂徘徊，又踏层峰望眼开。
风起绿洲吹浪去，雨从青野上山来。

橘子洲，正是那春风起兮的千年绿洲。

三

有山有水的城市并不少见，山、水、洲、城兼备的，全世界非长沙莫属。

这是万千偶然中的偶然。麓山西峙，湘江北上，一座城拥有如此清丽的山水已是天意恩宠。然而，天意并未止于此，湘水流至长沙城的时候，居然形成了如此壮观的内陆洲。

不知橘子洲存在多少年了。远在晋代，《湘中记》就有记载说：“晋惠帝永兴二年（305）生此洲。”“湘水至清，虽深五六丈，见底了然，石子如樗蒲矣，五色鲜明。”郦道元的《水经注》也说：“湘水北经南津城西，西对橘洲。”

直至清代，人们在惊叹湘江清可鉴人的同时，更将橘子洲描述得如梦如幻。余廷灿在《江神庙碑记》里说：“考湘江清照五六丈，下见底石为樗蒲齿，宜若空明净彻，千里一碧者，独橘洲匹练。曳水面，如荇藻牵风，湘人传其初无根蒂，能与波下上。盖尽江之瑰奇、灵异、谲诡，正于是乎聚。”

“昭潭深无底，橘洲浅而浮。本欲凌波去，翻为目成留。”此诗亦道出橘洲的神性。袁枚曾写过一首诗，道是：“湘水无纤埃，十丈如碧玉。直是银河铺，不用燃犀烛。”大概是对江水之清慨叹不已吧，其诗题可谓不避其繁，叫“湘水清绝深至十丈犹能见底”。

遥想舟漂橹摇的岁月，湘江两岸还没有工厂，更没有废气和排污。那时节，一叶扁舟从春色里飘过，唯闻绿色的欸乃桨声。

湘江如许清绝，人们看得清江底岩石，以为橘子洲的形成与那江底的大石头有关。有一种说法是，橘子洲最初只是南北狭长的巨大基岩，其中部凸起，四周低缓。当湘水流至今猴子石一带，江面忽而变宽，水流相对变缓。因此，江岸与江心之间，形成巨大的回旋。经年累月，江水所携带的泥沙不断淤积于基岩，而下游浏阳河与捞刀河的水流回旋，更加大了泥沙沉积的力量。就这样，清江、基岩、泥沙，经过亿万年的因缘际会，终于奇迹般地使橘子洲浮出湘江之上。亦如前人所云：“湘江滥觞阳朔山，迤逦汇潇蒸诸水，北折而下，至长沙，江澜澄涵，不怒作，则橘洲浮其中。”

多少年了，橘子洲就这样浮于湘水碧波之上。西面青山林泉，东面城郭市井。江声南来，浪花北去。远远望去，橘子洲恍如海上蓬莱。到了杜甫眼里，这里简直就是一处世外桃源。他写道：“桃源人家易制度，橘洲田土仍膏腴。”

如果我们从航拍镜头里看，橘子洲的地标意义更是无与伦比。往北，它“映带洞庭，几八百余里”；向南，它“瞻顾衡岳，七十有二峰”。“西南云气来衡岳，日夜江声下洞庭”，黄道让的对联挂在橘子洲头似乎更应景。

橘子洲自古风景绝佳。宋代张舜民在《岳麓山记》中说：“橘洲湘江中，南北与城等，有巡检司，僧寺两三所，居民业渔者数百家，

⊙ 橘子洲头

湖南银行

景物最为佳处。”那是一千多年前的橘子洲。江流宛转，僧寺钟声，月下渔歌，此情此景怎能不让人生出世外之想？

晚清刘献廷在其《广阳杂记》中说：“长沙小西门外，望两岸居人，虽竹篱茅舍，屋皆清雅淡远，绝无烟火气。远近舟楫，上者下者，饱张帆者，泊者，理楫者，大者小者，无不入画。天下绝佳处也。”

那时候的橘子洲显然不同于今日。我曾看过嘉庆年间《长沙府志》里一幅关于水陆洲的黑白手绘图。从那里，我们可以看清当年山水洲城的形胜。

一百多年前，湘江东岸还是一线青灰城墙，那面对湘江的石门，乃是传说中的小西门。从那里望向橘子洲，湘江上白帆点点，舟楫往返，洲上居民平时出行都划着小木划。

过去，橘子洲并不是一个整体，而是一串小洲，并未相连。《方舆胜览》称“湘江中有四洲，曰橘洲、曰直洲、曰誓洲、曰泉洲”，“望之若带，实不相连”。至明代，长沙民间还有“三洲连，出状元”的谶语。人们一度将橘子洲分出上、中、下三部分，上洲称牛头洲，中洲称橘子洲，下洲称傅家洲。橘子洲又称水陆洲，因为从晋代起这里建有水陆寺。

橘子洲得名于橘。《太平寰宇记》说：“橘洲在县西南四里江中，时有大水，诸洲皆没，此洲独浮，上多美橘，故以为名。”

每年霜冷长河时，湘江在夕阳里闪着金光，如同那燃烧的晚霞。想想，一脉清江，一圈白浪，一洲红橘，还有“半江瑟瑟半江红”的秋日光影，那是怎样令人心驰神往的水上绿洲啊！唐代诗僧齐己曾以诗句留下了当时的橘洲盛景：“洞庭栽种似潇湘，绿绕人家带夕阳。霜裛露蒸千树熟，浪围风撼一洲香。”

橘子洲还是长沙何以称之为长沙的一种可能。《清稗类钞》中说："湘江中有沙坟起，若新筑之马路，长短不等，最长者曰老龙沙，长至六七里，长沙命名或以此耳。"

四

作为江渚汀洲，橘子洲如此古老，又如此诗意。幸亏有那么多诗歌，橘子洲才挽留了一些时间里的背影，才让我们听见历史与山水的呼应。

"两边枫作岸，数处橘为洲"，哪一株橘洲枫树活过了张九龄的诗句？"鹭立青枫杪，沙沉白浪头"，哪一只白鹭能从唐代飞回来？"汀洲暖渐渌，烟景淡相和"，哪一时的烟景能与今日的春光产生交响？"乔口橘洲风浪促，惊帆何惜片时程"，哪一处江风能穿过层层岁月呜呜作响？

橘子洲停泊在湘江里，也停泊在诗韵中。关于橘子洲所有的诗意咏叹，最美的不是春色，也不是秋光，而是自宋代以来被称作"潇湘八景"之一的"江天暮雪"。

天将暮，雪乱舞，半梅花半飘柳絮。
江上晚来堪画处，钓鱼人一蓑归去。

这是被誉为秋思之祖的马致远的曲子，暮色里的雪花、凛风中的梅香、寒江上的钓者，都构成浮生外清寂苍茫的意境，足以止息红尘。

三十岁的米芾，也曾在这里记下他眼里的冬日：

蓑笠无踪失钓船，彤云黯淡混江天。
湘妃独对君山老，镜里修眉已皓然。

江天暮雪里少不了梅花，也少不了孤松。正如郑板桥所叹："雪意满潇湘，天淡云黄，梅花冻折老松僵。"

天下之大，何处不可见暮雪纷纷？不知为什么，橘子洲的江天暮雪格外动人。不说别的，宋、明、清三朝，居然都有"江天暮雪"的御笔题诗。

朔吹扫氛埃，同云暝不开。
千山飞鸟尽，一水溯舟回。
波面散铅汞，林梢已泻瑰。
怀人留剡棹，野店且新醅。

这是宋宁宗赵扩的诗。也许那湘江上的风云、溯舟、林梢、野店与新醅，会比连篇累牍的奏折更牵动情思吧？

渔翁独酌寒江滨，顷刻琼瑶飞满身。
得鱼醉唱湖南曲，欸乃一声天地春。

这又是一位皇帝的诗，作者是明宣宗朱瞻基。他从琼瑶满身的世界听见春回大地的声音，不能不说是好诗。它的好，无关天下，无关权力，只关性情。

柳绵鹤氅正纷纷，七泽三湘杳莫分。

何处参差飘钓艇，因风吹裂冻江云。

清高宗弘历也曾咏叹过江天暮雪。他的诗里确有彻骨奇寒，不知他是否从无数风雪归人的身影里想起芸芸众生？

一场暮雪连天下，处江湖之远的橘子洲，谁能说它在庙堂之外呢？

五

江洲，江亭，江楼。哪一个古典意象，不蕴含着对生命的感怀？

想当年，唐人崔颢站在黄鹤楼上，看到芳草萋萋的鹦鹉洲，写下千年传唱的“日暮乡关何处是，烟波江上使人愁”。流动的江水，凝止的绿洲，此种动静之象是否更容易让人想起遥远的家乡？

相对于明月下的山亭，江亭似乎更让人想起漂泊与苍茫。苏轼当年被贬黄州，在人生至暗时刻，长江边那个废弃已久的临皋亭，就曾给过他疗愈。他曾自言自语地说：“东坡居士酒醉饭饱，倚于几上。白云左绕，清江右洄；重门洞开，林峦坌入。当是时，若有思而无所思，以受万物之备。惭愧！惭愧！”

水路繁荣的年代，江楼是古人的饯别之地。无论是“孤帆远影碧空尽，惟见长江天际流”，还是“寒雨连江夜入吴，平明送客楚山孤”，每一座江楼几乎都由送别的诗行垒成。

橘子洲，其上建有江亭，亦建有江楼。望江亭在橘子洲头，最初建于唐代，距今已是一千三百多年。然而，今人似乎并未那么在意它的存在。至于此亭的文学掌故，更鲜为人知。

浩渺浸云根，烟岚出远村。

鸟归沙有迹，帆过浪无痕。
望水知柔性，看山欲断魂。
纵情犹未已，回马欲黄昏。

这首诗的作者是宋之问。他的“近乡情更怯，不敢问来人”家喻户晓。不承想，宋之问也曾独立于千年之前的望江亭，看过那一片归鸟白帆，看过这一带山水相依。

人们更想不到，望江亭还曾进入过关汉卿的曲。这位伟大的元曲作家，曾以橘子洲头的望江亭为故事背景创作过《望江亭中秋切鲙》。

那是一个交织着美丑、善恶、愚智的曲折故事。女主人公谭记儿才貌双全，而夫君早逝。就在她暂居道观的日子，白士中与她相好，并结成了夫妻。哪知花花太岁杨衙内贪恋谭记儿美色，心下起了嫉恨。他在皇帝面前诬告白士中“贪花恋酒，不理公事”，并从朝廷请到势剑、金牌与文书，来长沙直取白士中的人头。然而，谭记儿临危不惧，巧扮美丽的渔妇，在望江亭内灌醉杨衙内，窃走势剑与金牌，反告衙内对她非礼。御史李秉忠暗中访得此事，奏请朝廷，杨衙内终于被惩办。全曲在夫妻团聚、中秋月圆中落下帷幕。迟至清代，《望江亭》一直是传统京剧里的经典剧目。

六

橘子洲尾，有江神庙和拱极楼。

清雍正八年（1730），清世宗下诏祭祀江神。当时的布政使赵城将洲上原有的水陆寺更名为江神庙。每年春秋两季，官员们登洲祭祀，再加之洲上有百姓和往来商旅，江神庙一度香火极旺。

江神是民间祭祀对象，何谓江神呢？

《山海经·中山经》中有江神的记载："洞庭之山，其上多黄金，其下多银铁……帝之二女居之，是常游于江渊。澧沅之风，交潇湘之渊，是在九江之间，出入必以飘风暴雨。"帝之二女，指尧的两个女儿娥皇、女英。她们嫁给舜为妻，亦称有虞二妃。二女死后成为湘江女神，屈原《九歌》中的湘君、湘夫人即指她们。洞庭山即君山。

值得一提的是，江神庙还与刘罗锅有一段渊源。清人余廷灿所作的《江神庙碑记》这样记录：

今大司空刘公驻节长沙，时政通民和，有愿输金百两，呈请劝众捐修者。公度不可禁，即严饬有司，无废无侈无扰，众欢趋之。不期而集醵金若干，遂辇材遴匠，作庙重三殿门，其前作楼级二层捍其后。周遭啮岸颓栏，以次凿金嵌石，坚致玲珑。

江神庙建成后，人们在它后面建起一座气势恢宏的江上楼宇，曰拱极楼。

拱极楼耸立于橘子洲上，一时"与岳阳、黄鹤名胜相望也"。迁客骚人将太多的日暮乡愁寄予了这座江楼。

正如清人黄景仁所感叹的："淼淼烟波独倚楼，楚天望断木兰舟。此间自古多离别，日暮江空我欲愁。"

当年拱极楼附近的江岸古柳成行。每逢夏日，江风习习，柳荫遍地，是难得的消暑之地，正所谓"十二朱栏面面开，纳凉人在小蓬莱。桃笙石枕清眠熟，柳外微风一阵来"。

很长一段时间，江神庙前还曾建有戏台。每逢重大的祭祀节日或菩萨生日，咿咿呀呀的唱腔便从灯火那边响起，又飘落在一江清幽的夜色里，曳着长长的光影。因为橘子洲浮在江心，想那夜色中的戏台，是不是就像鲁迅先生《社戏》中的那样令人神往呢?

“江上往来人，但爱鲈鱼美。君看一叶舟，出没风波里。”当年聚居于橘子洲的,多是江上渔民。这些在湘江上讨生活的底层百姓，他们世代定居在这鸡犬相闻的弹丸之地，每个屋檐下都曾是相似的悲欢吧?

渔民终年吹着江风，经受惊涛骇浪，就如同他们变幻莫测的生死际遇。哪个渔民的一生不是一蓑烟雨?面对风浪里那么多变幻不定，谁不曾俯身在江神庙的烛光里长跪不起?

七

长眠橘洲风雨寒，今日梅开向谁好。

橘子洲在黄庭坚的诗里。诗中的长眠者，不是别人，正是与他同在苏门的秦观。当时,苏轼、秦观、黄庭坚等都是北宋朝廷的旧党,也都被卷入残酷的元祐党争之中。苏子被贬世人皆知,其学生秦观,尽管才华盖世，也是一贬再贬：先贬杭州，再贬郴州。当秦观寄身于郴州的清冷旅馆时，其内心的孤苦绝望可想而知。

雾失楼台，月迷津渡，桃源望断无寻处。可堪孤馆闭春寒，杜鹃声里斜阳暮。

驿寄梅花，鱼传尺素。砌成此恨无重数。郴江幸自绕郴山，为谁流下潇湘去?

离开郴州，秦观再贬横州。据说，凄风苦雨中，秦观格外怀念他在长沙曾见过一面的红颜知己。为了她,秦观写下一首《鹊桥仙》,呼唤着超越朝朝暮暮的脱俗之爱，也呼唤金风玉露的心灵永恒。

纤云弄巧，飞星传恨，银汉迢迢暗度。金风玉露一相逢，便胜却人间无数。

柔情似水，佳期如梦，忍顾鹊桥归路。两情若是久长时，又岂在朝朝暮暮。

让人痛惜的是，公元1100年，52岁的秦观，因心情郁郁而客死藤州。其子秦湛悲恸不已。他扶柩北上，将其父槁葬于橘子洲。槁葬者，临时安葬也。秦观心中的红颜知己怎么也不曾料到，那一夜依依惜别，竟是此生永诀。她无法接受生离死别的残酷现实，绕灵三圈之后，当场气绝而亡。

就在秦湛槁葬其父的那些日夜，被贬广西的黄庭坚自洞庭而来。在漫天风雪的除夕之夜，黄庭坚于潭州旅舍与重孝在身的秦湛偶遇。同是天涯沦落，好友却生死相隔。黄庭坚将20两银子赠予秦湛，深情地说："尔父，吾同门友也，相与之义，几犹骨肉。今死不得预殓，葬不得往送，负尔父多矣。是姑见吾不忘之意，非以赙也。"

自长沙别过秦湛之后，黄庭坚独赴衡阳。他在那里遇见了僧人花光仲仁。他是宋代著名的画僧，尤擅画梅，人称"江南一枝梅"。画僧与秦观、黄庭坚都是极好的朋友。黄庭坚至衡阳之后，花光仲仁特意找出秦观、苏轼的诗卷，抚今追昔，不胜唏嘘。黄庭坚步秦观韵写了一首诗，"长眠橘洲风雨寒"正是此诗中的句子。

八

橘子洲，如今是长沙烟花的绽放处。

记不清多少次，走在橘子洲的晚风夜色里。每次置身洲上，看到临江一线的摩天大楼都被城市灯光装点得五光十色。一会儿杜鹃，一会儿芳草，一会儿枫叶，一会儿白雪。季节在灯光里变幻。远处湘江对岸一线长长的林木，披着斑斓的绿色光影。

璀璨灯火倒映在江水里，弥漫着，摇曳着，闪烁着，整个湘江犹如一条闪亮的银河。

不知为什么，走过洲上中西合璧的老建筑，走过洲上那株拥有三百多年历史的古樟，走过灯火江洲与春风浩荡，想起橘子洲的前世今生，竟有一种头顶星辰大海、舟行千里万里的壮美感。

桃子湖春行

一

这是惊蛰前一日。近午时分，天空弥漫着一片浅灰，空气里还飘着轻寒，忽然动念想去看看桃子湖的早春。

穿过那熟悉的短街，从两爿红房的豁口处向左一拐，桃子湖水就在眼前闪亮着。

桃子湖并不大。它西接凤凰，南连天马，自古就有“一湖连两山，碧波通大江”的美誉。

行至湖边，放眼一望，天光云影下，简直就是一幅秀美的江南水墨，飘着悠悠的古典神韵。湖里倒映着湘江对岸的高楼影子。那些摩天大楼，本来立在闹市中心，影子却投在山色湖光中，灵动而清幽。它们远不是什么百尺危楼，只是窗明几净的现代建筑。因为它们的投影，桃子湖的春色像是一曲古典和现代的合奏。

湖之西岸曲曲折折。沿着黑色鹅卵石铺就的小径往前走，一脉青黛山影伴在左侧。我看见掩映于树丛的，乃倚山而建的一些矮房，或赭红，或粉白。房子与湖水间，绵延着低缓的草坡，缀着一畦新绿或一抹浅黄。黄绿错综的草色，柔和地舔向湖水，仿佛借着树影在那里细语或轻吻。

此时的树，枝头尚未长出新叶，树干并不怎么高大。它们长在湖滨，每一株都秀秀气气，各具江南的韵致。你看，这一棵倚湖凝望，那一株长发垂肩……所有细密的黑色枝柯，像极了画师笔下充满静气的工笔。工笔倒映在湖水里，衬在天空的底色上，仿佛巨大的宋元山水穿越时空。

湖上飘着几片枯荷，它们簇拥着，暗红的茎叶、乌黑的莲蓬，不但不显衰败，反而莫名透出脱俗的清雅。春天了，桃子湖的每一枝枯荷都已醒来。也许，它们的根原本就未在水底沉睡。可以想象，夏天一来，风就会从南岸的柳荫下吹来，就会从田田荷叶上吹来，就会从某只蜻蜓蝉翼般的翅膀下吹来。那时候，整个桃子湖会是一个荷香的世界。眼下，桃子湖却没有浓艳，没有绚烂，没有馥郁，只有早春的萌动和萌动中孕育的无限可能。

踱至西南角，忽而听到稠密的绿叶间传来啾啾鸟鸣。不知那是什么鸟，也不知它们说什么。听它们的声调和节奏，像是说着琐细的日常。

水上有一段栈桥。桥面贴着水面，湖水清可鉴人。走到桥上，水底丛生的绿植看得清清楚楚。

桃子湖南岸很短，湖岸皆以石砌，岸边植一排垂杨。岸上乃东西走向的牌楼路，参天古樟遮天蔽日，恍如一道绿色屏风。若从牌楼路上匆匆而过，你看到的很可能只是垂柳的树冠。

杨柳堪称春天的使者。此时此刻，柳枝上正爆着一粒一粒嫩芽。柳条在微风里摆动，似乎有种缱绻，莫名让人想起江南的烟雨。江南无所有，聊赠一枝春。不知桃子湖的早春柳色，是不是正连着某些遥远的乡思？

伫立南岸，透过柳丝看桃子湖，别有一番春来的情致。北岸屹立着湖南师大教科院的大楼，它处在绿树环绕之中，像是《诗经》

里的在水一方。十多年前，也是这样的春日吧，我曾坐在那楼里的某间教室、某个窗边，偶尔从书页间仰头远眺，桃子湖的波光无数次迎着我的惊鸿一瞥。那些年轻的日子，就像大楼正中那面玻璃幕墙，映着煦暖与幽蓝。

湖之东岸，是一条直直的南北林荫道。玉兰、香樟、桂花、杜英、柳树，还有很多叫不出名字的树，它们静静地守在岸边。这边的树比对岸的古老且高大，它们的倒影更像大开大合的山水写意。东岸毗连车水马龙的潇湘大道。路基与湖水之间存在地势落差，由那枝繁叶茂的古老香樟隔着。

路基斜坡处，遍种花树。最美的还是这早春的茶花。盛开的花瓣上，闪着一粒粒晶莹，不知是清晨雨露，还是未干宿雨。一些花苞也悄悄探出头来，似乎对未来充满期待。那生出紫色新叶的，是女贞吧？那么细，那么嫩，简直是一派天真与稚气啊！

转到东北角时，灰白路面忽而变成红色木质桥面。人走在上面，发出"笃笃笃"的回音。一侧潇湘大道上车来车往，可这木质回音依然衬出一湖幽静。这时候，拐角的绿树间又传来了鸟的啼唱。声音并不繁密，一句一句却嘹亮而清远。我猜想，那是一只红嘴蓝鹊在叫唤远处的爱人，抑或是某只白头翁正在春光里纵情歌吟。

桃子湖路，在桃子湖北岸，路基似乎比南岸更高，像一道粉白墙壁立在那里。东北一角，石阶连着道路与湖畔。北岸一线浅水里，堆着一些石头，其形或大或小，其色或深或浅，隐约营造出一种"清泉石上流"的意境。

由北而南，又由南而北，就这样绕着桃子湖走了一圈。待回到入口处，抬头才发现前方那座拱桥。桥上雕栏，桥下漱玉，名曰"咏归桥"。站到桥上，正对着湖中那个小岛。岛上丛生着十多棵小树。

⊙ 绿满桃子湖

绕着小岛的一圈参差树影，映着湖水的幽远空灵。湖上很安静，一只野鸭不知从哪里游向小岛，水面被它犁开一道“八”字波痕。那短促而尖利的叫声，像是整个春天的苏醒。

近看湖水一平如镜，远处却阳光跳跃，波光点点。半湖美的涟漪，提醒着风的形色。

自此向南望去，天马山伏在不远处，它在天际下勾勒着青树翠蔓的轮廓。偶有一两只鸟儿掠过湖面，翅膀画出一道优美弧线，又迅速没入山的那一边。

环湖一周，突然觉得脚步就像那嘀嗒作响的钟表指针，一步一

步丈量着时间的长度。我想，桃子湖是不是造化遗落人间的时钟？正当我准备离开的时候，迎面遇到一群青年学子，明眸皓齿，谈笑风生。目送他们的背影，内心却被一种明亮所击中。正是因为他们，桃子湖才会如此风华正茂，如此一往情深。无数青年从湖边走过，不知曾有多少青春的故事在湖边月色里流连，也不知曾有多少青涩爱情在春风里沉醉，更不知曾有多少思想在湖水里澄明？

能坐拥一泓碧水的大学，是幸运的。在我看来，桃子湖之于湖南师范大学、湖南大学，就像未名湖之于北大、东湖之于武大一样。它提醒湖边的每一个人：最美的风景，唯有宁静才能看见。

二

独坐桃子湖边小憩，一颗心都在湖光里安顿下来。春水迢迢，像桃子湖这种小小水域，哪里没有呢？我们乡间的水库，不是比它更烟波浩渺吗？然而，它们不可能像桃子湖这样，拥有思接千载的漫长记忆。那些水域倒映的，只是两山排闼的寂寞。

我不知桃子湖到底形成于怎样的地质年代。很早很早以前，它就曾唤起过人间惊奇。那时候，在人们眼里，桃子湖像是上苍遗落的一颗明珠，几乎没有任何征兆，仿佛自天外飞来，怪不得人们叫它“飞来湖”。就像西湖边的飞来峰、岳麓山的飞来石一样，桃子湖的出世恍如一个传奇。

据《岳麓书院志》记载，桃子湖“小成湘碧，可钓可泛，江皋重岫，既遮断大江，尝星月倒映，鸥凫宿烟，一泓之清，胜于千顷”。至少在一千多年前的宋代，桃子湖就已经荡漾在高僧洪觉范的诗里：

那知湘水西，乃有飞来湖。
连荡满秋色，小艇藏菰蒲。
闲来倚危槛，对立鸥炯如。
我与湘峰色，俱堪入画图。

洪觉范，名惠洪，字觉范，一位文学造诣颇深的禅师。在他眼里，桃子湖有着“清可照须眉”的秋水明净，更有“人在画图中”的陶然忘机。那时候的桃子湖，所种并不是荷莲，而是一湖菰蒲。诗人闲立危槛，正与那一湖白鹭“相看两不厌”。

是白鹭，还是白鹤？古人很可能不会区分得那么清楚。历史上，从桃子湖到白鹤泉一带曾是且飞且止的白鹭，当然也可能是白鹤。惠洪禅师的诗，让我们怀想桃子湖古老的生态。明代岳麓书院山长吴道行的《岳麓山水记》，也描述了桃子湖的风光。

一岸滨江，约四里，为古柳堤，中有石坊曰“岳麓书院”，宋真宗赐额也。岸内有湘西书院旧址，进而为梅堤，为咏归桥，为濯清池，约三里抵书院。

想想明代的这方天地，夏有绿柳拂堤，冬有梅花傲雪，而桃子湖最美的季节，却是落英缤纷的春天。桃子湖，顾名思义，它以桃得名。最初，湖之两岸所植皆为桃林。每到春暖花开时节，明媚的桃花倒映于一湖清波，水上飘零着美丽的落英，那是怎样绚烂而忧伤的场景啊！多少年过去，桃花开了又谢了。桃子湖的春光，却留在它古老的命名里。

三

对桃子湖来说，2008 年是生命里最重要的一年。

熟悉的人不会忘记，二十世纪八九十年代，临桃子湖的那条街道，曾是密密麻麻的各种店面，餐馆、旅馆、网吧、歌厅……出于商业利益的追逐，店铺的生活废水都朝桃子湖排放。桃子湖的清纯遭到史无前例的玷污，湖水由清而浊，渐渐变成一湖乌黑。近岸水上，看得见油腻，看得见刺目的白色垃圾。炎天暑热，湖边弥漫着腐臭味。当时的桃子湖，简直就是闻一多先生诗里的那一汪“死水”。

大学生是出入小街的主要消费人群。人们将这条街称为“堕落街”，一时竟全国闻名。一条街的堕落，带来一面湖的至暗。那些年，映在湖水里的，没有青山静穆，只有欲望狂欢。

桃子湖有什么办法呢？只能隐忍。它像人间的一面铜镜，映照着历史的风华，亦映照着现实的不堪。直到多年以后，人们才终于反躬自省：绿水青山就是金山银山。桃子湖迎来了命运里的春天。进入新世纪，长沙市委、市政府做出重大决策，斥巨资对凤凰山、天马山与桃子湖实施综合整治。2010 年，全新治理后的湖子湖以让人惊艳的面目重新出现在人们面前。湖底彻底清淤，湖面水域拓展至 120 亩，水深达到 2 米至 3 米，环湖新建游道、廊桥、轩榭、亲水广场、湖中小岛。堕落街永远地沉入历史，变为大学里的文化创意产业园。

湖光山色归来，鸟语花香归来，意气风发的青春归来。

四

在桃子湖，莫名想起两千多年前北方的沂水之滨。也是这样的早春时节吧，弟子们簇拥着衣带翩然的夫子。春风入襟，柳暗花明，弟子散坐于河边草地。先生询问众人志向，不时莞尔。众说滔滔之时，唯有曾点独向远处悠然弹琴，待先生问其心志，才不得不止住琴音。他说此生所追求的境界不同他人，只不过是“浴于沂，风乎舞雩，咏而归”。不曾料到，话音刚落，夫子喟然长叹：“吾与点也。”

或许，那才是两千多年来最让人心驰神往的教育吧。每次读到这里，我仿佛看见，头顶上正升起一轮美的太阳。于人生颠沛之中，于生命忧患之中，于历史离乱之中，于时间轮回之中，怎样的一生才能真正无愧于“咏而归”啊？匡时济世的宏大叙事固然崇高，自然风发的生命性情又何尝不是活着的本质？

这样一想，越发体会到桃子湖的价值。它映照的是人类面向未来的心灵境界，它就像梭罗笔下的瓦尔登湖，映现着人类宁静致远的精神风景。洛伦·艾斯利说：倘若世上真有魔法，它一定隐藏在水中。莫非，桃子湖就是岳麓山下的魔镜？作为大地的清亮眼眸，它总在等待无数从春天出发又从春天归来的生命逆旅。

桃花岭上

一

桃花岭，在岳麓后山对面。很多年前，去过湖南师大附中梅溪湖中学。朋友告诉我，每天都在桃花岭的怀抱里生活，他有一种被上天宠爱的幸福。

想想吧，每天推开办公室的窗子，迎候他的总是一帧逼眼的青翠，映着四季变换的光影。这样的日子久了，他感到自己竟也像葳蕤的草木一样，充满了蓬勃的生命力。

每天夕阳西下之时，他总习惯于沿着学校边上那条陡峭的山路，一直往上走，往上走。他想去山腰听听晚风吹动草木的声响，去山顶看看盘旋在林梢的白色飞鸟。

朋友约我爬过好几次桃花岭。每次爬完山，他都感慨万千。他说，山水才是最好的老师。在他看来，学校最大的资源就是这天赐的倚山临湖，只要将心安在这里，你会看到好教育的样子。那里有四时得宜的节奏，亦有万物并育的生长，人与自然之间有着极难得的生命和谐。

朋友说起这些的时候，我隐隐觉得，或许桃花岭这地方，天生就像是世外桃源。它确实适合办一所学校。桃李芬芳不正是教育的自然隐喻吗？

然而，我并未在桃花岭上见过桃花。

这一点都不影响我对桃花的想象。不管有没有看到桃花，它都与你心里的桃花在一起。在长沙，不少地名就像桃花岭一样，它们散落于街巷深处，提醒着那些消逝的自然生态，提醒着那些拥挤的城市空间曾经有过的葱郁或绚烂。与其说，那是一种地理存在，莫如说更是一种心理存在，或是一个诗意的审美存在。面对那些地名，你不得不感叹一个语词的力量。

在长沙，像桃花岭这样的地名，满城都是，它们就在历史里定格。比如，南城有地曰桂花坪，是不是意味着那里曾有一大片桂花林？是不是每年深秋，那方圆几十里的人家都沐浴在桂花的清香与明月的清辉之中？桃花岭，这岭上一定曾是桃花盛开的地方，不然，何以叫它桃花岭呢？

道路的名字也是这样。我曾置身于拥堵的车流汇成的光河里。那时候，我会出神地凝想，如果此刻芙蓉路的两边果真是芙蓉夹道、花树缤纷，那样的春夜是不是比王维的“夜静春山空”更加迷人？

山岭也是如此。提到山岭，自然就想起陶弘景的诗句：“山中何所有，岭上多白云。只可自怡悦，不堪持赠君。”山岭何处不有？它不过是平川、河谷一般的地理存在。然而，一旦它被诗意化、语词化，它就成为一种想象，一种人生寄托。

然而，没有人可以经由诗句或语词回到从前，回到那样的桂花树下或芙蓉路上。因此，当朋友站在桃花岭上和我说起自然与教育的话题时，我总有一种奇妙的感觉，仿佛那些桃花会经由朋友的参悟而穿越亿万年的时空盛开在眼前。

印象中，我曾从桃花岭上盛开的杜鹃花丛中走过，也曾在山顶雨后的红泥曲径上采摘过素洁的栀子或黑色的秋果，也曾在山间那充满野趣的茅草间坐看云起，也曾立在石径上看红蜻蜓、黑蜻蜓从澄明的光影里飞过……不过，每次听到山后远远传来琅琅读书声，不由自主又会想起桃花，想起桃花之于中国人精神世界的意义。

应当说，自陶渊明的《桃花源记》问世之后，桃花便成为了一种文化心理上的象征，深深植根于人们对理想世界的向往，也几乎成为自由与和谐、丰饶和自足的代名词。

尽管也曾有“轻薄桃花逐水流”的贬损，更多的时候，桃花还是在代言春光，代言偶然，代言时光流逝。

去年今日此门中，人面桃花相映红。
人面不知何处去，桃花依旧笑春风。

桃花遇春风而开，人生的春天又何以永驻呢？崔护的诗，书写的何止是一次邂逅啊，它所道出的恰是人生无常的真相。

在陶渊明之前的《山海经》里，我曾读到夸父逐日，特别注意到这个寓言的最后一句：“弃其杖，化为邓林。”

邓林，不就是桃林吗？想想这个结尾真是太浪漫，太深刻了。

当夸父将那代表着衰朽的手杖扔出去的刹那，漫山遍野，便长出桃林，开出一望无际的桃花。那桃花不正代表夸父的精神：永远追求温暖与光明，永远将芳芬留在人间。

夸父的身体倒下了，它的精神却像桃花一样盛开在古老的大地上，只要每年春风一起，便随着桃花的绽放，穿越时空的界限，遍布千山万水。

我甚至觉得，这古老的文字里竟然有着现代电影的蒙太奇组接，汉语的优雅、文学的力量，就定格在这“化为邓林”的戛然而止中。

岳麓山以理学名重天下。当我站到桃花岭上，恍然有悟：每一种担当，都源于理想和精神的召引，而一切哲学的深刻，都离不开生命的诗意和青春的想象啊！

二

甲辰深秋，我才得知：今日的桃花岭已种下了上千株桃树。因此，那天从岳麓后山下来，风景区的朋友便约我去了一趟桃花岭。

出发的时候，天色已是不早，天空还浮着一层薄阴，风里断断续续地飘着些许雨丝。后山与桃花岭相距很近，上西二环，下梅溪湖，一径就拐到桃花岭景区。

这是一处闹中取静的山垭，并不像附中梅溪湖后山那样充满野趣。它带着很强的景区设计感，似乎想还原出陶渊明笔下那种“缘溪行，忘路之远近”的幽秘感，可惜没有“仿佛若有光”的山洞，也没有“屋舍俨然”的建筑，更没有渡口与渔船。

我们到达的时候，正是黄昏。秋雨之后，山色似乎格外青翠，黄昏的光影又特别柔和。走在两山之间,真有些“两山排闼送青来”的感觉。

桃花岭景区的朋友告诉我，每到春天的时候，溪谷里会传来流水淙淙的清音。春天的溪水在这些岩间奔腾跌宕，溅起一溪美丽的雪花。若从下往上看，还可以看到溪泉形成一叠一叠的瀑布。那时候，啾啾鸟声与潺潺溪声，相互应和，桃花岭就像是繁华都市里的世外桃源。

什么都不用说，我想，春天到桃花岭走走，就是给心灵放个假，就是一种无声的治愈。

如果溪流是自然的天籁，那么，溪流左岸的千株桃树盛开之时，就会将这幽谷烘托得像云霞里的仙境。那么盛大，那么繁华，那么惊艳。不用提醒，游人心里都会响起陶渊明的句子：夹岸数百步，中无杂树，芳草鲜美，落英缤纷……

可惜眼下还是秋天，桃花岭景区的桃树，只静静地立在溪岸，谦卑而隐忍。在那青翠的山间，你甚至感觉不到桃树的存在。

桃树知道，春天才是它们生命里的盛典。对它们来说，秋天属于酝酿和等待。尽管此刻，山腰湖堤上的紫薇早就开在那里，桃树也只是静静地含笑看着它们。

山谷上头汪着一片湖水，朋友说，那叫潭影湖，显然化用李白的诗句：桃花潭水深千尺，不及汪伦送我情。朋友指着对岸那个小岛说，其实绕着那岛也还种了一圈桃花，只是现在看不出来。

可以想象，春天的时候，那种隔水相望的美。

从湖堤望向对面，山色如一壁绿屏，而在水一方的，却是花枝照影，深红浅红。

那情景，莫名让我想起电影《长安三万里》中的那些水上落英。流水与桃花，都是流逝的美好。落英飘到水上，确乎有一种迷离的伤感，一种无法诉诸语言的美的凭吊。

桃花开在岛上，或许更有一种绝尘之美吧？倘若一个岛，被命名为桃花岛，总会莫名让人想到盖世武功与绝美爱情。此刻，春天还在路上，岛上桃花未开，回荡在山谷里的是归鸟的啼鸣。

暮色渐渐浓了。山顶上已浮起一朵朵灰色的云幔，而山谷里升腾起一缕缕青雾。

三

穿过潭影湖堤，又是一方曲径通幽的世界。相对于入口处的桃林，这里似乎更有一种炊烟四合、鸡犬相闻的情调。

眼看着天色暗了下来，我们只好匆匆在这幽境里转了一圈。没有渔人的讶异，也不见黄发垂髫，一切都在雨后的山间静穆着，仿佛这一方天地远在城市的红尘之外。

耳边只有风声，只有风吹树木的微微声响。

静以致远，静启智慧，静能制动。在古人那里，静不只是对喧嚣的避让和抵抗，更是每一个人走向独立、走向自由、走向深远的标志。在中国文化里，安静或许不是无声，而是另一种丰富。

桃花岭上转了一圈，不只是想象着桃花盛开的繁盛，更像是在大地上重读了一次《桃花源记》。由入口而出口，仿佛是一趟文学之旅，又像是一种人生之旅。

桃花源是人类的一方秘境，而《桃花源记》更像是一篇寓言。进入那秘境，就凭一个“忘”字。不是吗？只有忘了功利的“路之远近”，才能“忽逢桃花林”，才能在超越中抵达美的彼岸。渔人得入桃源，在于他的“忘”；渔人失去桃源，却在于他“处处志之”。因此，陶渊明笔下的“桃花源”像是对时间的洞开，那是一个与尘世平行的世界。

桃花源与世界连接着，入境与出境，只有心头一念。

物我相忘的时候，你与美不期而遇；一旦动了机心，你就会与美擦肩而过，甚至永远都找不到进入人生美之境界的渡口。

联想起古典文学，那里有太多这种安顿人心的秘境，而这种秘境总与现实若断若连。李白的《梦游天姥吟留别》是这样，有“一夜飞度镜湖月”的神往，亦有“恍惊起而长嗟”的叹息，那里找得

⊙ 桃花岭航拍

到梦的出入口。至于现代人朱自清，他的荷塘月色也让我想到美的入口与出口。

荷塘月色的世界像桃花源一样,也是从尘俗世界里找到“入口”的，需要走过现实世界弯弯的煤屑路，穿过那一片蓊郁的杂树，那一带暗淡的灯光，才能进入月色下的荷塘，才能欣赏到荷塘里的月色，才可能领略荷香如远处高楼上渺茫歌声的妙处。

然而，荷塘月色也是有“出口”的，出口那一端无不连着生命的劳绩，连着沉重的肉身和充满悲欣的命运。

桃花岭的入口与出口，就像是现实与理想间的一种往返回环。

四

就凭桃花有着如此深远的文化寄寓，世间称作桃花岭的地方何止千百？而桃花岭仅仅是千百中与我相关的“之一”。

我有时候会想，传统文化总以伦理和德性为崇，梅花、菊花、荷花早就被历代儒家士大夫视为孤傲、淡远或高雅的象征，所谓梅花傲骨，人淡如菊，君子如莲。

相形之下，桃花似乎从未陷入道德化的语言重围。它除了被莫名其妙地指称为女性轻佻之外，绝大多数情况下，桃花还是意味着青春韶华，意味着美好爱情。

以桃花表达爱情显然比现代男女喜爱的玫瑰要古老得多，也要“中国”得多。早在三千多年前的《诗经》时代，先民们就已经从桃花身上感受到妙龄女子的绰约风姿，祈福着青年男女的爱与美。

桃之夭夭，灼灼其华。
之子于归，宜其室家。

桃之夭夭，有蕡其实。
之子于归，宜其家室。
桃之夭夭，其叶蓁蓁。
之子于归，宜其家人。

无数次从梅溪湖畔仰望桃花岭，就会莫名想起《诗经》里的这些古老的句子。我总觉得，这个以桃花命名的山岭带着极清新的田园之恋：山下是“榆柳荫后檐，桃李罗堂前”的村居，林间是豆蔻少女的飘然衣袂，是她身后的漫天霞光。

在我心里，桃花岭就是乡土中国日月更迭而悠悠展开的静好岁月，承载着繁衍生息的温馨与安宁。

桃花灼灼，桃实累累，桃叶蓁蓁，桃树生长在无数的乡间庭院，长成了执子之手、与之偕老的样子。一棵桃树由开花、长叶到结果，就像一个女子由为人之女、为人之妻、为人之母一样，这既是自然的天道，更是不老的人伦。

“城中桃李愁风雨，春在溪头荠菜花。”那一句辛词，似乎也在提醒桃花乃至桃花岭对于生活在水泥丛林间的都市青年的重要。

当年轻人越来越习惯于数字化生存时，一座桃花岭是不是更能给我们以情爱相谐的自然启示？

当诗作为一种思维或审美方式，花开草长的自然生态往往就像相亲相爱的人性底色。

《诗经》里有“桃树”的影子，而汉末的《古诗十九首》里则有一株代表相思的“奇树”。你说它“奇”，其实它很平常，寻常得就像庭院与大路，就像山岭和白云。

庭中有奇树，绿叶发华滋。
攀条折其荣，将以遗所思。
馨香盈怀袖，路远莫致之。
此物何足贵？但感别经时。

与其说是树的神奇,不如说是思念的神奇。世间若是深情相系，一枝一叶都孕育着生命的奇观。

同样的道理，无论桃花开或是不开，不管是春天抑或秋日，桃花岭存在于岳麓后山，它就能成为有情人关于爱与美的生命共情。

一树桃花开在那里，不同的人会得到不同的感发，也会看见不同的世界。

紫陌红尘拂面来，无人不道看花回。
玄都观里桃千树，尽是刘郎去后栽。

刘禹锡贬谪十年之后终于被朝廷召回长安，看到玄都道观的千树桃花，不禁生出宦海沉浮之叹，而那些新提拔的权贵竟从千树桃树里听见了冷冷的讥讽。不久之后，他又不得不告别那千树夭桃，再度走上被贬之路。

千百年来，就像每一株桃树都将承受风雨一样，每个人的命运都可能走进山重水复。不知为什么，突然想起王昌龄的《春宫曲》，想到汉武帝与卫子夫的那一次春日邂逅。

昨夜风开露井桃，未央前殿月轮高。
平阳歌舞新承宠，帘外春寒赐锦袍。

王昌龄的诗与长沙桃花岭之间有什么关系吗？没有。我只是想起，长在旧时深宫里的桃花，它所隐喻的命运，小则可以是个体的际遇，大则可能是时代的兴衰。“昨夜风开露井桃”，不正是那一夜承宠的卫子夫吗？《春宫曲》的可贵就在于，它将那个被人们视为权力符号的汉武帝还原为一个充满情爱的青春个体，进而传达出一种与盛唐精神相表里的淋漓元气。

桃花，是桃花岭的文化，亦是它的精神。怀想这样一种文化或精神，心里似乎装着春天。长沙这座烟火气味浓郁的网红之城，我觉得有桃花岭这样一座山存在，它的青春就不会老去。

靳江水

一

多年前，驱车从洋湖湿地自北而南。车过猴子石大桥，见窗外一条小河从夕阳晚风里飘然而来。同车的朋友告诉我,那就是靳江。这条江的得名，一说因流经楚臣靳尚之墓，一说因流经靳尚所封之地，反正都与靳尚有关。

不知今天还有多少人知道靳尚这个遥远的战国人物，更不知还有多少人愿意去打捞那个尘封的历史影像。我所知道的是，但凡读过一点屈原故事,抑或看过郭沫若在 20 世纪 40 年代创作的话剧《屈原》，就不太可能对靳尚存有什么好印象。

长期以来，靳尚的身上一直打着反派人物的烙印，背负着一枚嫉贤妒能的佞臣标签。历史记载中，靳尚与昏聩的楚怀王、王后郑袖及公子子兰等人站在一起，即站在由屈原所代表的真理和正义的对立面。

两千多年过去，谁知道靳尚当年到底是怎样一个人物呢？文学作品的形象虚构不等于复杂的历史真相。有人提出，作为楚之重臣的靳尚，于公元前 311 年秋就被张旄所杀，而屈原的投江殉国则发生在公元前 278 年。前后相距 30 多年,靳尚加害屈原之事不合常理，亦大可存疑。其实，对于历史人物的评价，往往是“横看成岭侧成峰”。史传也好，文学也好，不过是人们选择性记忆的产物。

这个夏天，当我从靳江的湘江入口处一路溯源，当我从靳江两岸一望无际的稻浪间走过，当我从古镇、石桥与村落里的古树下走过，心中总会泛起些许疑惑：像靳尚这样的人物，恐非文学作品里的脸谱化那么简单。应当说，靳尚的治世之才是楚王颇为倚重的，他之于楚国的功劳也是不言而喻的。否则，楚王何以将沃野千里的土地分封给他作为食邑呢？

据说靳尚本来并不姓靳，“靳”所代表的是他的封地。这么说来，显然是先有靳江，再有靳尚。那么，到底是靳江以靳尚而名，还是靳尚因靳江而名，还真有点说不清楚。可以肯定的是，这条以“靳”为名的江，流过了无数悲欢恩怨、兴衰毁誉，却没有哪个故事会在它的波浪间有片刻停留。

二

靳江，亦称建江，古称瓦官水，系湘江的一级支流。

据明代《一统志》记载：“靳江在善化县西二十里，一名瓦官水口，一名剑江，源出湘乡大凫塘，东北流经宁乡麻山，南七十里又东北入善化县界，至黑石头注入湘。”

其实，湘乡大凫塘还只是靳江的源头之一，靳江的另一个源头是宁乡白鹤山寨子冲。它自西向东流经宁乡市大屯营、道林、花明楼、双江口等地，再经湘潭、望城区，于长沙岳麓区柏家洲附近汇入湘江。

我们从长沙出发，溯江而上。车子穿过一片林立的高楼，拐入一道绿荫江堤。从高的江堤向下一望，靳江就像初阳里一条秀美的飘带。它有着小家碧玉的安静，完全没有我想象中的江流浩荡。

从堤岸的青草陡坡下到水滨，俯看一江美丽的天光云影，古老的靳江仿佛从来就在那里倒映着人间。江水沉静，甚至看不到它的流动。

这时候，对岸石桥下传来晨风里的歌声，它来自江堤上的歌者。洪亮的歌声涉江而来，生出一种自水面荡开的清越和空旷。

我相信很多人站在堤岸上俯视这条靳江的时候，或许以为靳江不过是眼前浅浅的一线幽蓝，哪里料到，这条称之为“江”的河流，自源头至湘江，其间曲折蜿蜒，流长竟达 87.5 千米，而流域广至 781 平方千米。

此刻，湘江近在咫尺，四望都是崛起的水泥丛林。从宁乡赶着进城的靳江，一路上成了无数高楼阳台上俯瞰远眺的风光。然而，多少年来，靳江只是默默地流淌在城市眼睛的余光里。那么多忙碌的城居者，还有谁会念起靳江里的那些水滴？念及它们自百里外奔赴而来的行迹？念及它自上游携带而来的青山光影、稻田声色？

三

沿靳江长沙段的江堤一路上溯，追着靳江所来的方向，不久就到了宁乡道林古镇。

“怀真抱道,秀士如林”。我们远远就看到横跨于大道上的牌坊，那一处古色古香的牌楼建筑。牌楼两边的楹联，显示着道林这片土地上儒道互济的文化传统。怀真抱道，乃道者追求；秀士如林，则是儒者愿景。

伫立于乡间石桥，静听靳江水的潺潺声响。眼前这靳江，它简直就像故乡门前那条窄窄的小河，那么谦卑，那么平静。没有江流宛转的从容浩荡，也没有“万山不许一溪奔”的喧哗，更没有北国草原上水天相连的苍茫。从桥上放眼望去，蕲江似乎是青色稻田间斗折蛇行的隐约线索，又像那古老而坚忍的精神脐带，连接着土地、村落和白云。

至于蕲江两岸的风景，最美的还是一望无际的稻田。

当微风吹过，越发觉得《我的祖国》中“风吹稻花香两岸”的歌词，是多么朴素，多么准确，多么引人共情。稻田，确实是乡土中国的此心所安啊！

对于生于斯、长于斯的南方人来说，每一片稻田都连着故乡和童年。唯其如此，我每每在城市高楼间疲惫地穿行时，只要听到周杰伦的《稻香》，立马就被一种田园的诗意所治愈。

还记得你说家是唯一的城堡
随着稻香河流继续奔跑
微微笑，小时候的梦我知道
不要哭，让萤火虫带着你逃跑
乡间的歌谣永远的依靠
回家吧，回到最初的美好……

对蕲江来说，稻田是其节令，亦是它变化的色彩和味道。我记忆里的童年与村庄，完全是蕲江两岸的模样。

春天的草籽花，如同一片紫色云霞缓缓铺向天际。河畔、山坡、篱落边成片成片的金黄油菜花，像一幅大地的油画。清明、谷雨过后，那带着雨意的灰色云朵下，总能见到白鹭自空中盘旋而下的美丽姿势，它们亭亭玉立的身影映在镜子般的水田里。过些时候，辣椒花朴素的浅白，茄子花沉默的深紫，丝瓜花明亮的黄艳，豆角花热闹的浅紫，将在细雨蒙蒙里呼应着屋前屋后的桃李芬芳。

“花褪残红青杏小，燕子飞时，绿水人家绕。”苏轼笔下的春景，似乎写的就是这靳江的春日。线条流动，生命萌动，一切皆现出欢喜的神色。蜂飞蝶舞时节，微风带着醺人的醉意，轻轻吹过靳江两岸。无论那土地如何沉重、如何艰辛、如何充满苦难，怎么都会感动于“有风自南，翼彼新苗”的欣然。

与靳江比，我的老家更近长沙城。近些年，青壮劳动力几乎都涌入城镇，进城务工如浩浩洪流，村子里那些曾经丰饶的土地渐渐抛荒。远近田野杂草丛生，昔日稻田纷纷种上蔬菜、果树，抑或挖成一口口鱼塘。不到三十年，青禾与稻田竟成为乡土的怀想。

早在 20 世纪 40 年代末，美国生态学家奥尔多·利奥波德曾在《沙乡年鉴》里呼唤过土地伦理。他说，土地伦理就是一种处理人与土地，以及人与在土地上生长的动物和植物之间的伦理观。

今日广袤的中国乡村，太需要这种土地伦理了。你想啊，当田里不再有水稻的播种、分蘖、打苞与扬花，当我们告别了禾苗的拔节、谷穗的低头，失去黄绿错综的田野，乡土还是不是心中的乡土？日出而作的耕种还是不是人们面对大地的生命姿势？

愈是怀着对乡土的忧患，愈是对靳江流域的大片稻田心生欢喜。几千年中国传统里，土地意味着生存，意味着繁衍，它被奉为民间的神祇。古人把江山称作社稷。社稷为何？社者，土神也；稷者，谷神也。社稷，乃是土地和谷物。

土地，如此亲切，如此厚重，如此朴实无华，它连着每一个生命的来处与归途。在古希腊神话里，大地即安泰；在古典语境里，土地为母亲。土地，承载温暖的人间日常。每一座土地庙都建在田间地头，那里供奉的土地公公、土地婆婆，不愧为每个中国人心里最具人情味与亲和力的人格神。

我有时想，论环境之于生命的影响，其至深至远者，亦莫过于水土。一抔土、一杯水，浓缩着故乡山水。人们常说“美不美，家乡水；亲不亲，故乡人”，其道理在此。

然而，在人们的观念里，土气和洋气似乎长期存在着对立。仿佛约定俗成，人们总习惯于用洋气去指称时尚和进步，而将土气视为保守与落后。殊不知，人与环境的最大疏离，莫过于与土地失去了连接。无论你在声光化电里如何风光，一个“不接地气”的人，一个“水土不服”的人，永远不可能获得那丰沛的生命原动力。土地，赐予我们粮食和蔬菜，就像文明赐予我们思想与精神。

怀着对土地的敬意，我们沿着靳江向远处的稻田走去，身后是来自道林古镇的风，它们正窸窸窣窣地发出阳光下青绿色的微响。

四

今日湖南卫视的台标，看起来挺像一枚芒果，人们私下里也将湖南台称作芒果台。

其实，这个台标的原初寓意与芒果毫无关系。湖南乃鱼米之乡，台标的造型就是一粒米、一条鱼的抽象组合。

良田广而米足，江水长则鱼美。如果说土地是村庄的色彩和时间，游鱼则是波浪里的沉潜和跃动。

从靳江下游上溯至中游，又追寻至源头，一路上都可以见到河边的小鸟依人，见到远处山岗上众鸟高飞，却并不曾遇到清江里的一尾游鱼。毕竟这不是春江水暖的时节，头顶还是盛夏的天空。不过，每当行至某个石拱桥下，或走进杨柳树荫，又总会情不自禁地想起在故乡小河边摸鱼捉虾的童年经历。

蕲江水面并不宽，像是家乡的小河。但我知道，没有哪一条家乡小河可以与之媲美。曲曲折折的蕲江在田畴间蜿蜒一百多里行程，与其说那是水流的奔腾，莫如说是鱼一生的命运。

朋友告诉我，蕲江潜游着青鱼、鲢鱼、鲤鱼、鳙鱼（俗称雄鱼）等大型鱼类，它们都有可爱的习性。雄鱼头很大，喜欢沉在江底；草鱼身材修长，青草晃动处，水面犁开的波痕下，隐约着一线青色的背脊；鲢鱼的鳞片柔和而细腻；鲤鱼的尾鳍像一抹火烧云。至于鲫鱼，它们喜欢成群结队，无论是逆流而上，还是顺江而下，总在暗色水域里泛着闪光的黛青……

蕲江的鱼，注定一生漂流。

春天，电闪雷鸣过后，江里的雌性鱼开始情欲萌动，它们在石头上拍打身体，排出大量鱼卵。这时，雄性鱼种闻风而动，追逐而来。整条蕲江，简直成了鱼类谈情说爱的港湾，成了孕育鱼类幼崽的巨大子宫。

每一条新生小鱼，都曾有嬉戏草叶间的少年时代，但终归，它们都将经过数不清的弯曲河段，和蕲江水一起奔赴湘江，奔向未知的湖海。也许，道林、大屯营、湘江、洞庭，就是蕲江鱼一生的怀想。

与山间池塘相比，蕲江中的食物堪称美味。江底的丝草叶，江畔的青草岸，以及桑树枝上垂下的桑葚，江边构树上掉下的红果……哪一样不是上天对蕲江鱼的馈赠？

或许是对小时候捉鱼的记忆太过深刻吧，我对水中小鱼情有独钟。蕲江那么长，每隔一段，江水便被水坝阻拦，形成高高低低的落差。每当江水退去，水坝之下都是一泓清潭。

那是小鱼栖息的乐园。有种叫鳑鲏的小鱼，身体像薄薄的一片树叶，却有着极美的流线型，它的鳞片更漂亮，泛着那五彩的虹光。

当若干只鳑鲏将嘴巴凑到一起窃窃私语时，那种五颜六色的翻动映着一泓清波，让人目醉神迷。

清江游鱼，仿佛最美的生态信使。多年生活在靳江边上的肖辉跃，在其《醒来的河流》中曾描写过水中游动的禾苞嫩，那种静思默察的细腻，曾令我深为感动。

我顺着船舷慢慢把手掌插入丝草，禾苞嫩瞪着我的手指，如同仰望一座五指山。偶尔，它们的头会轻甩一下，彼此眼神交流，脸上带着一种安详的、满足的表情，穿行在我的五指山与丝草之间。我发誓，以往从来没有这样面对面地、友好地欣赏过它们。而现在，它们就停在我的手指间，像信任丝草一样信任我的手指。

对一群禾苞嫩来说，不曾污染的靳江水，何尝不是它们的幸福之泉呢。

五

沿靳江河岸行走半日，触目皆青山绿水。然而，真正见到翻飞的白鹭，还在靳江源头。

那是宁乡麻山镇与湘乡金石镇交界处。远远看见青山掩映下的状元塔。那座古塔屹立于靳江畔，系当地民众为纪念宋代状元王容所建。原塔建于明末清初，共七层。今塔于旧址重建，以花岗石砌成，取传统的重檐式建筑式样。

此地出了状元，竟建一座塔来纪念，足见民间对于读书取仕的看重。数千年农耕时代，中国人最相信的还是耕读传家。有耕种，就有春华秋实，就有粮食蔬菜，就有生存繁衍；有阅读，就有精神明亮，就有文明烛照，就有发展超越。于万顷良田间遇到江边状元塔，若有所悟：汉语里的耕读绝不是寻常的词语，而是国人所信仰的生命大道，是民间最根本的文化伦理。

终于行至蕲江源头，但觉那些山峰美到了极致。每座山，似乎都有上天赋予的独特造型。它们或如万马奔腾，云傍马头；或如青牛独卧，气定神闲；或如长龙昂首，起伏腾挪。每座山上的植被，无不郁郁青青。

坡峰谷地的光影似乎充满着神性。一座巨大的锥形山，阳光将这一面山坡照亮的时候，另一面则是更为深暗的林野。当飞鸟的影子从明亮隐入深暗，奇妙的光影切换间，似乎藏着大自然的无限玄机。

连绵山脊上，矗立着一排巨大的发电风车。苍穹之下，看不清风叶是否转动，却充满古老山水与现代文明的审美张力。

走在蕲江源的古塔、杨柳与石桥前，仰观忽起忽落的白鹭翻飞，那种舒展的心情，哪是心旷神怡可以道尽？那是久违的天地人心的和谐。那样的时刻，甚至有些恍惚，似乎沉重的肉身也随着白鹭的翅翼而凌空起舞。

蕲江上游水面，宛如飘在绿野间窄窄的丝带。江边草丛、树木或石头上，常见一些低飞的小鸟。不知道它们的名字，也不曾听到它们的歌喉。它们偶然踱步于桥头石上，抑或栖落于树枝，有些头上顶着一线白色，有些却生着尖而长的红喙，有些长尾巴上托着幽蓝幽蓝的长翎，煞是好看……

江边小鸟那黑豆似的眼睛里，折射着天光云影，更反衬出现代人渐渐丢失的自由、从容与安宁。或许是夏天的缘故吧，蕲江两岸的草丛里不时飞出黑色或白色的蝴蝶，而水面上更有飞来飞去的蓝蜻蜓或红蜻蜓。

六

从地图上看，靳江的主要流域在宁乡东南。对于宁乡，人们的第一印象或许是那独具一格的方言。总有一些人打趣宁乡方言，甚至嘲笑它的乡土味。其实，千百年来，宁乡话里保留着大量的上古、中古和近古发音。这意味着什么呢？在漫长的农耕岁月中，这一方山水里的生民朝耕夕作，他们并未发生大规模的人口迁徙。

或许可以说，这一带山水孕育了一个农耕社会的南方标本。我想，倘若不是靳江所挽结的那么一片广阔良田，宁乡能否当得起它的安宁或宁静呢？

这样说，并不意味着生活会在这里静如止水。靳江，注定要流向湘江，奔向大海。因此，生在这山水清嘉、鱼米飘香之地的人们，并不曾在自给自足中封闭自己。宁乡这片土地，自古就有尊重斯文的悠远传统。在靳江，世世代代的人们看见的并不只是眼前的村落与炊烟，更有远方的道路、城市的灯火。

抵达靳源村时，自然想起当年从靳江中学（今宁乡四中）走出的现代著名学者李泽厚先生。先生的《美的历程》无疑是影响了一代青年的传世之作。那是对中国古代文艺的审美鸟瞰和思想巡礼。先生的学术话语，那么理性，那么深情，那么优美。从龙凤图腾、青铜饕餮到先秦理性、楚汉浪漫，从魏晋风度、佛陀世容到盛唐之音、宋元山水……先生的文字也像靳江或湘水一样，汪洋恣肆。所不同者，它所经行的不是自然山水，而是精神文化。在他那里，文化、文艺与文物，都是有意味的形式。它们蕴藏着古往今来的艺术密码，是人性深处所形成的民族心理，是中国文化深层的情理结构。

在先生看来，“心理结构创造艺术的永恒，永恒的艺术也创造、体现人类传流下来的社会性的共同心理结构。然而，它们既不是永恒不变，也不是倏忽即逝、不可捉摸”。

我不知读过多少遍《美的历程》。今天，当我坐在靳江边重温这本书的时候，不知为什么，竟从先生的文字里读到了一条江的秀美影子。先生说 :“俱往矣。然而，美的历程却是指向未来的。”靳江仿佛是历史与精神的隐喻，是中国江河的隐喻。靳江的流程，何尝不是美的历程呢?

靳江注入湘江的时候，必然从岳麓山的青翠山影里流过。靳江风里的万顷稻香，一定也会和着岳麓山风里的千年古韵，一起飘向远方吧。

辑二

人文互见

有碑则名

一

岳麓山名碑甚多，若论碑文内容之久远，莫过于禹王碑。

夏禹治水的故事，家喻户晓。然而，整个夏朝存在的证据并未见诸文字。三皇五帝的时代，缥缈得亦真亦幻，而夏禹作为最早的帝王，至今分不清是神是人，其面目模糊不定。

司马迁在《史记》里曾这样描述过禹的身世："禹之父曰鲧，鲧之父曰帝颛顼，颛顼之父曰昌意，昌意之父曰黄帝。"一般认为，禹是中华始祖黄帝之玄孙，是五千年中华文明史上第一个"南面而朝天下"者。在中国民间，禹早就是一尊庄严的神祇。中国之大，禹王庙不知建有多少，与其说这些庙建在山间水滨，莫如说它建在老百姓的心上。

大禹之于人间，其功在治水。相传尧治天下之时，洪水滔天，天下莫不苦于水患。尧向群臣问计，群臣举荐禹之父鲧去治水。鲧治水"九年而水不息，功用不成"。舜巡狩南方时，见鲧"治水无状"，乃杀鲧以谢天下，同时举禹以承其父继续治水。先父被杀，举家哀伤；水患未绝，举国涂炭。于是，禹治水"居外十三年，过家门不敢入"。多年之后，禹以疏导而非堵截的方式，终于治理了滔滔洪水。就这样，舜举禹为帝，建立夏朝。

千百年来，大禹治水的传说始终洋溢着炽热的家国情怀，以疏代堵的治水之要，又被隐喻为“防民之口，甚于防川”的政治开明。

岳麓山上的禹王碑显然与夏禹治水有关。此碑也叫岣嵝碑。岣嵝，就是南岳衡山的岣嵝峰。这里有一个问题。当年治水的大禹为何会在衡山刻石为志呢？

南朝盛弘之曾在《荆州记》里说过，“南岳周回数百里，昔禹登而祭之”。与盛氏同时代的徐灵期也在《南岳记》里说，“夏禹导水通渎，刻石书名山之高”。至于《禹贡》这部书，更明确记载了大禹治水所经行的地方，其中就提到：禹当年由岷山导江，历湖入海，过南岳，登祭而刻石于此。

东汉赵晔有一本书，叫《吴越春秋》。按此书说法，当年禹为天下治水时曾登过南岳，特别是，禹在衡山梦见了苍水使者。苍水使者于梦中告诉他金简之书，禹因此得到治水真经。若没有衡山得梦，天下水患尚不知何时可除。

如此说来，禹王碑最初当在南岳。神禹勒石于衡山的传说，至唐代已流传甚广。

尝闻祝融峰，上有神禹铭。
古石琅玕姿，秘文螭虎形。

这是刘禹锡的诗。对于神禹碑，刘禹锡也只是“尝闻”，并不曾目见。

岣嵝山尖神禹碑，字青石赤形摹奇。
科斗拳身薤叶披，鸾飘凤泊拿虎螭。

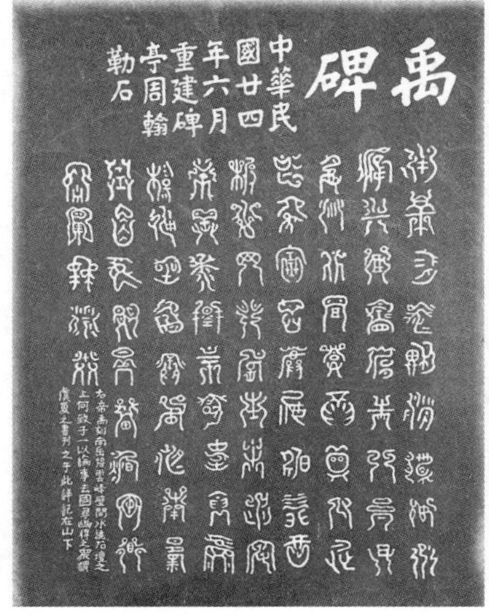

⊙ 禹王碑　　⊙ 麓山寺碑

韩愈说，禹王碑上的字迹，状如蝌蚪拳身，形如薤叶披离，犹如鸾凤飘逸，还似虎螭苍劲。不过，他也只是听说。韩愈写道：

事严迹秘鬼莫窥，道人独上偶见之，我来咨嗟涕涟洏。
千搜万索何处有，森森绿树猿猱悲。

尽管人们一直认为南岳存在着禹王碑，可几千年来是否在南岳觅得禹王碑的踪迹，一直扑朔迷离。

南宋嘉定年间，一个叫何致的人在南岳游历。他登至祝融峰，便向山中砍柴人探问禹碑的所在处。张世南的《岣嵝碑移刻岳麓山纪闻》有这样的记载："询樵者，谓采樵其上，见石壁有数十字。"何致喜出望外，急请樵夫引路。"过隐真屏，复渡一二小涧，攀萝扪葛至碑所，为苔藓所封，剥读之，得古篆五十余，外‘癸酉’二字俱难识。”碑文为苔藓所封，说明此碑隐没山中确已年深月久。

何致见禹碑上字形奇特，果如韩愈所说的“科斗拳身薤叶披，鸾飘凤泊拿虎螭”。他便买来拓印之具，当即拓印了两份碑文，虽浓淡未一，字的笔画却很清晰。何致后来经过长沙，便将禹王碑拓印连同柳宗元所书《般若和尚第二碑》的拓印，一并献给连帅曹彦约。柳碑亦是碑刻珍品，据说曾藏诸上封寺。寺中知情僧人法圆认为，柳碑前一年已经冻裂，而“禹碑自昔人罕见之”。僧人认为何致所献的柳碑和禹碑拓本都不真实。在这种情况下，何致便将拓本刻石于岳麓山顶，以待后世公论。从南宋至今，禹王碑存于岳麓山已过去了八百多年。

明代吴道行说，何致当年于岳麓山顶所刻的禹碑文字，由宋而元，曾隐没过三百余年。岳麓山上的禹王碑真正引起天下关注，已是明嘉靖癸巳年（1533）。这一年，太守潘镒派人从岳麓山间寻得此碑。待人们剔除禹王碑上的泥土之后，神秘的文字才重现天下。

今日岳麓山上的禹王碑，碑身乃紫苍白石壁，高 1.84 米，宽 1.4 米。原文共分 9 行，每行 9 字，末空 4 字，共 77 字，每字高度约为 16 厘米，末行刻有“右帝禹刻”之楷书。碑之北侧 5 米处，系乾隆年间岳麓书院山长欧阳正焕所书“大观”二字。禹王碑左边不远处，即为拖船坳，距湘江五里则为禹迹溪。这些旧迹，似乎都在诉说着大禹治水的远古故事。

禹王碑上的文字，后世几无辨者。然而，古往今来，人们从未停止对它的辨认与探究。明代杨慎认为，碑文记录着禹承舜令、忘我治洪的功绩。也有人认为，那根本就不是什么古文字，而是道家符箓。禹王碑上的那些文字或符号，不知经历过多少岁月的风吹雨

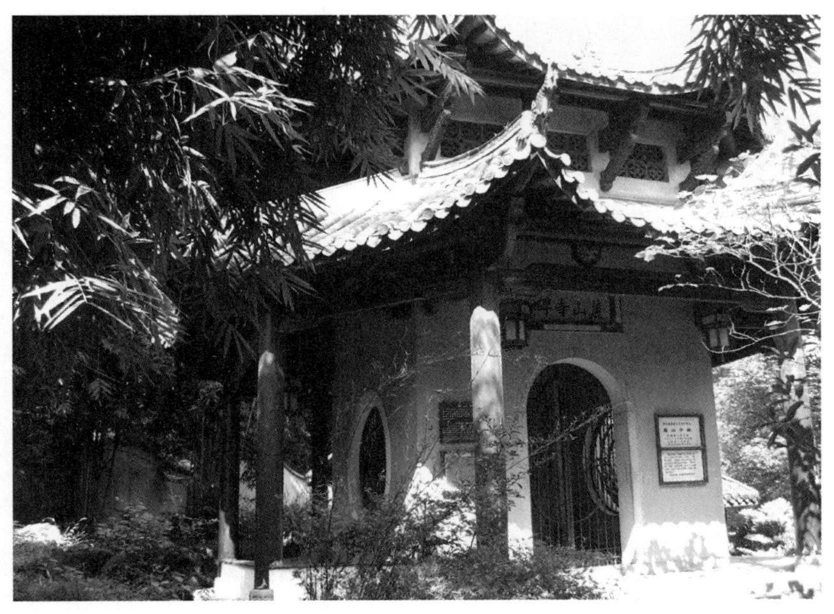

⊙ 麓山寺碑碑亭

打，也不知迎接过后世多少迷惑而好奇的目光。人们似乎总想从那些笔画间，窥见一个王朝远去的背影，窥见华夏文明远古的光亮。或许可以说，因为禹王碑的存在，岳麓山几乎可回溯至中华文明的最早源头。难怪有人说："岳麓之奇，当无最此。"

二

在岳麓山，与其说麓山寺碑矗立在山上，不如说它屹立在中国书法史上。它是岳麓山又一镇山之宝。

这块碑立在岳麓书院教学斋后的山坡南侧，又名北海碑，它刻于唐开元十八年（730），撰写者为李邕。

李邕何许人也？他生于仕宦之家，父亲乃著名《文选》编者李善。他是扬州人，少年成名，长大后风流倜傥，才华卓著，官至北海太守，后世称其为李北海。北海，在今之山东。

公元 725 年,李邕 47 岁。这一年,唐玄宗自泰山封禅回到长安,途经汴州。正在陈州刺史任上的李邕前往谒见玄宗，并趁机向皇上敬献辞赋，当即得到玄宗赏识。李邕洋洋自得，颇以为不久当居相位。谁知此举令中书令张说极为忌恨。谒见未久，李邕旋即陷入一桩挪用公钱案。因孔璋上疏为其求情，李邕才免于死罪，被贬为河北遵化县尉。李邕被贬不久,恰好接到当时潭州司马窦彦澄的邀请,请他来为麓山古寺撰写碑文。如此复杂的因缘际会，岳麓山方拥有了这块麓山寺碑。

李白年轻时曾见过李邕，写过“宣父犹能畏后生，丈夫未可轻年少”的诗句,对李邕似乎颇有微词。不过,那可能是李白过于敏感。李邕本是一个极重才的人。公元 745 年,当青年杜甫漫游齐鲁之时,此时身为北海刺史的李邕已是 68 岁的老人。但他很欣赏杜甫的诗才，甚至特别找到年轻的杜甫，与其把酒赋诗。后来，杜甫携李白同游齐鲁，二人也曾一起去谒见过李邕。此时，李邕对两位年轻人甚是关爱。李林甫把持朝政后，李邕惨遭权臣构陷，被廷杖至死，时年 70 岁。此时，李白的微词荡然无存，他的诗句充满悲愤：“君不见李北海，英风豪气今何在？”

李北海含恨离世，他的生命却在岳麓山化作了一方石碑。时间过去了一千多年，麓山寺碑的一些文字已然漫漶。然而，如果你懂得书法，那碑文似乎还存留着由内而外的精神气象与神韵。那么丰沛，那么专注，那么笃定。《宣和书谱》称李邕：“精于翰墨，行草之名尤著……初学变右军行法，顿挫起伏，既得其妙，复乃摆脱旧习，笔力一新。”李后主则说李邕得右将军之气而失于体格。确实，李邕乃一代书法大师，他初学书法时，曾取法王羲之、王献之，得其清丽婉转。了不起的是，他后来在二王基础之上，参以北碑及唐书，融入行书笔意。李邕的书法艺术，可谓守正创新，既有南方的风流潇洒，又不失北国的雄放苍茫。

《麓山寺碑》被公认为中国书法史上的经典作品，宋元著名书法家苏轼、黄庭坚、赵孟頫都从这块碑里获益甚多。岳麓山因为《麓山寺碑》，永远屹立在中国书法的历史长河边。

三

如果说《麓山寺碑》在中国书法史上弥足珍贵，那么《岳麓书院学规碑》在中国教育史上亦有不可估量的价值。

1748 年，清代岳麓书院山长王文清曾手定学规，并将之勒入石头。那并不是一块立着的碑，而是嵌在书院墙壁上的一面青石。然而，两百多年过去，人们读到刻在石上的学规文字，依然可以想象当年岳麓书院是如何以人格养成教育去严格要求士子的。

时常省问父母，朔望恭谒圣贤。
气习各矫偏处，举止整齐严肃。
服食宜从俭素，外事毫不可干。
行坐必依齿序，痛戒讦短毁长。
损友必须拒绝，不可闲谈废时。
日讲经书三起，日看纲目数页。
通晓时务物理，参读古文诗赋。
读书必须过笔，会课按刻蚤完。

夜读仍戒晏起，疑误定要力争。

人们都说，岳麓书院以传道济民为其办学宗旨，那是它不同科举流俗的取向、格局与视野，它所指向的是教育的高远境界。然而，对于人的培养，并不可以满足于思想的高蹈，它必须建立在日常之中。

《岳麓书院学规碑》将诸生的言行品德均化作操作性极强的“君子标准”。这些标准涉及孝亲、崇圣、气习、起居、举止、服食、行坐、交友、惜时等一系列规范与约束。应当说，它们都是“道”的生活化与日常化，与现代杜威所倡言的“教育即生活”和陶行知所说的“生活即教育”，可谓异曲同工，切中教育之肯綮。

岳麓书院何以千百年来人才蔚起？我想，勒着学规的这块石碑提供了最为生动的一份见证，那是书院教育既开“天窗”又接“地气”的精神生态。

朱张渡

一

大桥飞渡代替舟漂橹摇，车水马龙淹没欸乃山水，你还在哪一条大江大河上见到过古老的渡口？

渡口，本是古典诗歌里极寻常的意象，可如今，渡口已在诗歌里老去，诗歌自身却成了时光的渡口。

渡口不是桥梁，不是此岸和彼岸的连接。千百年来，渡口更像一种意趣，一种心境。“渡头余落日，墟里上孤烟”，渡口通向寂然归隐；“山寺钟鸣昼已昏，渔梁渡头争渡喧”，渡口充满红尘悲悯；“春潮带雨晚来急，野渡无人舟自横”，渡口昭示空灵淡远。

此刻，我想说的渡口在湘江之滨，它叫朱张渡。

独自徜徉于夏日河堤。身后是“道岸”，对面是“文津”，两个老石坊永远隔江相望。南来的江风，将衣衫撩得啪啦作响。这正是涨水时节，湘江此刻比任何时候都更显其泱泱胸襟。

从堤岸放眼望去，江水如同一匹碧练，它从绿云烟树间迤逦而来，越过脚下，再飘然北去，隐入苍茫云外。

朱张渡早就没有了渡船。自 20 世纪 50 年代橘子洲大桥建成之后，它变成一个隐入尘烟的历史名词。然而，湘江水会记得，在八百多年前的晨昏雾霭中，朱熹、张栻两位先生就曾在渡口弃舟登岸，走进一片青青柳色。那是深秋时节，他们频繁在岳麓书院与对岸妙高峰下的城南书院间往返讲学，燃灯传火。多年后，这一处渡口，便被称作朱张渡。

远处阳光闪烁，江水温润如玉。此时，江风将树木吹得呼呼作响，它们还是朱、张所见的江水、所沐的江风吗？极目远望，我仿佛看到绿荫深处驶出一叶扁舟。它从六铺街出发，中经橘子洲，朝着岳麓山这边缓缓漂来。朱、张二位先生的面孔还未曾看得清，一眨眼它又回棹向东，经橘子洲，去向妙高峰。

舟楫过处，江上荡开一片迷人的光影，弥漫在城南书院、第一师范至岳麓书院、麓山寺、云麓宫之间。湘江上仿佛浮现一条闪着光芒的神奇飘带，连接着山水洲城。它恍然也是一条血脉，呼应着湘江水的南来北往，也诉说着朱张渡的无问西东。

二

南宋乾道三年（1167），朱熹携其弟子林用中、范念德于九月初八抵达潭州岳麓书院，其时正是枫林染醉的深秋。

那一年，朱熹 37 岁，生命正当盛年。当年的朱熹，意气风发，远非后世所熟悉的峨冠博带、长须白眉的老者形象。那时的他，风华正茂，还远未构建起庞大的理学体系，更未自称为程颢、程颐洛学之正宗。相反，未至不惑的朱熹，心里有着太多太多疑惑。

或许是“君子尊德性而道问学”吧，朱熹自福建崇安跋山涉水来到岳麓山，主要是想就《中庸》的问题与张栻探讨。《中庸》曰：“喜怒哀乐之未发谓之中，发而皆中节谓之和。中也者，天下之大本也；和也者，天下之达道也。致中和，天地位焉，万物育焉。”朱熹不明白：何为“未发”？何为“已发”？“中”，何以为“天下之大本”？“和”，何以为“天下之达道”？

朱熹坦言：“余早从延平李先生学，受《中庸》之书，求喜怒哀乐未发之旨未达，而先生没。”他说的李先生，即朱熹的老师李侗。

可以想象，朱、张当年坐着的一叶小船，既载着湘江上的晨光、风雨和月色，又载着他们对宇宙大本大源的深深叩问。

我想，当年的渡口免不了人声喧哗吧？可两位先生的脸上自有那不染世俗的静气。他们或许悄然坐到水声潺潺的船头或船尾，抑或躬身于低矮的船篷下，轻轻说话，微笑，任那轻寒的江风吹着他们的帽巾。

他们谈些什么呢？是偏安江南的天下局势，还是士子们所追求的内圣外王？那些都可能谈到。但他们谈得最多的，一定是张栻的老师、世称“五峰先生”的胡宏。朱熹之所以来岳麓山，主要出于对胡宏学问的景仰。那时，胡宏已然谢世，朱熹觉得，当世唯有张南轩得到了五峰先生的真传。

当年一起坐渡船的时候，不知朱熹是否也曾与南轩先生谈及他与湖湘学术间深远的渊源。他曾受业于胡安国的侄儿胡籍溪，前后长达十九年。而胡宏乃是胡安国之子，在南宋初年影响极大。其学问体大思精，称其为湖湘学问之魁首，并不为过。对于胡宏，朱熹可以说知之甚深，亦思之甚切。31 岁那年，朱熹卧病山中，曾以《寄籍溪胡丈及刘恭父二首》言志：

其一

先生去上芸香阁，阁老新峨豸角冠。

留取幽人卧空谷，一川风月要人看。

其二

翁牖前头列画屏，晚来相对静仪刑。

浮云一任闲舒卷，万古青山只么青。

此诗后来被胡宏读到，胡宏对张栻说："吾未识此人，然观此诗，知其庶几能有进矣。特其言有体而无用，故吾为是诗以箴警之，庶其闻之而有发也。"胡宏的诗是这样回的：

幽人偏爱青山好，为是青山青不老。

山中出云雨太虚，一洗尘埃山更好。

朱熹看到胡宏的诗，"恨不及见胡子，而卒请其目也"。然而，朱熹与胡宏，终归缘悭一面。命运最终让他通过张栻或者说通过《知言》走近胡宏。

多年后，朱熹对胡宏多有批判。但在岳麓山的那些日子，胡宏在他心目中的地位极高。如果我们以渡口设喻，此时的胡宏其实就像朱熹的学术渡口。没有胡宏的《知言》，就没有朱熹对"中和"问题的"丙戌之悟"和"己丑之悟"。这正如钱穆先生所言，"没有胡宏的一番新意见，将转不出后来朱熹那样的大体系"。那么，当时胡宏究竟为朱熹提供了哪些"新意见"呢?

胡宏所创造的思想体系称为"性本论"。他从《中庸》的"天命之谓性"出发，认为性才是万物存在的依据。性是天命，也是"天下之大本"，它具有普遍性、恒在性和终极性，是哲学上的本体。想想也是。鱼游水中，马行山道，鸟飞云天，草长莺飞，世间众生，哪一种不是天赋其性？在胡宏看来，"万物皆性所有也"。"性"永远与天地并生，与万物齐一。

胡宏将“性”从万物中抽离出来，赋予它哲学本体论地位。作为本体的“性”和作为善恶的“性”是不是同一个概念呢？显然，两者的内涵是不同的。在胡宏看来，作为本体的“性”，是无关善恶的绝对存在，就像王阳明所说，“无善无恶心之体”。胡宏说“性”是本体，王阳明则说“心”是本体。在胡宏这里，“心”只是“性”的表现。这就是胡宏所说的“性体心用”。他说：“圣人指明其体曰性，指明其用曰心。性不能不动，动则心矣。圣人传心，教天下以仁。”

应当说，胡宏关于性和心的关系阐释，启发了朱熹对于“中和”问题的理解。在岳麓山的灯下，朱熹反复吟味《中庸》里的句子。为什么“喜怒哀乐之未发谓之中”呢？按胡宏的解释，人情未发之时，就是“性”，此时圣人和凡者都是一样的“性”。为什么“发而皆中节谓之和”呢？人情已发之时，就是胡宏所称的“心”。于是，《中庸》中的“未发”与“已发”问题，转到胡宏这里，就成了“性”与“心”、体和用的问题。

在胡宏思想的启发之下，朱熹记下了岳麓之行带给他的开悟：

余窃自悼其不敏，若穷人之无归。闻张钦夫得衡山胡氏学，则往从而问焉。钦夫告余以所闻，余亦未之省也，退而沉思，殆忘寝食。一日喟然叹曰：“人自婴儿以至老死，虽其语默、动静之不同，然其大体莫非已发，特其未发者为未尝发尔。”自此不复有疑，以为《中庸》之旨果不外乎此矣。后得胡氏书，有与曾吉父论未发之旨者，其论又适与余意合，用是益自信。虽程子之言有不合者，亦直以为少作失传而不之信也，然间以语人，则未见有能深领会者。

“心为已发，性为未发。”此是朱熹所认同的“中和旧说”。优游于岳麓山间的两个多月时间里，朱熹对以胡宏为代表的湖湘学者充满敬意，对张南轩的学问亦是极力赞美。

熹此月八日抵长沙，今半月矣。荷敬夫爱予甚笃，相与讲明其所未闻，日有问学之益。至幸！至幸！敬夫学问愈高，所见卓然，议论出人意表。近读其《语说》，不觉胸中洒然，诚可叹服。

钦夫见处卓然不可及，从游之久，反复开益为多。

敬夫所见超诣卓然，非所可及。

离开岳麓山之后，朱熹思想发生了重大变化，他对胡宏的态度也大不相同。多年后，他被后世尊为程朱理学的标志性人物。然而，在朱张渡往返的那个朱熹，那个与张南轩执手同游的青年，似乎比日后成为理学权威与宗主的他，更加生动可爱。那时候，他像那永远年轻的湘江水一样清可鉴人。

三

告别岳麓山回到福建几年后，朱熹很快以其独立的批判性思考，抛弃了麓山之行形成的“中和旧说”。他对中和问题有了全新见解。对于胡宏及其《知言》，朱熹的态度几乎发生了一百八十度的大转变。

乾道五年己丑，朱熹正好 40 岁。这一年，他写下《论中和第一书》。他认为，心有“已发时”，也有“未发时”。如果我们仅仅认定心为“已发”，那么，胡宏所说的修养理论，就将“缺却平日涵养一段工夫”。

朱熹给正在严州的张栻写信，将他对《知言》的十数条意见寄去讨论。其时，吕祖谦也在严州。于是，当时的“东南三贤”一起参与了对胡宏《知言》的质疑，这便有了传诸后世的《知言疑义》。这时候，朱熹对胡宏的批评意见最为尖锐。此后他并未停止对胡宏学术观点的批判。对于胡宏所说的“性无善恶”“心为已发”“不事涵养，先务知识”等论题，朱熹都给予了尖锐的学术批评。

这时候的朱熹，显然不再是朱张渡上那个出没于烟波里的年轻人，他已如日中天，声誉日隆。在不断批评胡宏的过程中，朱熹建构起了与“性本论”不同的“理本论”理学大厦。

朱熹以“四书”为核心，返本而开新，既接续了以“五经”为核心的传统儒学，又深化了“内圣外王”的儒家思想，他的开创之功令人景仰。特别是，朱熹不仅在经学上下功夫，而且他从欧阳修、司马光等历史学派那里获取智慧。最终，他成了宋明儒学之集大成者。

或许出于对“理本论”权威的维护吧，朱熹对于胡宏多有批评，这种批评在一定程度上也遮蔽了胡宏“性本论”思想的光芒，影响了它的传播和接受，使其在理学体系中显得相对边缘。

朱熹所遵循的是由“天”而“人”的哲学理路，试图为人间道德提供一种宇宙论辩护，而胡宏所遵循的是由“人”而“天”的哲学理路，二者各有其妙，它们所祖述的其实都是周敦颐和“二程”的思想。

四

岳麓山山门的对联是这样写的：学正朱张，一代文风光大麓；勋高黄蔡，千秋浩气壮名山。“朱张会讲”之于岳麓书院、之于湖湘文化的影响可想而知。千百年来，朱熹成为岳麓山永远的文化怀想。除了朱张渡之外，朱熹当年走过的株洲古镇，被命名为朱亭镇；岳麓书院的一棵古樟，也被命名为朱子樟……

明儒黄宗羲在《宋元学案·南轩学案》中评价：“湖南一派，在当时为最盛，然大端发露，无从容不迫气象。自南轩出，而与考亭相讲究，去短集长，其言语之过者裁之归于平正。”

一楫苍江渡，千秋胜迹留。清代善化蒙泉草堂教席张先骏曾如此咏叹朱张渡：

二贤讲学当年事，古渡犹教胜迹传。
两水平分帆影外，一亭孤峙渚花天。
洲中雨细寻芳若，山里云深隐杜鹃。
漫说文津和道岸，迄今遗绪几时肩。

碧波帆影，渚花连天，蒙蒙细雨，声声杜鹃。那是百年前的湘江生态，也是延续至今的朱张文脉。朱张渡，无论是有形的存在还是无形的符号，它永远都是长沙城渡向历史亦渡向未来的闪光行迹。

那些古建筑

一

自东而西隔江远眺或从上往下俯瞰山间，但见岳麓翠微之间隐现着翘角飞檐的黄色琉璃顶，似乎将岳麓书院、麓山古寺和云麓宫连成一气，与绿荫红墙交相辉映。

对岳麓山来说，如果说参天古木是自然的赐予，那么，山间建筑如同凝固的记忆。每一栋房子的布局、结构、功能，每一片砖瓦的色彩，每一个门窗的造型，每一处园林的配合，每一种意境的营建，就像山中的精神生态，带着人文的表情。

见多了千篇一律的城市高楼，它们给我带来了太多的视觉压迫与审美疲劳。这么多年，我从未对那衬着白云的蓝色幕墙产生过丝毫羡慕，对于无数如同积木的城市住宅，简直充满了莫名的悲悯。然而，每次登上岳麓山，流连于山中那些散发传统气息的亭台轩榭，总会生出莫名的松弛感，仿佛那些建筑从另一个时空穿越而来，别有一番审美情趣。

最喜欢岳麓书院的粉墙黛瓦。什么都不用说，那一片高低错落的素雅与黑白，仿佛随时将你带入烟雨迷蒙的春日江南，带向淡远而空幽的水墨丹青，一切那么散淡，那么轻盈，似乎还带着清新的田园诗韵，却又不曾有半点野蛮生长的芜杂。黑白色彩安顿着宁静致远，檐牙高啄的屋檐又映着树影花姿，一种莫名的历史感让人心生敬仰。

有一次，我特意拍下粉墙黛瓦与黄色琉璃，突然觉得两种色彩俨然就是两种隐喻：一为江湖，一为庙堂；一是诗意，一是庄重。

道德化、伦理化是我们共通的文化心理。所谓礼乐文明，讲究的是尊卑等级，强调的是精神秩序。如果岳麓书院只有粉墙却没有红墙，或者只有黛瓦而没有琉璃，我想，它所失去的远不只是色彩的丰富，更是一种精神伦理。

不同的建筑色彩会带来不同的心理暗示。粉墙黛瓦给书院士子以淡泊安静，为什么还有那么多琉璃屋顶呢？在古代，那可不是一般建筑可以使用的。岳麓山间，孔庙屋顶是琉璃黄色的，麓山古寺也是，云麓宫也是。为什么这些屋顶可以，而别处不用？从伦理角度看，它们指向的是神圣与顶礼的氛围。

色彩意味着伦理与等级，屋顶的结构与造型亦然。传统古建筑的屋顶分为庑殿、歇山、悬山、硬山、卷棚等。庑殿顶最是尊贵，其次是歇山、悬山、硬山、卷棚。檐更显示出伦理级别。单檐庑殿不如双檐歇山的级别高。若是重檐庑殿，则是最为尊贵的形式，唯有皇权或文化圣贤方能与之匹配。故宫的太和殿，曲阜孔庙的大成殿，均为重檐庑殿顶。不过，重檐歇山顶级别也很高，天安门城楼便是其中的代表。

岳麓书院之文庙，不仅屋顶采用金色琉璃，而且属于重檐歇山顶建筑，可见人们对于孔子作为至圣先师的尊重。

赫曦台及那些楼廊水榭多是硬山顶、卷棚顶。它们配着那些弯曲而错落的骑墙，给青衿们带去朴素和亲切。

记得林徽因曾盛赞中国古建筑的屋顶之美，她说：“这屋顶坡的全部曲线，上部巍然高举，檐部如翼轻展，使本来极无趣、极笨拙的屋顶部，一跃而成为整个建筑的美丽冠冕。”

确实，岳麓书院、麓山古寺、云麓宫、忠烈祠乃至山中那么多大大小小的亭子，它们的屋顶恍如苍苍翠微里美丽的冠冕，顶着东方文明的浪漫和优雅。

二

岳麓山上的古建筑，大抵勾勒出一条中轴线。它从湘江边的道岸牌坊开始，穿过自卑亭、清风峡一直绵延至山顶。若是将这条线往东延伸，可经过朱张渡与妙高峰隔江相连。

湘江北去，像一条纵线，而这条中轴线却像是从中截取了一个历史的断面，也像是隐约于山水洲城的一条横向的文脉。岳麓书院，位于这条文脉的龙头。

为什么岳麓山上的古建筑均集中于这条中轴线附近呢？古代有堪舆之学，特别讲究人与环境间的和谐。我并不懂风水，却曾多次站在岳麓书院的后山之上，远眺这一带的山水形胜。岳麓书院之风水，可谓凤凰翼北，天马拱南，江映于前，峰秀于后。老子说“万物负阴而抱阳，冲气以为和”。我越看越觉得，千年岳麓书院确实负阴而抱阳，像是坐在一张青绿太师椅中。风藏于斯，气蕴于斯。

从书院后山远远看得见湘江，也看得见江中橘子洲。有朋友曾对我说，若按古代的城防来看，古城长沙的布局似乎可以北移，至少可以移至今天湘江与浏阳河交汇处，将湘江、浏阳河同时作为长沙的护城河。可是，古人并没有这样做。曾经的长沙古城，其南北长度大抵与橘子洲相当。人们为什么不再将城市整体向北扩展？为什么城市的南北长度大体以橘子洲为限？除了政治、经济的考虑

⊙ 岳麓书院

⊙ 麓山寺

外，或许最关键的原因就是城市风水。城市未北移，使得背山临水的岳麓书院坐拥一城繁华，它实际上处在文化中轴线上，也占据着这座城市的最佳风水。

对中国建筑布局来说，中轴也是它的伦理与审美法度。中正以求和谐，对称以显变化，空间交织时间，这些都是中国建筑极为独特的诗意与智慧。

岳麓书院最深刻的智慧就是“中”,走在山中,就像走在《中庸》里。这里有两条轴线并列。一条过赫曦台，经头门、穿二门，至讲堂和御书楼，另一条则连着红墙、大成门、大成殿、崇圣祠。前者呼应着书院教学与藏书，后者关乎书院的祭祀。

古建筑艺术堪称“木石之盟”。对一座老房子来说，石头或许恒久，传递的却是冷硬；木头看似容易朽腐，却能传递生命的温情。

阴阳五行之中，木对应着东方，也对应着春天。不知多少次，我曾感动于那些古建筑的木质味道。不必说悬挂着“惟楚有材，于斯为盛”的黝黑木门，也不必说屋顶密密麻麻的椽檩，单是那些翘起的飞檐、精致的斗拱、雕花绘彩的梁柱，以及天井中细腻繁复的藻饰，就足以弥漫出钢筋混凝土所不曾拥有的自然韵味与柔和气息。

看过那些木结构建筑，你才发现，古人将人才比喻为顶梁柱或栋梁材，它所道出的正是木质架构的中国建筑特点，你才会觉得那是何等形象而精准的表达。当你看到建筑廊下的朱漆大屋柱，看到整个楼宇的木质架构时，你会感慨充满中国智慧的建筑语言是何其美啊！中国古建筑的整体支撑力，并不像现代建筑那样依靠墙壁，它将全部力量压到顶天立地的木柱之上。这样，柱子、横梁与枋结合到一起，成为所有承重的骨架。这样不以墙壁为承重的木质建筑有什么好处呢？你想啊，有了承重架构之后，无论你开出怎样宽大的门窗，都不至于影响建筑的安全呀！这样一来，传统亭台楼阁的采光与通风，是任何西方砖石建筑都无法比拟的。

木头与石头都是取之于自然山林，而古建筑在设计上又秉承着和谐、宜居的理念。因此，岳麓山上的古建筑，从来就不只是一些老房子，它们简直就是人与山和谐相处的伟大证言。

三

多少年了，每次穿行于城市钢筋水泥的灰色丛林之中，最大的一个感受是，所有城市的天空，几乎都被现代摩天大楼所切割。蓝色幕墙的炫目反光已无处不在，而那些疯长的楼群，又一天天遮蔽了大街小巷的古朴悠然。那巨大的建筑流水线，已将大江南北的城市变成毫无个性的同一座城。因此，走在城市里，你不知今夕何夕，更不知他乡故乡。你想，这样的现代人还有乡愁吗？这样的城市建筑还能不能安放乡愁？

我曾看过长沙“文夕大火”前的老照片，最让我震撼的还是过去的城市建筑。站在天心阁上眺望，一眼望不到头的正是长沙城起伏连绵的屋顶，是无数屋顶下的烟火人间。而今天，几乎看不到城市屋顶，看到的只是毫无二致的立方体。我想，由楼台轩榭到高楼大厦的历史进程，是不是伴随着西方文化强势影响下传统文化的日渐式微？今天人们还在重复着西谚所说的“建筑是石头的史诗”。殊不知，中国古建筑从未像西方建筑那样将诗句刻入石头，它更看重的永远是木头。这里没有罗马廊柱，没有直指苍穹的塔尖，更没有封闭的城堡。岳麓山古建筑作为传统建筑之缩影，最能表达我们民族审美的，还是那鳞次栉比、连绵不绝的屋瓦，还是那长亭短亭及其人生隐喻。

卢浮宫、金字塔确实雄伟，它们都是人类建筑史上的奇观。然而，从来就生活在岳麓山下的人，又怎么可以忽略中华五千年风雨中那些如船帆一样的屋顶？怎么可以忘记中国古建筑所特有的殿宇轩昂？

岳麓山古建筑连着我们的文化根基，连着我们的精神原乡。

太多太多的建筑屋顶，让我想起儿时住过的老屋。

清晨或黄昏，湿漉漉的屋顶上笼着袅袅炊烟，远远近近闻得到诱人的油盐与烟火气息，那气息里藏着祖先聚族而居的亲近和温暖。夏夜，月光朗照，邻家的黑猫开始在屋顶自由游走。檐边、屋角抑或是栋脊，会忽而传来“喵”的一声长叫，随后便是纵身一跃的午夜魅影。到了深秋，深黑的瓦楞间更会染上一层淡淡的白霜。

那是不带忧伤的清冷。雪一下，一夜之间，所有黑色的屋顶全都染上一片浅白，像是一方斜斜的梦境。

童年的老屋是古建筑的民间形式，它也像岳麓山的古建筑一样，化为了流淌在血脉里的文化基因，那是数千年来超越语言的沟通密码。那密码太幽深、太丰富了。人与自然的和谐，中国伦理与智慧，东南西北的空间美学，春夏秋冬的时间美学，哪一样不在传统的建筑里？

山亭翼然

一

何处是归程？长亭更短亭。

亭子，更像是一个人生隐喻。那翼然山间水滨的翘角，那顶天立地的圆形立柱，总不免让人想起中国文化里道家的精神飘逸和儒家的社稷担当。亭子，似乎显出一种儒道互济的文化性格。

有山则有亭。岳麓山上的亭子可真不少。爱晚亭、自卑亭、吹香亭、翊武亭、岳王亭……那么多披风沥雨的亭子，点缀着连绵的苍翠，像驻足，又像凝眸；或散坐于林间悠然小憩，或举目四望，期待飘然远举……

我甚至觉得，山亭之于岳麓就像是人文对自然风光的画龙点睛。

那么多山亭里，真正称得上天下名亭的，首推爱晚亭。此亭于清乾隆五十七年（1792）由当时岳麓书院山长罗典修建，位于书院后的清风峡口。今人所看到的爱晚亭，乃重檐攒尖八柱方亭。此亭最初并不叫爱晚亭，而称红叶亭。当年亭子建成之际，罗典曾欣然作联曰：

忽讶艳红输，五百夭桃新种得；

好将丛翠点，一双驯鹤待笼来。

至宣统三年（1911），程颂万先生主持复修红叶亭。他将罗典题写的对联做了改动。道是：

山径晚红舒，五百夭桃新种得；
峡云深翠滴，一双驯鹤待笼来。

我曾有些不解：罗典当年在此建红叶亭，当是觉得这里是赏枫的绝妙之处吧？为什么在老先生的楹联里，你看不到枫林秋色，反而却是夭桃春光？

说罗典是岳麓书院历史上一个里程碑式的人物，当不为过吧。这个湘潭人，曾官至鸿胪寺少卿，晚年从朝廷辞官，退居岳麓山。他从63岁起连续五次被聘为岳麓书院山长，前后长达27年。罗典担任山长的那段时期，岳麓书院办学极为辉煌，以陶澍、欧阳厚均、贺长龄为代表的一大批岳麓士子脱颖而出。有人说，每个人眼里的世界，都是他以情感和观念重构的世界。对罗典来说，他在岳麓山间培桃育李将近30年。他眼里怎么少得了“五百夭桃”啊！毕竟，罗典并不只是闲云野鹤般的赏枫人，哪怕层林尽染的红叶美景就在眼下，映在他心里的还是那新种的夭桃吧？

红叶亭建成不久，湖广总督毕沅曾来岳麓山。因为他的建议，红叶亭更名为爱晚亭。其理由，显然出自杜牧那首脍炙人口的《山行》。

远上寒山石径斜，白云生处有人家。

停车坐爱枫林晚，霜叶红于二月花。

杜牧这首诗，之所以成为描写枫叶的经典之作，我想，最了不起的还在于他将枫叶比作了春花。霜叶那样红，红得比二月春花更艳丽，那不是从秋色里看见了春光吗？

将“红叶”改为“爱晚”，境界确实为之一开。“爱晚”二字，不再拘泥于具体物象，而表达出弥漫在天地间的审美情意，生出一种普遍的共情力。若从文字音韵上说，“爱”这个仄声字，破空而来，仿佛挟带一股力量，可以一扫萧瑟，可以洞开生命的温和与光亮，可以留给人们余霞满天的阔大想象。

今日之爱晚亭已成为中国四大名亭之一，这与岳麓山的枫叶分不开，与名动天下的岳麓书院分不开，与创建者罗典分不开，更与20世纪以来爱晚亭所见证的那些飞扬的青春分不开。

1918年前后，毛泽东、蔡和森等新民学会的同学少年就曾在这爱晚亭一带纵论中国和世界，他们年轻的脸庞与激动的声音早已汇入爱晚亭的记忆。1952年，当时的湖南大学校长李达主持修葺爱晚亭，他书面请求毛泽东为爱晚亭题写亭名。这就是今天人们所看到的毛体“爱晚亭”匾额。书法大气磅礴，匾额的底色犹如一簇跳动的枫红。真说不清那到底是岳麓山的自然诗化，还是爱晚亭的诗化自然。

二

和爱晚亭一样，岳麓山的每一座亭子，仿佛都建在大自然的诗意里。特别是在岳麓书院，山亭立在院里，似乎总提醒士子们去领受宁静、高洁以及这一带林泉的幽雅情趣。

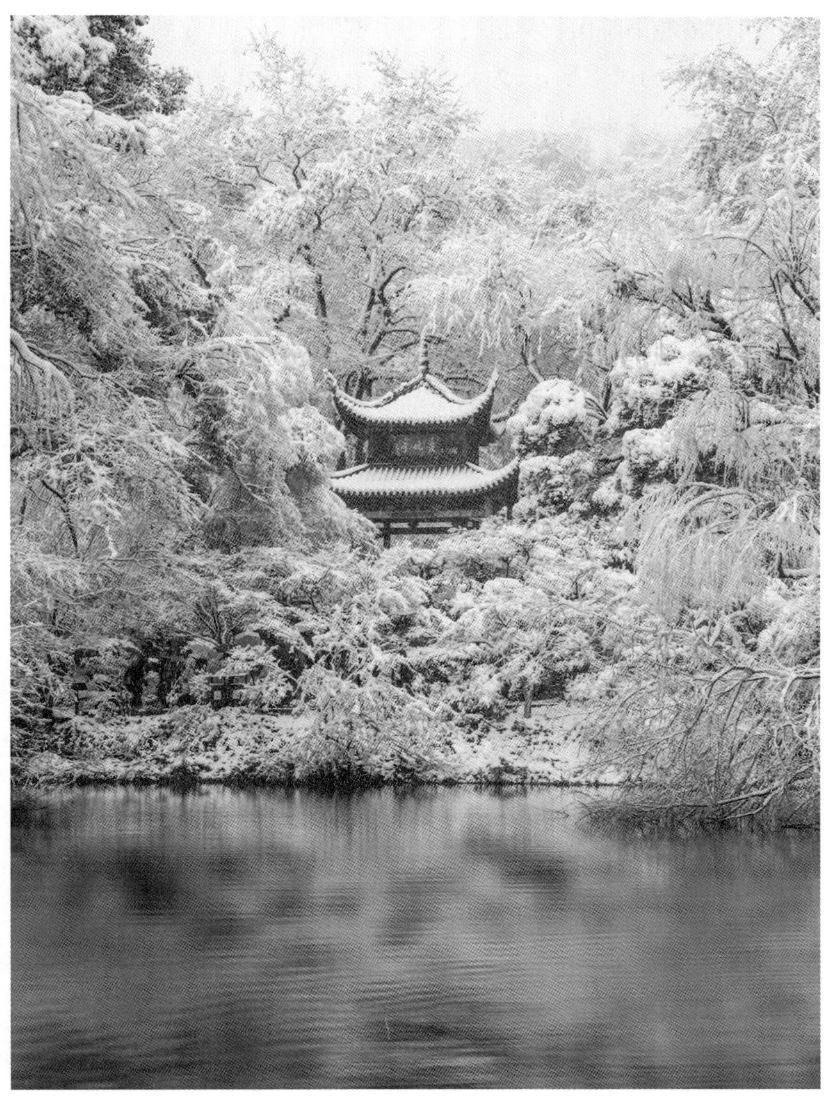

⊙ 雪中爱晚亭

明代岳麓书院山长吴道行在《岳麓山水记》里提到，书院曾有两座亭子，一为风雩亭，一为流觞曲水亭。在我看来，这样两座亭子，标举着教育的美好境界。

风雩亭，源于孔子与弟子在沂水滨各言其志的情景。谁能想到呢，在谈论志向的弟子们中，孔子这次最激赏的，不是子路，不是冉有，不是公西华，而是曾皙，是他所说的“莫春者，春服既成，冠者五六人，童子六七人，浴乎沂，风乎舞雩，咏而归”。人生美学是礼乐内化于生命的自由之境。想想也是，经济也好，军事也好，政治也好，文化也好，哪一种治世之方，其终极指向不是生命的自由与生活的美好？如此说来，什么样的教育，能比“风乎舞雩”更令人心驰神往？明媚于斯，自由于斯，快乐亦于斯。风雩亭之“风雩”二字，像一束怒放的春光，照亮中国儒学发展的来路与归途。

如果说风雩亭让人们想到北方的暮春，那么，流觞曲水亭又带你去向少长咸集的会稽兰亭。那是约 1700 年前一次惠风和畅的雅集。农历三月三前后，春和景明，风乎舞雩者、曲水流觞者，心中充盈着因生命感发带来的大自由、大超越和大境界。

岳麓书院作为一座千年庭院，为什么从未现出历史的迟暮呢？一个极重要的原因就在于，这是一片存留了春光的土地，生命和青春始终在绽放。正如当年罗典在《己酉同门齿谱序》中所描写的岳麓书院的花树：“今见荷英烂漫，墩之上簇锦团花。其桃李俱成林，高者至丈许，他如桐柳列植，或绿荫夹道，或青烟覆地，咸郁葱，成目前胜概。”

正因为岳麓书院从未与大自然疏离，此处的时序不只是钟声，此处的日子不只是提醒，此间一切生命无不带着色彩、声响和气味。对学子来说，青灯黄卷是免不了的，但绝不会因此而错过四时节令。

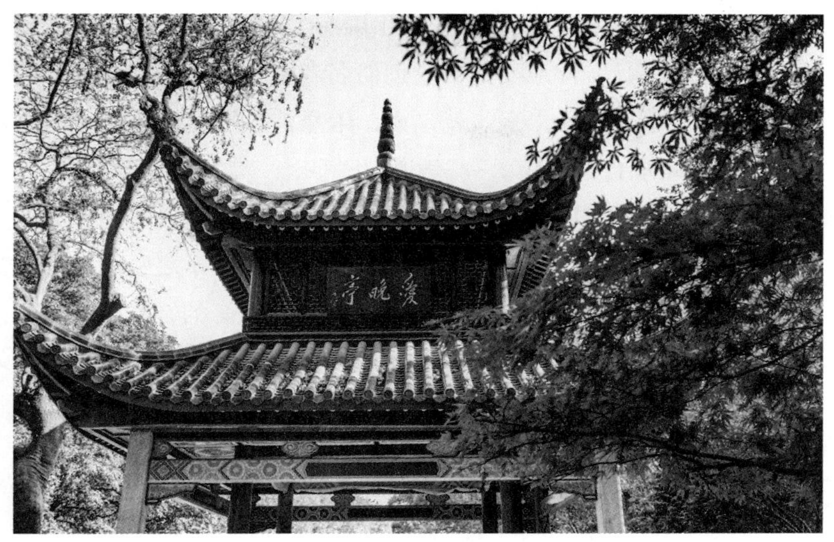

⊙ 爱晚亭红枫

桃林烟柳，荷风鸣泉，桐阴明月，寒窗翠竹，它们提醒着内心的张弛与天地的感应。

三

湖南大学东方红广场北侧，有一处极不起眼的建筑。灰白外墙，单檐歇山顶，屋角微翘。那是一座亭子，叫自卑亭。最初系康熙二十七年（1688）由当年的长沙同知赵宁所建。嘉庆十七年（1812）由岳麓书院山长袁名曜移建。

为什么叫自卑亭呢？此处的自卑，并非现代人所言的“不自信”。《中庸》第十五章云：“君子之道，譬如行远必自迩，譬如登高必自卑。”“自卑”就是“从低处”的意思。君子践行中庸之道，就像走路一样，必然由近及远；也像登高一样，必然由低到高。

赵宁在《自卑亭记》中写道："山旧有二亭，稍上曰'道中庸'，更上曰'极高明'，皆考亭夫子所创而名者，今俱无存，亦仍其基重建焉。"考亭夫子即朱熹。就是说，朱熹曾在岳麓山间建过两座山亭，其名均取自《中庸》，一是道中庸亭，一是极高明亭。

由自卑亭到道中庸亭，再到极高明亭，自下而上，它们像分别立在山脚、山腰和山顶，构成岳麓山上一条中国哲学之路。天下名山何其多，真正能这样将中庸思想外化为道路山亭的，非岳麓山莫属。因为几座亭子的存在，岳麓山更像是立在湘江边那个沉默千年的中国古典哲学家。

我想，楚文化之所以拥有一种"天问"的气质，之所以表现出探寻宇宙大本大源的原道精神，与岳麓山具有的"烟云渺变化，宇宙穷高深"之哲学气质是一脉相承的吧？

走上岳麓山的哲学之路，就像走进《中庸》的智慧之光。这是中国最古老也最独特的智慧。中庸，说它寻常吧，它又高深；说它高深吧，它又寻常。它从不凌虚高蹈，主张人生修养不离夫妇、兄弟、父子和日用之常。它不在神性的仰望中迷失自我，也不在物性的执着里局限自我，而永远在天地间取中道而行，永远信奉真、善、美并存的"人道"。

从自卑亭至极高明亭，这一道古典哲学的光，至少从宋代穿越而来。想起当年黑格尔任教于海德堡大学时，经常和朋友、同事一起在山间散步，人们称他走过的路为"哲学家小径"。其实，岳麓山上的这一条哲学山道，远比它古老，也远比它形象。在这条路上，哲学的境界，亦如渐次升高的座座山亭。

想起1686年，康熙曾御赐岳麓书院匾额曰"学达性天"；1743年，乾隆御赐匾额曰"道南正脉"。学问何以到达"性天"呢，此地又何以成为“正脉”呢?《尚书》上的话或许可以回答:“人心惟危,道心惟微,惟精惟一,允执厥中。”意思是说,人心危险难安,道心微妙难明,唯有精心体察,专心持守,才能走出不偏不倚的中正之路。

自卑亭—道中庸亭—极高明亭,这是一条哲学生活化之路,也是一条哲学山水化之路。

穿石坡怀古

一

从航拍镜头里俯瞰穿石坡湖，或许你会很惊讶：此湖没有山顶平湖的辽远开阔，也不像山脚湖水那样相依相偎，它存在于山腰，像是上天遗落于此的一鉴幽蓝。

沉静的绿树，热烈的枫林，古典的连廊，抑或下雪时的玉树琼枝，都曾被那湖光拥入怀抱，仿佛岳麓山的春秋四时、天光云影，在这里看得格外分明。

穿石坡湖位于岳麓山半山腰之东南麓，距云麓峰 800 米。或许人们不曾料到，正是这个状如月牙的小小湖泊，它像亘古神秘的大地之眼，点亮着岳麓山，更点亮着整个星城长沙。古星象学中南方朱雀以七宿组成，井宿、鬼宿、柳宿、星宿、张宿、翼宿、轸宿，长沙城对应的正是轸宿之侧长沙星的位置。《明史·天文志》载："长沙府，轸旁小星曰长沙，应其地。"唐人张谓的《长沙风土碑记》云："天文长沙一星，在轸四星之侧。上为辰象，下为郡县。"长沙是因长沙星得名的，也因此被称为星城。可以说，先有星宿，后有星城。传说长沙星对应的位置正好位于岳麓山的穿石坡湖一带。从这个意义上说，星城之为星城，是以岳麓山为中心的。《易》曰："观乎天文，以察时变；观乎人文，以化成天下。"也许，岳麓书院之所以千年人才辈出，弦歌不绝，也与岳麓山与星宿的神秘呼应相关。星耀麓山，生生不息，麓山稳，则星城安。

穿石坡湖本是幽谷中的一眼水塘，后经平整，用作预制场。20世纪70年代，人们对这片地势低洼、久已废置的预制场进行综合改造，于东面筑起一线长堤，蓄水成湖。从此，云麓峰下的汩汩清溪朝它奔赴而来。

穿石坡湖最初的长堤、湖底均饰以六边形水泥砖块，堤坝裸露成一幅灰白，那就像古典秘境里突然闯入一种现代粗粝，林泉气质被严重破坏。2010年，人们于大坝上新修一道传统建筑风格的风雨长廊。黛瓦飞檐，亭台轩榭，贯通成长达六七十米的南北湖堤。从此,整片水域才氤氲出烟雨江南的诗意情韵。原先裸露的坝坡上，遍种爬藤绿植，遮去了水泥的生硬与苍白。与此相应，湖之西岸则新建一座两层仿古楼阁：楼下品茗，楼上观景。

环穿石坡湖，筑起曲曲折折的石板小路。蓊蓊郁郁，翠色逼人。如此改造之后，楼台倒影，山石流泉，显得自然和谐，含蓄蕴藉，仿佛这一带山色也因为此湖的存在而明眸善睐，甚至带着凌波微步的韵致。

岳麓山与水确实有着奇妙的缘分。千万年来，它屹立于湘水之滨，南对衡岳，北迎洞庭。山水经行处，铺开千里江山图。不说大的山水形胜，岳麓山本身也从不缺乏水的映照。山下有桃子湖，山腰有白鹤泉，清风峡有山涧。穿石坡则是山腰上的湖。

上天真是对岳麓山情有独钟。不仅江山相依，而且山湖相映。山水,亦如阴阳；阴阳,又孕育出生命。若不是前世今生的山水缘分，厚重如斯的岳麓山，何以拥有那么丰富的灵动？

相对于清风峡、麓山寺或云麓宫，穿石坡一带似乎少了沧桑与

⊙ 穿石坡湖

厚重，然而，却更具一种幽独的气息。

你想想，千年庭院、枫林爱晚、麓山古寺、云麓道宫、英烈墓葬，哪一处不在唤起文化的景仰？这么多年来，这一带聚集了更稠密的游人目光，赢得更多钦仰与虔敬。穿石坡湖呢，就像进入文化堂奥之后的自然花园。

每次朝拜过岳麓山的名胜之后，去到穿石坡湖边，内心会生出一种奇妙的心理张弛，好像一脚从历史踏进了自然。

这些年，不知到底多少次去过穿石坡湖。春天午后，我曾坐在湖边长廊里，不记得是为了听风，还是为了看雨。只记得山风带着料峭的春寒，青色的草木气息在凛风里酝酿。云暗天低的日子，穿石坡似乎更多了一份苏醒与萌动，尽管空气还那么幽冷，穿石坡湖畔的迎春花，已经绽出朵朵金黄。不知名的山间野花，也在密林深处将那些芬芳的力量集结。

有时候，穿石坡湖边一个人也没有，只听见稀稀落落的鸟语。你和湖水、和山坡一起，坐在静穆中。于寂静里极目东望，可看到细雨里的一脉湘江。有时候，你会遇见那朵从远处高楼一角飘出来的云。雨下了，你坐在湖边长亭里，或许会想起陶渊明诗里的安静和苍茫：停云霭霭，时雨蒙蒙。八表同昏，平陆成江……

城市熙来攘往，懂得楼廊轩榭之况味的，并不是那匆忙的背影，而是这一帘早春烟雨吧？

夏日黄昏，穿石坡湖光潋滟。一轮巨大的夕阳，自湖后山峦缓缓西沉，坠下山巅，悄悄落入林梢。余晖的逆光很美，此时的穿石坡如同一幅巨大的金色剪影，奏响归鸟投林的嚯嚯欢声。那样的黄昏光影，仿佛短笛或长号奏出的乐音。

我曾凝望过穿石坡湖里的晚云。它们像一幅闪耀的织锦，绚丽夺目。那时候，湖上的幽冷早已荡然无存。湖面因为光影的变化似乎喧哗起来，明亮起来，可湖水从未有过一丝轻浮。石隙、草丛或睡莲下的那些蛙声，全都不急不忙，心闲意定，那是穿石坡湖最天真的声音。

湖面上不知从什么地方漂来了野鸭。那些调皮的黑点，在薄暮里神出鬼没，来去无踪。有时候，它们将平静的湖面犁开长长的“八”字形波痕，小小的身子却“嘎嘎嘎”地划向某一片山的倒影里。

秋天的穿石坡，林壑幽深，层林尽染。或许是“树树皆秋色”的缘故吧，此时的湖水，比任何时候都更像碧透的琉璃。从山顶俯瞰这“琉璃”，它像被漫山秋色紧紧包裹着，整个湖犹如岳麓山清亮的眼睛，映着日升月落，映着满天繁星。

春夏时节的那些湖边树木，有些变得让你不敢相认了。比如湖边的那株红杉，平时一点都不显眼，此刻却披着一身炫目的金红，那么纯粹，那么耀眼，恍如夕阳下亭亭玉立的待嫁新娘。

穿石坡湖的冬天自有冬天的调性，并不像夏丏尊、朱自清、丰子恺先生于上虞所居的白马湖，没有镇日响着的湖风。山坡幽谷里的湖，要安静得多。雪一下，整个湖水顿时显出它玉洁冰清的品质。积雪落在树木上、连廊上、楼阁上，叫人想起张岱笔下的长堤一痕，湖心亭一点与余舟一芥。只是穿石坡湖上没有孤舟，没有茶炉，你只能从长堤一痕里遥望远处的冬云，想念那城中暮寒。

二

穿石坡湖始于 20 世纪 70 年代。穿石坡这地名却极其古老，至少可以追溯至东晋。

传说的主人公，就是大将军陶侃。独自走在穿石坡湖边的时候，陶公的故事一直在脑海里萦绕不去。因为他，那些遥远的岁月，似乎变得清晰起来。

晋末乱世，陶侃性自俭束，气自沉雄，与刘裕、桓玄一样，都是那个时代的风云人物。“八王之乱”爆发后，陶侃以其料事如神的智慧和戡平叛乱的神勇立下赫赫战功。他先后平定了王敦、苏峻之乱，被朝廷封为征西大将军。古稀之年，又被封为长沙郡公，都督八州军事，其镇守的范围包括江陵、巴陵、武昌等江南土地。

岳麓山流传的陶公佳话并不少。岳麓山顶的禹王碑之北，有一个极古老的山洞。相传道士张抱黄曾在岩下修炼，人们称此洞为“抱黄洞”。张道士成仙之后，此洞为巨蟒盘踞。据说，这条巨蟒常年噬人性命。有一年，蟒蛇又在作乱害民时，征西大将军陶侃“嗖”

地一箭，远远射杀了巨蟒。巨蟒死了，陶侃从此成了岳麓山上为民除害的大英雄。就在此时，山上飘出一位美丽的女子。她一身素白，体态婀娜。女子清亮的眼里充满着对射蟒英雄的崇拜，以至芳心暗许。她与陶将军私下约定，五十年后再在岳麓山头相见。

如此神秘的女子，从哪里来的呢？她不是朴素的人间村姑，也不是山中的妖精。人们说，她的前世乃岳麓山间的一只白鹤。

五十年弹指而过。满头银发的陶侃如约来到岳麓山，来到他和姑娘当年约定的地方，在这里苦苦等了九九八十一天。姑娘终于来了，人仙于山中再度相见。此时，一位神秘道人担心白鹤姑娘动了凡心，便将陶侃叫到一块巨石之前。道人长吹一口仙气，陶侃穿石而过。等他回头一望，石门却无影无踪，唯有一面石壁立在那里。

陶侃与白鹤姑娘约会的那面山坡，从此被叫作穿石坡。

穿石坡传说充满着浓郁的道教色彩。特别是那个化身为姑娘的鹤，乃沟通人、仙之间的一种神鸟，在道教里颇具深意。不说《世说新语》里养着双鹤的支道林，不说以梅为妻、以鹤为子的林和靖，就说《后赤壁赋》中所写的那个羽衣蹁跹的月下道士，是不是由那一夜掠过船舷的仙鹤所化？真耶？幻耶？不得而知。

陶侃的一生似乎与“鹤”有诸多神秘关联。他出身寒微，乃溪族人，年轻时在家乡以捕鱼为业。他将自己养鱼的那口池塘称作鹤门。《幽明录》说：“陶公在寻阳西南一塞取鱼，自谓其池曰‘鹤门’。”

也许，穿石坡最神秘的地方还在穿石。穿石或穿墙，是传说中道家的神仙方术。记得《聊斋志异》里的劳山道士吗？在没有月光的夜晚，劳山道士剪纸为月，甚至与嫦娥同饮，一切都神乎其神。小说曾借王生之口，说劳山道士所行之处，“墙壁所不能隔”。王生后来按道士的指点去穿墙。小说写道：“王果去墙数步，奔而入。

及墙，虚若无物。回视，果在墙外矣。”

穿墙也好，穿石也罢，不知是出于道教渲染，还是归于文学夸张。从道教发展史看，陶侃所处的东晋正值儒教衰落而道教兴起之时。那时，神仙鬼怪故事极盛行。《搜神记》记录了太多匪夷所思的神秘。陶侃射杀妖蟒，与鹤仙姑娘约会，这些穿石坡的传说，应与当时道教风行有很大关系。

作为本土宗教，道教成于东汉。其教旨源于老庄，又与汉末以来的阴阳、神仙、方术分不开。当它发展为宗教形态的时候，又不可避免地借鉴了佛教。整体来说，道教以自然为崇，追求长生不老、得道成仙。因此，古籍里并非只有重教化、美人伦的儒家典藏，还包括《道德经》《淮南子》《吕氏春秋》《山海经》等充满道家色彩的经典。

历史上的陶侃建功立业，是志在天下的儒者；而在关于岳麓山的传说里，他似乎成了一个道者。儒道互济的文化人格，在晋代人物中就相当典型。

三

走过穿石坡，不知多少人还能想起陶侃？

他做过长沙郡公，亦堪称千古风流人物。陶侃后裔中有一个家喻户晓的诗人，就是“不为五斗米折腰”的陶渊明。

陶渊明写过一首《命子》诗，充满了对先祖陶侃的礼赞：“在我中晋，业融长沙；桓桓长沙，伊勋伊德。天子畴我，专征南国；功遂辞归，临宠不忒。孰谓斯心，而近可得？”

在士庶等级森严的东晋社会，陶侃出身极其寒微，非但不是士族，而且还是备受歧视的南方溪族。他的先祖像武陵人那样以捕鱼为业。陶侃身上有着太多美德，他勤勉、节俭、自强、自律……为官任事，他不仅精明能干，而且勤政爱民。“侃性聪敏，勤于吏职，恭而近礼，爱好人伦。终日敛膝危坐，阃外多事，千绪万端，罔有遗漏。远近书疏，莫不手答。笔翰如流，未尝壅滞。”

出身寒微的陶侃为什么能成就一番事业？这不得不感谢他那位伟大的母亲。

从《世说新语》里，可以一睹当年陶母的风神：

陶公少有大志，家酷贫，与母湛氏同居。同郡范逵素知名，举孝廉，投侃宿。于时冰雪积日，侃室如悬磬，而逵马仆甚多。侃母湛氏语侃曰：“汝但出外留客，吾自为计。”湛头发委地，下为二髲，卖得数斛米；斫诸屋柱，悉割半为薪，锉诸荐以为马草。日夕，遂设精食，从者皆无所乏。逵既叹其才辩，又深愧其厚意。明旦去，侃追送不已，且百里许。逵曰：“路已远，君宜还。”侃犹不返。逵曰：“卿可去矣，至洛阳，当相为美谈。”侃乃返。逵及洛，遂称之于羊晫、顾荣诸人，大获美誉。

陶侃年少家贫却胸怀大志，和母亲湛氏相依为命。同郡范逵早就闻于乡里，因举察孝廉而至陶侃处投宿。当时，冰天雪地，陶侃家什么都没有，范逵一行却马匹仆人甚多。设身处地想一想，那是何其窘迫的事。然而，陶母告诉他，你只管在外留住客人，屋里的事我想办法。湛氏解散头发，剪下来做成两条假发，卖了数斛米，又将屋柱砍去一半，作为柴火，再将垫在床下的草切了喂马。至傍晚，范逵一行人都吃饱喝足了。范逵赞叹陶侃之辩才，觉得愧对他一家的深情厚意。第二天离开之时，陶侃更是送了又送，跋山涉水走了一百多里。范逵一再说，请回吧。陶侃坚持不回头。范逵抵达洛阳之后，陶侃大获美誉。

读到《世说新语》的这段文字，心中极其感佩。家境一贫如洗，陶母却从容、镇定，更有难得的远见卓识。

断其长发、斫其屋柱、锉其草垫，待客倾其所有，更兼长亭短亭，百里相送。愈是物质困顿，愈显精神盛大，愈焕发出人性的至善至美。这不就是了不起的魏晋风度吗?

或许有人觉得，此事夹杂着举察的功利。在当时，对于像陶侃这种出身的人来说，特别可以理解。要知道，陶侃不仅出身低微，而且“望非世族，俗异诸华”。在门第观念极重的东晋，他的身世被打上了深深烙印，世族对他多是侮辱。即使在他年近古稀、已被封为征西大将军之后，同僚温峤仍然背后称他为“溪狗”，话语里充满了鄙夷。

陶侃一生何以那么自强自律，何以不敢虚度光阴，与他的出身不无关系。做长沙郡公的时候，他曾住在礼贤街。此街今天另有一个名字，叫惜阴街。“惜阴”何来？陶侃说：“大禹圣者，乃惜寸阴；至于众人，当惜分阴。”

陶侃文武兼修，不曾有过任何懈怠。他特别信奉孟子所言：“故天将降大任于是人也，必先苦其心志，劳其筋骨，饿其体肤，空乏其身，行拂乱其所为，所以动心忍性，曾益其所不能。”另据《世说新语》载：“侃在州无事，辄朝运百甓于斋外，暮运于斋内，人问其故，答曰：‘吾方致力中原，过尔优逸，恐不堪事。’”

闲居无事则将瓮坛之类的重物在室内外搬来搬去，目的只为防止自己贪图安逸。如此自律之人，古今能有多少？至于打牌、赌博之类的事，他更是深恶痛绝。

侃尝检校佐吏，若得樗蒲、博弈之具，投之，曰：“樗蒲，老子入胡所作，外国戏耳。围棋，尧舜以教愚子。博弈，纣所造。诸君国器，何以为此？若王事之暇，患邑邑者，文士何不读书？武士何不射弓？”

陶侃一生最爱的是习武读书。他不但在家苦读，还专门乘一叶小船，渡湘江而西，跑到岳麓山上结庐读书。那时候的岳麓山白鹤飞翔，猛虎出没，有苍松巨石、流泉飞瀑，然而，岳麓书院还不曾出现。陶侃在岳麓山间结一间草庐，屋外遍植杉树，题之曰“杉庵”。宋人张舜民写《岳麓山记》时，还提及陶侃当年手植的杉树：“寺后有法华台，高绝山顶。晋僧法崇者笺《法华经》于此，有杉櫼数本，其大如菌，云陶士衡手植也。”

清代道光年间，陶侃后裔中出过一位朝廷重臣，此人即陶澍。陶澍小时候曾被其父亲带到岳麓书院学习，多年后，他将皇上赐给他的“印心石屋”四字勒石于岳麓山。为了纪念先祖陶侃对岳麓文教的开创之功，陶澍主持重建陶桓公杉庵，此庵日后毁于抗日烽火。

四

岳麓山巅建道观，山间建寺庙，但以山下书院这个儒家文化重镇最名动天下。陶侃所在的晋代，儒学面临重重危机。一方面，新兴地主阶级忧生伤世；另一方面，他们又对现世表现出肯定和执着。道家的谈玄说道，佛家的普渡轮回等观念，一时为人生意义打开了更丰富的阐释空间。相形之下，儒学陷于烦琐经义，甚至异化出阴阳谶纬之学。

但陶侃的底色还是儒家。《晋史·陶侃传》里记载，陶侃自云：

“《老》《庄》浮华，非先王之法言，不可行也。”他一辈子的美德与功业完全是一个儒者所为，他相信“天行健，君子以自强不息”，一生志存高远，行为检束自励。

然而，陶侃毕竟生活于魏晋时代，不可能不受道家影响。你看，陶侃的传世画像，一点儿都不像威武的将军。裹着头巾，一袭红袍，眉眼间似乎还透着与世无争，一副仙风道骨的模样。

穿石坡传说，充满着道家色彩。陶侃个人是不是以道家为信仰，不得而知。有意思的是，他的后裔里不乏大隐士。

且不说被称为“山中隐士、地上神仙”的陶弘景，也不说归隐田园的大诗人陶渊明，在长沙县榔梨镇就有一座远近闻名的道观——陶公庙，庙里供奉的乃一对叔侄，一是陶侃之孙陶淡，一是其曾孙陶烜。

陶侃和他的时代远去了，岳麓山穿石坡和杉庵依然是人们眼里的风景。然而，没有这些故事，一座山又靠什么去打动人呢？

赫石坡风骨

一

相对于飞来石的不知所从，笑啼岩的啼笑皆非，赫石坡堪称岳麓山上的石景奇观。然而，尽管岳麓书院、爱晚亭、清风峡一带游人如织，赫石坡却鲜有人去造访。无论阴晴雨雪，这一带山径，总是笼罩在一片肃穆之中。

那是一个冬日午后，阳光极安静。我独自登上陡峭而阴暗的石阶，攀着一径蓬乱草木，去到丛林掩映的巨石之下。

那可是极罕见的一块山岩啊，面积至少四百平方米。整个斜坡，几乎被这一壁约呈70度的山石所覆盖。远远看去，那赫石像一扇远古神话里訇然中开的石扉，见证着自然的鬼斧神工。

而今，山石凹凸不平，其上散布着青苔、绿植与泥土，隐约看得见山风、流水的痕迹。环顾四面山坡，远近树木多掉光了叶子。高大挺拔的南酸枣树遍布坡谷，黑的枝丫分割着天的深蓝。

四周没有别的山石，整个山坡仿佛就为一块赫石而存。说不出为什么，只要站在山坡下，你总觉得那片土地上，一定曾有惊天动地的事件发生。

我曾见过黄山石的千奇百怪，也曾见过张家界的秀峰险绝，然而，从来没有哪一块石头可以媲美赫石的崇高和坚忍。我甚至觉得，岳麓山因为这块巨石的存在，它立马就有了风骨，有了灵魂，有了精神。若说岳麓山如同一艘绿色巨轮，赫石坡无异于巨轮上的压舱石。

二

自岳王亭上赫石坡，树木尤其蓊郁。林间终年弥漫着腐叶与新生的气息。地上洒着太阳的光斑，树阴里安卧着众多坟茔。因为它们，这一带山色里总有那挥不去的凝重。

赫石坡下有国民革命军陆军第七十三军抗战阵亡将士公墓。高高的墓碑，直接苍穹。七十三军原是湘军第三十五军。他们曾参与过第一、三次长沙会战，常德会战、长衡会战、湘西会战中亦有他们英勇奋战的身影。当长沙会战的硝烟散尽，数以万计的国民革命军将士在战场上献出了年轻而宝贵的生命。1946 年，时任第七十三军军长韩俊派人在赫石坡建立公墓。墓碑高六米，碑上题“陆军第七十三军抗战阵亡将士公墓”，“精神不死，风云长护”几个字刻于公墓两侧。墓基汉白玉石上也刻着白底红字：“誓死卫国家，以昭来者；壮气塞天地，是曰浩然。”阵亡英烈们的遗骸，均安放于忠义观内。“忠昭大麓，义塞苍冥”。

在公墓前深深鞠躬之后，抬眼即看到不远处的纪忠亭。亭子两边的对联这样写：“赫石嵯峨严正气，麓云平远荡腥风。”确实，赫石代表天地正气。“碧血染黄沙，取义成仁，应垂不朽；精英辉赫石，贪生怕死，莫到此间。”赫石，承载着人间精魂。

赫石坡，一个英雄安息地。“天苍苍，野茫茫。山之上，国有殇。”赫石坡之于岳麓山，就像是上天铸就的一块无字丰碑啊！

三

独坐赫石坡最高处，午后的冬阳打在身上，时间也显出它煦暖的表情。不远处，湘江在阳光下闪耀，橘子洲静静地躺在那里，橙黄而橘绿。

七十多年前，也是这样的江水，这样的洲渚，这样的冬日吗？当时的赫石坡，自山下而山上，满眼皆花岗岩垒筑的环形工事，满眼皆纵横交错的战壕掩体。阵地上的那些年轻将士，每一个都是青涩稚气的面庞，每一个都勇毅刚强。那么多风华正茂的年轻人啊，都是十八九岁,许多人不曾恋爱过,更不曾成家,世俗生活还未开启。

然而，他们别无选择。国耻，唤起抗争；战争，召唤青春。“抗敌御侮”四个字，拷问着每一个人的襟怀和血性。谁天生是一个英雄呢？在他们穿上军装之前，谁还不曾是田野上奔跑的青年？太多的青春在战火中死去。他们倒下的影子，融入了大时代的火光。今天，墓碑上甚至见不到他们的名字，更没有人知道他们来自哪个村庄，哪栋老屋。

谁曾想过呢，赫石坡就是他们此生的长眠之地。一身戎装的战士，自从离开故乡之后，多数不曾回去。我不知道，赫石坡的春云夏木，月色星光，林泉鸟鸣，是否也曾送过那些英烈魂归故里？赫石坡一带,丛生着高大的南酸枣。那些树,每年四月开花,十月结果。那些黄色的圆果，浆状的白色果肉，酸酸的味道，是不是村庄少年熟悉的味道？几十年间，南酸枣树在赫石坡一带花开花落，是不是也曾抚慰过英烈们不死的乡愁？

四

自赫石坡向上仰望,隐约看到岩壁间刻着“赫石坡”三个大字，自右而左。有人测量过这幅摩崖石刻,每个字的高和宽都达到 3 米,笔力雄浑而遒劲，极具颜楷法度。据说，20 世纪 80 年代，此三字还曾涂以红漆，清晰可见。而今，“石”字尚清晰，右侧的“赫”字依稀可辨，唯左侧的“坡”字多为泥土、苔藓、落叶所掩盖。石刻左侧原来还有一行小字，“王东原，民国二十二年春月”，今已漫漶。

王东原何许人也？一个毁誉参半的民国军政人物。他是安徽人，24 岁加入湘军，曾为十五师师长。20 世纪 30 年代，他曾在赫石坡购地数十亩，修建起十五师烈士陵园。1937 年，抗战全面爆发之后，王东原升任陆军第七十三军军长。淞沪大战爆发后，他率部从湖南芷江出发，开赴上海前线，成为重要的抗战将领。1946 年至 1948 年，王东原出任国民党湖南省政府主席，并在这期间促成修建七十三军抗日阵亡将士公墓。

王东原自己也在赫石坡下建起一栋避暑别墅。说是别墅，今天看不过几间砖瓦小房，坐拥一隅幽静。七十多年风雨剥蚀，今日之别墅已略显苍凉与落寞。不过，从房屋的结构轮廓，依然可想见当年的场景。门前绿树披离，屋角清溪潺潺。王东原当年住在这里的时候，一定会在清风明月里想起与他出生入死的抗日将士吧？

当年，王东原不仅在赫石坡力促修建陆军七十三军阵亡将士公墓，而且还在湘江对岸的天心阁兴建了一组纪念性建筑，以纪念长沙会战中死难的英杰。此即如今天心公园的崇烈塔、崇烈门和崇烈亭。

赫石坡、天心阁，一西一东，隔江相望。从此，穿过三千年古城的英雄悲歌，将一城烟火紧紧地拥抱在一起。

诗话岳麓八景

一

清代岳麓书院山长欧阳厚均在他所编定的《岳麓诗文钞》里有过一段深情追忆：

乾隆壬寅、癸卯间，罗慎斋先生主讲席，曾辟院旁隙地为园林，栽卉木。一时，同人标以八景曰：柳塘烟晓，桃坞烘霞，桐阴别径，风荷晚香，曲涧鸣泉，碧沼观鱼，花墩坐月，竹林冬翠，并系以诗，备古今各体汇成帙，付诸梓。今院中竟无藏本矣。阅岁既久，烟、霞、风、月、塘、沼、涧、泉，景虽仍旧，而桃、柳、桐、荷、花、竹之类盖鲜有存者。

罗慎斋即担任岳麓书院山长长达27年的罗典。这个具有远见的教育家，不仅看重德行砥砺，看重经世实学，亦看重自然之美对诸生的陶冶。罗典曾利用书院周边的空坪隙地建造园林，形成了日后的岳麓八景，令求学于此的诸生流连忘返、吟咏不断。

今天，哪怕只念一念岳麓八景的文字，都能感受那如诗如画的意境。但我越来越觉得，岳麓八景更像是自然教育思想的表达。

春日，桃花灼灼；夏夜，风荷晚香；秋天，桐阴别径；深冬，竹林滴翠。拂晓，柳烟轻笼；夜深，花影月移。我们是不是从岳麓八景里感受到晨昏交替、四时轮回？那是不是岳麓书院崇尚天道的生命节律？

朝晖夕阴，春生夏长，哪一样离得开天地造化？人不是自然的主人，而是自然的一部分。“夫大人者，与天地合其德，与日月合其明，与四时合其序，与鬼神合其吉凶。”当教育融入天地的大时间，行藏休息就进入自由的大境界。

清代张潮说：“读经宜冬，其神专也；读史宜夏，其时久也；读诸子宜秋，其致别也；读诸集宜春，其机畅也。”

天地众生，谁可以违逆春夏秋冬的自然之序？若从自然看教育，教育之于人类，不就是桃红柳绿之于春天，云蒸霞蔚之于黎明，清风明月之于山间吗？令人唏嘘的是，现代学校教育总是如此紧张，如此焦灼，少年的生命总被苍白的作息表所框定，而刺耳的铃声更湮没了无数花开草长的消息。

重回岳麓八景，或许我们可以看到教育根植自然的青葱底色。

二

柳塘烟晓四个字，自带诗意和画境，泛着春之光影。你想啊，柳条那么柔顺，那么飘逸，它曼妙的身姿映在清清水塘，是不是让人想起“律回岁晚冰霜少，春到人间草木知。便觉眼前生意满，东风吹水绿参差”的诗行？

岳麓山在柳塘烟晓里醒来。清新，淡远，一切像是天地的初心。

波光摇不定，柳色绿还低。

晓起寻芳处，徘徊只此堤。

从清人谢鸿音的题咏里，我们还看得见当年的波光与柳色。

杨柳丝乱垂，银塘青未了。
依依曲涧边，钟鼓一声晓。

陶必铨的诗，也充满了春色春声。他曾求学于岳麓书院，满腹才华，却科场失利。不过，他后来有一个青出于蓝的儿子，即晚清重臣陶澍。

柳塘，最早是岳麓书院门前的一方水塘。据康熙《岳麓书院志》记载 :“宋朱张讲学时，从游者众，舆马饮水欲尽，俗呼应塘。”乾隆五十二年（1787），罗典在池中建起一座草亭（亦称西亭，与东亭吹香亭相对），又在池边遍植垂柳。对此，清人严如熤的《西亭记》有生动的回忆 :“亭后夫子手植垂柳数十株，近皆长大，万缕千条，踠青萦绿，披拂槛前，春日坐其间，不复作板渚灞桥想。”嘉庆二十四年（1819）山长欧阳厚均主持重修亭子，将草亭更名为风雩亭，取“浴乎沂，风乎舞雩，咏而归”之意。我以为，“风雩”之境实在太妙了，春光明媚，而礼乐化人。岳麓书院对于美育的推崇，从一座亭子的命名上即可看得清清楚楚。

风雩亭建成一百多年过去，不知此间曾有多少人在柳塘边徘徊过，也不知他们遇到过怎样气象万千的柳和塘，我们只能从清人赞叹的诗句里寻找那飘逝的遗踪。“朝露未晞青欲滴，春波渐暖碧初浮。”罗琦看见的柳塘，透着春日的暖意。“子规唤起窗前曙，一带晴烟望欲迷。”凌玉清眼里的晓烟，透着熹微的光亮。“倏然日出朝光清，霏微翠润百媚生。游丝贴地不得起，随风绊住红蜻蜓。”方林的诗，多了一份活泼泼的情趣。

三

惊蛰到，桃花开。这对岳麓八景中的桃坞烘霞来说，更令人想起书院的桃李弦歌。

晴云香霭午融融，簇锦围花美化工。
禁火不烧寒食后，绮霞疑灼赤城中。
芳枝春放千株艳，暖气晴蒸半里红。
莫道本来根叶好，须知颜色待东风。

没有东风万里，何来桃花千枝？读严如熤的诗，你会觉得桃坞烘霞与其说是自然春色,莫如说是关于教育的生命感发。桃坞烘霞，就凭那个“烘”字，可以想见那是何其热烈的春色啊！像云霞，像火光，辉映着出入书院的青春笑脸。那绚烂的桃花，又不能不叫人想起世外桃源。

山桃花发斩新红，满坞晴霞夕照中。
灵麓只今增胜迹，凝台何处访仙宫。
朱云晓湿千家雨，紫帔春裁二月风。
指点渔郎前度路，隔溪遥与武陵通。

是啊，美好的教育，不是人类通向武陵桃源的理想津渡吗？

岳麓八景中还有夏荷、梧桐、冬竹，哪一个不是品行高洁的人格象征？自周敦颐开始，荷花始终被誉为花之君子。在我眼里，荷花简直就是中庸智慧的化身。你看，它不仅“出淤泥而不染，濯清涟而不妖”，不沉沦，亦不飘举，而且它在里外、主从、远近、庄谐之间从来就不偏不倚，正所谓“中通外直，不蔓不枝，香远益清，亭亭净植，可远观而不可亵玩焉”。

岳麓八景中的风荷晚香，在吹香亭一带。据清同治《岳麓书院续志》记载，此地“初为东亭，在黉门池中，设木桥以通往来，屡修屡圮。道光中，砌以石，仍亭址重加修葺，而以宋钟尚书仙巢吹香亭易其名”。

何处消残暑，池荷入夜风。
香清衣欲袭，波静月初融。
晚景微茫里，幽芳淡远中。
由来怀茂叔，应许赏心同。

行色匆匆的现代人，不知有谁会从荷香的清幽淡远里去怀想古代的君子之风？坐在吹香亭，格外想念当年的风荷晚香。那时候，晚风送来的荷香很幽远吧，怎么可能被这高高低低的屋顶所阻隔？

关于风荷晚香的妙处，严如熤也在《东亭记》里有过描述。他说：“柳子厚有云：视壅则志滞，君子必有游息之所，灵旷之具，使之清宁平旷，恒若有余。是言也，于学者为宜。院左巨陂曰黉门，约占地十余亩，绿波溶溶，胜状为岳麓最。”伫立亭中，四望远近，“涵山黛，吞涧流，云影天光，缭白萦青。鱼大小千许头，日光下澈，影布栏前，往来翕忽，似与游者相乐”。这里没有《小石潭记》里的悄怆幽独，却有那里的玉洁冰清。若对照清人罗辉潭的诗句来看，你可以看到，当年荷风吹送的地方，曾有绿树烟岚、千亩稻田。

蓬莱闻说属飞仙，缥缈池亭讲院前。
槛拥黄云千亩稻，祠围绿树一林烟。
当檐夜色波心月，破晓晴光镜里天。
杖履追陪凭领略，先生道妙示鱼鸢。

鸟飞鱼跃的生命自由，正是自然之于教育的天启吧？

四

梧桐，其实也是一种文化人格。

梧桐树，绿叶如盖，枝干挺拔，光滑的树皮总泛着一层青光。早在《诗经》里，先民就视梧桐为高洁的生命栖息地。“凤凰鸣矣，于彼高冈。梧桐生矣，于彼朝阳。”凤栖梧，正是良禽择木而栖的典型。

梧桐还是一个深刻的哲人。它有“一叶而知秋”的岁时敏感，更有“深院锁清秋”的旷世孤独。特别是，梧桐树还饱含着青出于蓝的教育期许，“桐花万里丹山路，雏凤清于老凤声”。

自岳麓书院前的黉门池，经文庙北，蜿蜒着一条通往爱晚亭的幽深曲径，过去是连接麓山寺与道乡祠的山道。当年，此路因遍种梧桐而被命名为“桐阴别径”。“别径”二字,特别有深意。学问也好，研究也好，若不能独辟蹊径，何来“别有洞天”？

栖鸾嘉树倚云栽，一径春深翠作堆。
听得空林人语响，山僧遥踏落花来。

当年走在桐阴别径上的，除了披着袈裟的山僧，更多还是出入书院的青衿学子吧。多少次，他们坐在梧桐树下，凝听远处传来的空谷足音。从周锷留下的诗句里，我们还能看见时间深处那些年轻的背影。

丘壑盘纡似道林，山桐一径恰成阴。
花开三月春当路，客到丛台绿满襟。
碧叶诗题凉月晓，秋风子落白云深。
青鞋布袜频来往，空谷跫然听足音。

绿荫，碧叶，白云，青鞋。弥漫于这一方天地的，唯有万物生机和内心的安静。

五

《诗经·卫风》曰："瞻彼淇奥，绿竹猗猗。有匪君子，如切如磋，如琢如磨。"绿竹如玉，就像君子温润。竹子与荷花一样，也被视为君子。

王徽之，亦即那位"雪夜访戴"而风神潇洒的晋人。此公一生甚爱竹。《世说新语》说："王子猷尝暂寄人空宅住，便令种竹。或问：'暂住，何烦尔？'王啸咏良久，直指竹曰：'何可一日无此君！'"

竹，确实不是寻常物，雨后的萌动，春回的拔节，一生都那么绿意盈盈，恍如泛着微光的绿玉。古人送给竹子诸多雅称：琅玕、筼筜、郁离……有人甚至就称它为"此君"。

岳麓八景中的竹林冬翠是怎样一种境界呢？有诗为证：

直干亭亭耸碧岑，凌冬不碍雪霜侵。
绿藏书屋千竿秀，翠绕湘川万壑深。
节劲并无逢世态，岁寒方见此君心。
当年淇澳磋磨意，百世犹宜共咏吟。

冬竹的绰约风姿，何尝不是岳麓诸生的精神风貌？

六

康熙《岳麓书院志》里有一段关于清风峡的文字，读来颇让人神往。

清风峡在岳麓寺前，双峰相夹，中有平壤，纵横十余丈，紫翠青葱，云烟载目。登其上，望雪观、风雩，则停云扑翠；望兰涧、石濑，则溅玉飞花。虽桥亭久沕，而胜韵自存也。当溽暑时，清风徐至，人多憩休，故名以此得。

这就是岳麓八景中的“曲涧鸣泉”。那是泉声，还是圣贤的清音？

何事幽斋里，偏来戛玉音。
百泉飞石磴，一涧绕烟浔。
风度苍髯管，人调绿绮琴。
此中涵妙道，会取圣贤心。

心灵如古琴，人声似天籁。不知世间还有怎样的诗与音乐，比得过这山间书院的一涧溪声？唯有这如鸣佩环的溪泉之声，才可将心灵引向安静和安定吧？

活水喷源头，飞流随曲径。
万古一琴声，泉鸣心可定。
城市正哗嚣，还来此处听。

七

碧沼观鱼始建于清乾隆四十七年（1782），位于岳麓书院中轴线南侧。你想，鱼在水中游，最令人羡慕的是什么呢？池沼水碧天清，还是倒影叠叠重重？不，最打动人的还是那鱼儿的自由自在。对任何生命而言，有自在，方有快乐。庄子和惠子，在濠梁之上，曾有关于“鱼之乐”的经典对话。

庄子曰：“鲦鱼出游从容，是鱼之乐也。”惠子反问：“子非鱼，安知鱼之乐？”庄子辩道：“子非我，安知我不知鱼之乐？”濠梁之辩固然引发了丰富的哲理，鱼快不快乐也不是谁说了算。如果仅从感性角度看，但愿水中游鱼抵达了逍遥。就像汉乐府里的那条鱼：“鱼戏莲叶东，鱼戏莲叶西，鱼戏莲叶南，鱼戏莲叶北。”

无定天光荡碧池，锦鳞翔跃散沦漪。
啖花影失清波转，洗墨香浓翠浪吹。
出没似知人意快，留连偏有化机随。
濠梁情兴今犹昨，徙倚临流乐未疲。

倘若教育背离了人性的自由，碧沼观鱼是不是一种巨大的讥讽？

在古人那里，跟随先生学习叫作“从游”。从游二字，总叫人想到水中游鱼。20 世纪 40 年代，清华大学校长梅贻琦先生就曾用从游来比喻师生关系。

学校犹水也，师生犹鱼也，其行动犹游泳也，大鱼前导，小鱼尾随，是从游也。从游既久，其濡染观摩之效，自不求而至，不为而成。

碧沼观鱼，莫非也是对教育的反观自省？

八

良夜花阴静，庭空皎月浮。
境悬心朗朗，人定意悠悠。
玉露清如濯，银河淡不流。
栏干风细起，虚室已澄秋。

当抖音和微信霸占着人们的视听，还有多少数字时代的原住民会在意这样的花阴月夜，会在意这样的银汉星光，这样的晚风秋夜？在欲望疯长、杂念丛生的世界，功利已塞满日程，人们偶尔对自然的凝神注目甚至也被指斥为虚度光阴。这或许是现代社会抑郁和焦虑的根本来源。当宁静致远或静能生慧的古训被淡忘，又有多少人懂得《大学》开篇所说的“知止而后有定，定而后能静，静而后能安，安而后能虑，虑而后能得”？更有多少人能理解“致虚极，守静笃”，多少人明白“重为轻根，静为躁君”？

心灵变得麻木、迟钝的时候，你可能看见万物的存在，却看不见存在者的光辉，更看不见美与美的呼应。当认知图解了丰富的生活，当季节失去了变化的色彩，当时间变成了单纯的线性，我们与世界之间的连接将是怎样的单调啊！从这个意义看，岳麓八景其实是岳麓书院永不过时的美的课程，它昭示着自然与教育的心心相印。

一脉文泉

一

岳麓书院里涌动着一脉泉水，唤作文泉。此地亦名濯缨池、濯清池，系宋安抚使刘珙于乾道元年（1165）初建，它位于书院讲堂右侧百泉轩之下。池上原建有濯清亭，刻张南轩题诗："芙蓉岂不好，濯濯清涟漪。采之不盈把，怊怅暮忘饥。"

清乾隆四十四年（1779），当时湖南巡抚李湖主持修葺岳麓书院。李湖移节粤东后，继任刘墉主持完成这一盛举。此次重修，濯清池被重新疏浚。一时间，清泉汩汩而出，观者无不奔走相告。"既清且甘，可鉴可酌，同人相贺曰瑞。"岳麓士子们似乎受到莫名的鼓舞，于四周围加以护栏。学使姚颐为之题名曰"文泉"，并赋以文，曰："夫泉之道，浚而日生，引而不竭，而适以瑞吾岳麓文教之兴，人才其自此蒸蒸矣。命之曰文，不亦宜乎。"

这么多年，我曾看到过北京玉泉，欣赏过济南趵突泉，也去过杭州虎跑泉与无锡惠泉。即使在岳麓山，也多流连在白鹤泉边发思古之幽情，并不知道这文泉的存在。直到今夏，才第一次走近文泉，第一次以它清亮的水光，照我身上的烟尘。

文泉隐在书院里，古老而清幽。你看不到泉之涌动，更听不见它漱石的清音。唯一能感受的，便是从此地弥漫开去的历史气息。

想起唐代储光羲《咏山泉》里的句子与文泉之意境颇为相契：“恬澹无人见，年年长自清。”

天下文泉并不少，但这一泓泉水出现于弦歌不绝的岳麓书院，不能不让人想起文思泉涌的古典隐喻。确实，好文字发于真心，就像来自地层深处的泉水清冽可鉴一样，发乎内心的文字总是自然成章。

最美的文字，就像清泉涌出。苏轼曾在《文说》中夫子自道：

吾文如万斛泉源，不择地而出，在平地滔滔汩汩，虽一日千里无难。及其与山石曲折，随物赋形，而不可知也。所可知者，常行于所当行，常止于不可不止，如是而已矣。其他，虽吾亦不能知也。

这不正是文、泉互鉴的文学之道吗？文泉里有文字的法度，澄明的境界，文化的创生。此所谓“人法地，地法天，天法道，道法自然”。难怪苏轼无论外放苏杭，还是贬谪黄州，甚至流放惠州、海南，每到一处，他最喜欢寻访那隐于大地的幽泉。苏轼以泉为师，而其作品终成一脉文泉。

二

从地质构造说，岳麓山泉集中在一条横向断裂带，即白鹤泉至爱晚亭一线。明代岳麓书院山长吴道行说：“视白鹤泉，一线石隙中瀸瀸出，甘洌异诸水。”这些泉水，无分冷暖，不论寒暑，都不曾干涸过。旧时的岳麓山，确实听得到百泉潺潺。

一鉴空明在讲堂，白云山色共悠扬。

寻源远接朱张脉，印月遥分洙泗光。

清泉映明月，文化布九州。岳麓山本处“南蛮之地”，宋代以降，这片土地一跃而为儒学重镇。文学家王禹偁对此大为慨叹：“谁谓潇湘，兹为洙泗；谁谓荆蛮，兹为邹鲁。”

文泉在岳麓书院，连接潇湘邹鲁，它超越时间，又超越空间。刘权之曾为文泉赋诗云：

山腰白鹤古松前，那及新斋石上泉。
恰得文澜归艺圃，肯教清漪伴行禅。
微涟欲动风生座，虚白无尘月在天。
一自群公题咏后，从来胜地托人贤。

文澜艺圃，虚室无尘。这大概就是郁郁乎文的教化之境吧？刘权之的另一首诗如是写道：

小凿新泉碧玉光，谈经拟上濯缨堂。
云霞已焕棼楣色，烟水都分笔墨香。
不作垂虹千丈立，却规明镜一奁张。
此中自有蛟龙窟，莫负清流共激扬。

与其说这是对文泉的礼赞，莫如说是对士子的期许啊！文泉接续文脉，清流激扬生命。

刘权之乃当年修葺岳麓书院的主事者。此公系望城乔口人，乃纪晓岚得意门生。自朝廷返乡后，刘公曾在长沙市开福区潮宗门不

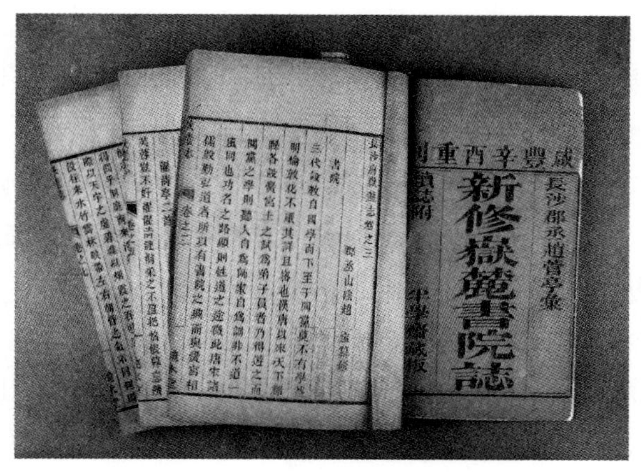

⊙ 咸丰重刊康熙《新修岳麓书院志》

远处兴建宅第。其宅子所连着的老街分别被取名为如意街、连升街、三贵街、福星街。多年后，维新志士谭嗣同等人正是租下刘权之的故宅“天倪庐”创办的时务学堂。其时，时务学堂的校长为熊希龄，梁启超为中文总教习。经数次招生，初选人数 264 人，蔡锷、范源濂、杨树达等一大批湖湘才俊汇集于学堂，他们后来都成了改造中国社会的砥柱中流。

三

《论语》记录子贡、夫子之间曾有一段很有意思的对话：

子贡问曰：“孔文子何以谓之‘文’也？”子曰：“敏而好学，不耻下问，是以谓之‘文’也。”

文泉何以为文泉？理解了孔子对“文”的回答，或许会更懂得文泉的深意。“文”是什么呢？仰之弥高的经典吗？日新月异的学问吗？人类的学问又如何理解呢？学问者，“敏而好学，不耻下问”也。学问是一个动词，而不是一个名词。

文泉之“文”是什么呢？四书五经，还是琴棋书画、吟诗作对？蝇头小楷，还是七宝楼台？抑或是“平时袖手谈心性，临危一死报君王”？从世界变局来看，这些都不能是“文”的全部，甚至不能是“文”的生命。姚颐在《岳麓书院文泉记》里提到了一个了不起的字眼，那就是“时”。他说：“泉之在山常耳，而往往出之有时，譬之人才，然天下无通都僻壤，皆将有扶舆清淑，磅礴郁积其间，而因时以发。”他还说：“惟贤邦伯牧，长之于士，何独不然。然则斯泉之涌，时哉时哉，岂非天哉！”

每个时代都有各自的人才，每个时代都有各自的中坚。

对于岳麓士子来说，最大的使命莫过于传道济民，经邦济世，或是燃犀举火，化成天下。我们今天站在晚清“三千年未有之大变局”的时代来看文泉，它的内涵还是古典人文语境中的文雅、文艺或文心吗？不，文心亦人心，当社会进入巨大转型之时，“文”必然走向更加辽阔的世界，走向更加激越的时代，走向更加开放的新生活。正如姚颐所说：“然余闻经天纬地之谓文，诸公之为教也，盖将勖以实学，使继朱、张之绪，道德、经济本末灿然，不仅如世之以词华富贵相期者而已，则其名盖不易副，而余亦有不得不为多士劝者。”文泉之文，远不只是华辞丽句，而是阐旧邦而辅新命，倡引原道和经世并重的现代人文。这才是厚重、务实而开放的人文精神。

在岳麓书院，魏源成为晚清“睁眼看世界的第一人”；郭嵩焘自信“流传百代千年后，定识人间有此人”；而被誉为湖南出版界骑士的钟叔河老先生，曾于20世纪80年代策划出版“走向世界丛书”，这条百年时光长河里是不是存在一脉相承的“文泉”奔涌？援引岳麓书院院长朱汉民先生关于岳麓书院文化的一段动情阐释吧。

在明清之际，湘西衡阳的瑶洞里，清瘦而精神的王船山在微弱的灯光下沉重地著述，思考和总结中华千年的历史文化，他的思想和行为不同样体现着岳麓书院文化？在魏源的“师夷长技以制夷”的爱国主义情怀里，你可以发现岳麓书院文化；从“中兴将相”曾国藩、左宗棠、胡林翼等南征北伐、兴办洋务，以维护儒家纲常伦理的苦心中，你也可以发现岳麓书院文化的历史影响。不仅如此，我们还可以从杨昌济的教育传统，毛泽东的湖南自修大学宗旨、“实事求是”的思想方法中，深切地感受到岳麓书院的勃勃生机！

“夫士犹水也，水有气，士亦有气。水之气得晴阳蒸之，则浮浮而上；士之气得在上者鼓舞而振作之，则亦跃跃然迎之而兴。且夫天地亦气感也，人受气于天，天之气常与人通。故人有发扬迅奋之气，天亦不吝为之应。”鼓舞振作、发扬迅奋，这不正是岳麓士子在时代浪潮里的精神姿态吗？这不正是岳麓书院一脉文泉的精魂所在吗？

辑三

草木四时

山有木兮

一

古木如大地的长者，素来令人仰望。仰望其枝干凌霄，仰望其树冠如云，更仰望其看不见的人间风雨。

在混沌初开的洪荒时代，或许某一棵树召唤着先民从山中洞穴走向了广袤河源，从游牧走向了定居。最先教人们“构木为巢室，袭叶为衣裳”的神，称有巢氏。巢，不就是鸟类结在树上的家吗？远古时代，谁能对归鸟投林的温暖无动于衷？信奉万物有灵的先民，每次面对一棵古树的时候，如同面对一尊神祇。

植嘉树以彰美德，栖良木以明志节。数千年来的中国文化传统就是这样。“昔我往矣，杨柳依依”，依依杨柳即是依依惜别；“后皇嘉树，橘徕服兮”，南方橘树意味着品行高洁；“岁寒，然后知松柏之后凋也”，松柏代表着意志坚贞；“凤凰非梧桐不栖”，梧桐树无异于灵魂之净土。至于故园桑梓、雪里寒梅、山间翠竹、园中桃李，无数树木都被传统文化赋予了美好德性。由是，树木成为心物一体、天人合一的意象，归隐山林更成了中国士大夫独善其身或待时而飞的精神栖居。

“松下问童子，言师采药去。只在此山中，云深不知处。”一株孤松，一山白云，让我们对世外幽人的林泉之志报以深深敬仰。“横柯上蔽，在昼犹昏；疏条交映，有时见日。”树木构筑起独特的世界，它本身代表生命的超然。意大利文学家卡尔维诺曾创作过一部长篇小说，叫《树上的男爵》。它以树上为独特视界，表达出现代人的生存困境与命运突围。

也许，无论古今中外，古树既是自然存在，又是文化存在，更是精神存在。

二

“山有木兮木有枝，心悦君兮君不知”。两情相悦，亦如山木相知。对一座山来说，山与树总会彼此懂得，彼此成全。去岳麓山，无论你选择从哪一段石阶或小径登临，都可能与某一株古树不期而遇。

在清风峡口，我曾久久徘徊于一棵百年枫香树下。

那是初秋时节，枫叶尚未染霜。置身于枝柯交错的林间，目光沿着那古枫的树干向上仰望，秋日的阳光正透过层层叠叠的绿叶洒下来。透过树叶看到的云天，没有蓝与白的辽远，只见头顶发着光的深绿浅绿或明绿暗绿。

远近不时传来低沉的鹧鸪声，一些若有若无的虫吟、溪泉与风的声响，隐约近在耳边，又恍惚来自遥远的树丛或云深不知处的历史。细看树上标牌，那株枫香立在这里已 146 年。算一算，枫香树的生命起点可追溯至晚清。人间这一百多年的历史，可能被压缩成历史教科书里的一页大事记，它们是可以回想的历史或人事，也是一段现代文明演进的思想乐章：由洋务运动到维新变法，由维新变法到五四新文化运动，由五四新文化运动到辛亥革命，由数千年帝制至民主共和国……

然而，这棵树并未参与历史的书写。树以自己的方式纪年，它的记忆连着天空、大地、岩石与河水。即便是以八百年为春、八百年为秋的彭祖，也与古树不在相同的时间谱系里。树之存在，不过是众生的自然生态。但是，百年枫香长在岳麓山上，从来就有自己的眼睛与耳朵。它看见过千万年的湘江水、橘子洲，看见过对岸古城的烟火人间，听见过圣贤、豪杰与凡人的歌哭悲欣。

树的生命从不以文字书写。但每一棵古树都是岳麓山的语言和精神，是山中的日子、气候与节令。你不要以为古树在那里屹立不动，也不要以为古树的世界会被一座山所固定。树总会以自己的方式表现神奇，也会以自己的方式连接远方。就像这株百年枫香，那粗壮的树干里，定有它走过的年轮。每一圈缓慢的记忆里，天地精华都曾潜滋暗长，风霜雨雪也曾在生命中搏击，山岚雾霭也曾在生命里变幻消息。古树从不孤独，从不凝滞。它像一个对话者，以葱茏绿意，对话蓝天高远，对话白云聚散，对话风雨苍黄，对话众鸟的远去和归来。

古树以庞大的根系，去探询岳麓山的深广，去从岩底的坚硬中发现石罅里的柔软。古树接受着天地一切馈赠，亦回报着宇宙造化的恩典。在古树下，你会惊讶地发现世间最美的法度。不信？请在树下凝眸，树与树的向背，枝与枝的俯仰，叶与叶的顾盼，光与影的浓淡深浅，分明都是生命智慧的开启呀！

古树坚守山之一隅，脚步从未在人间浪迹，但它会以自己的方式拥抱远方。不是吗？春天，桂花树会开出万千芬芳，让岳麓山氤氲在它的清香里。有谁挡得住那漫山弥漫的馥郁？有谁挡得住那饿了似的沁人心脾？秋天，当枫叶遇上长河霜冷，漫山青翠的岳麓山忽而展开辽阔的、层林尽染的秋日画卷，谁不为那一山落晖似的秋色而沉醉，不为那秋色里的春意而魂牵梦萦呢？

古树立在山间，山间就成了万物并育的生态。不必说树梢上云卷云舒，不必说枝丫间鸟语清脆或夏蝉长鸣，不必说春天青枝吐绿，夏日浓荫匝地，深秋红叶飘飞，冬日白雪掩映，更不必说光叶相遇后神奇的光合、氧气的释放，强大根系之于土坡泥石的固定作用，单是树下那些腐叶就足以孕育出无数新的生命。你看那些落叶，冷灰，明黄，深褐，旧的层层相叠，新的翩然飘飞。落叶给老树以滋养，又和老树的籽实、断枝混杂在一起，为山中的蜘蛛、蚂蚁、蜥蜴创造出温和而柔软的世界。

三

梁衡在《树梢上的中国》里说，文字、文物和古树，乃我们记录历史的三种方式。据统计，岳麓山古树有600多棵，其中枫香最多，计298棵，其次是樟树，133棵，再次是杨梅44棵，椤木石楠16棵，银杏13棵，另有桂花、槐树、榔榆、白栎、栲树等多种古木。这些古木或如绿云，停驻于屋宇；或如华盖，荫翳于幽峡；或踞山崖危石，直冲霄碧；或屹立峰头，任尔东西。

岳麓山间如果也存在着人伦齿序的话，那么这600多棵古树无疑要尊为绿色长者；岳麓山的四季如果绘成水墨丹青，那么，这些古树便是画里的浓墨重彩；岳麓山因儒释道共存而呈现文化的包容与盛大，这些古树便是海纳百川的时光见证。

对一棵老树来说，即使经历百年沧桑，它依然顶天立地，新绿满枝。一棵古树的生命流注，远胜于人世春秋，树所顶过的蓝天白云，树所听过的鸟语虫吟，都轻松跨越人的代际。至于朝生暮死的菌类，相对于老树的时间，无异于洪荒中的须臾。

没有古木的名山几乎不存在。不妨设想一下，倘若岳麓山上的数百棵古树忽而一夜消失，对这座山来说，那将是何等灭顶之灾啊！那将是整个山水洲城巨大的哀伤。因为，一棵古树倒下，就像一根百年琴弦的铿然断裂。古树之于名山、之于名城的意义，就像生命一样不可复制，就像时间一样不可逆转。

四

据2022年公布的关于全国古树名木的普查结果，目前称得上古树名木的共有508.19万株，其中包括散生122.13万株，群状386.06万株。在散生树种中，树龄超过5000年的共有5株，1000年以上的达10745株。长沙作为历史文化名城，共有古树6139株，其中千年以上的古树有22株。

岳麓山，长沙的古树云集处。麓山古寺观音殿前的罗汉松，系西晋建寺时手植，已逾1700年；曾聆听过书院弦歌的、被称作朱子樟的那株香樟，已有800多年历史；云麓宫附近的参天银杏，已阅尽了700多年的人间春色。

如果从岳麓山放眼长沙，或极目全国，这么多存留于大地上的古木，它们或许也曾在云下互通音问吧？

在袁家岭，一棵于文夕大火中幸免于难的500年的古樟，至今仍长在育英小学校园；在枫林路，一棵350年的古樟竟令人车绕行；在宁乡密印寺，在榔梨陶公庙，在浏阳普迹书院，在青竹湖太阳山，在长沙八一路两旁，你都可能随时仰观古树参天的秀拔风姿。

古树散居于城市的不同角落，开枝散叶，明月与共。据统计，长沙城市的森林覆盖率达55%，稳居全国省会城市前三。其中，岳麓山风景区的森林植被，在全国各大、中城市城郊森林中，乃生态最好的区域之一。这里有常绿的香樟、青冈、石栎、木荷、四川山矾，还有落叶的枫香、南酸枣、栓皮栎、白栎，更混杂着针叶林，如马尾松、杉树，各美其美的树种，覆盖在岳麓山东坡、西坡及天马山、寨子岭、桃花岭各处，构成湘江西天之下的郁郁葱葱。

岳麓山森林是历史馈赠,亦是文明结晶。自宋及清的一千多年，前人关于岳麓山的诗词咏叹，为我们存留着林茂泉洁的美丽生态。不过，从 20 世纪 30 年代的老照片来看，当时岳麓山除了书院、清风峡一带多生古木外，大部分地方还是灌木与草丛，大量的树木被乡民樵采。抗战胜利后，特别是新中国成立之后，岳麓山经过 80 多年的森林培育和保护，才又重新展现出它生命的风姿。当生态文明被提升至与物质文明、精神文明并驾齐驱的重要地位时，岳麓山上的参天古木，简直就是长沙城隔江相望的绿色瑰宝。

卡尔·荣格说："有这么多东西充溢我的心：草木、鸟兽、云彩、白昼与黑夜，还有人内心的永恒。我越对自己感到不确信，即越有一种想跟万物亲近的感觉。"亲近岳麓山古树，何尝不是亲近历史？古木之上，云卷云舒。当我们以垂天之翼的想象，掠过湖湘大地之时，会惊奇地发现：如果说回雁峰是南岳之"首"，岳麓山系南岳之"足"，湘江乃湖湘之"血脉"，那么麓山古木称得上呼吸吐纳的巨大"绿肺"。

五

一般而言，亚热带常绿阔叶林的典型代表树种当属香樟，相对来说，枫香树喜寒，属于落叶乔木。然而，生态偶然性和多样性造就了岳麓山树种景观的独一无二。除了古樟蔽日之外，山中拥有近 300 棵枫香古树，这不能不归于造化的恩宠了。多年来，岳麓山与北京香山、南京栖霞山、苏州天平山并称为中国最美赏枫胜地。

每至深秋时节，长沙这座三千年楚汉名城，便在山水洲城里坐享大自然的如诗如画。

树木和树人，哪一样不需要生命关怀？哪一样不意味着艰难困苦与远见卓识？没有“欲栽大木柱长天”的大情怀，何来泽被后世的大境界？

远在宋代，张栻就在《潭州重修岳麓书院记》的开篇写道：“湘西故有藏室，背陵而面壑，木茂而泉洁，为士子肄业之地。”古树是名山的精神，更是那千年弦诵的见证。

想起《山海经》中《夸父逐日》里的句子：弃其杖，化为邓林。你想，当夸父将手中那代表着衰老的手杖抛向大地之时，漫山遍野的桃林绽放出缤纷的世界。那何尝不是一个伟大的民族精神隐喻呢？只要春天不老，树木与树人都是人间创造生命长青的伟业，永远飘着夭桃的芬芳。

枫叶正红

一

“独立寒秋，湘江北去，橘子洲头。看万山红遍，层林尽染；漫江碧透，百舸争流。鹰击长空，鱼翔浅底，万类霜天竞自由。”长沙深秋来临的消息，或许是由岳麓山的枫叶报告的。每年十月下旬，霜降过后，岳麓峰谷仿佛被丹青妙手染成色彩斑斓的长卷。因为这画卷，长沙之秋，如同山水洲城共写的诗篇。

你从麓山之巅极目四望，整座城市都在秋山秋水的注视里。若沿五一大道向西望去，湘江对岸流动的车流和行人仿佛被镀上一层金色，缓缓汇入枫林醉晚的幽远意境。

枫林路连接五一大道。秋天里看它，与其说“枫林”是一条路的名字，莫如说是一个穿过市声的诗句。

作为秋天最美的树木，枫树在南方并不少见。何以岳麓山的枫叶如此闻名呢？或许，首先缘于岳麓山极具代表性的地标——爱晚亭。

在古典诗境里，枫叶就像秋之代言，亦如春花是春之写照。无论是“枫叶荻花秋瑟瑟”，还是“江枫渔火对愁眠”，抑或“晓来谁染霜林醉，唯有离人泪”，对于枫叶的审美，古人总带着淡淡的哀愁。然而到了杜牧这里，他为枫叶建立起新的审美法度。他对枫叶的咏叹从被风霜摧残的感伤中冲决而出，并赋予红叶以早春的希望。枫叶不仅不哀伤，而且美过二月的花朵。于是，世人眼里凌霜的深秋，传递着春之力量。也许，这正是麓山枫叶非同寻常的大美吧。

多少年了，麓山枫叶不曾给人们以叹息和消沉，它一扫秋之肃杀，绽放出凌霜的美艳。晚唐的杜牧，怎么也不曾料到，他这一句“霜叶红于二月花”简直为岳麓山的枫叶注入美的灵魂。到了毛泽东这里，麓山枫叶更是“层林尽染”的美的化身，是“不似春光，胜似春光”的生命绚烂。

枫叶，由此成为长沙乃至湖湘的红色印记。

二

枫树，学名为枫香，主要生长在秦岭淮河以南。作为南方树种，枫香随处可见。然而，像岳麓山这般拥有密集的古枫群落，却极为稀罕。据统计，岳麓山记录在册、拥有百年以上历史的古树名木共有 400 余株，其中枫香占去了三分之二，共 271 棵。每一株古枫，像树中老者一样，幽居于爱晚亭、清风峡、麓山寺、云麓宫一带。它们风姿卓立，形态各异。或立幽径，或踞岩头，或守道旁。或拔起于低谷，枝柯蔽日；或屹立于峰头，直冲霄汉。若问这些枫树的年龄，一百一二十岁的很多，一百五六十岁的也不少，最老的一棵达到三百多岁。

麓山枫叶染着深秋的风霜，更染着百年的风雨。倘若麓山枫叶有情，每一片都带着历史的表情，连着家国命运与悲欣众生，也见证着逝去的烟火市声。然而，面对麓山枫林，无论你隔江远眺，还是拾级登临；无论你仰望，还是俯察，那漫山枫叶无不带着千百年来的吟咏。

⊙ 枫

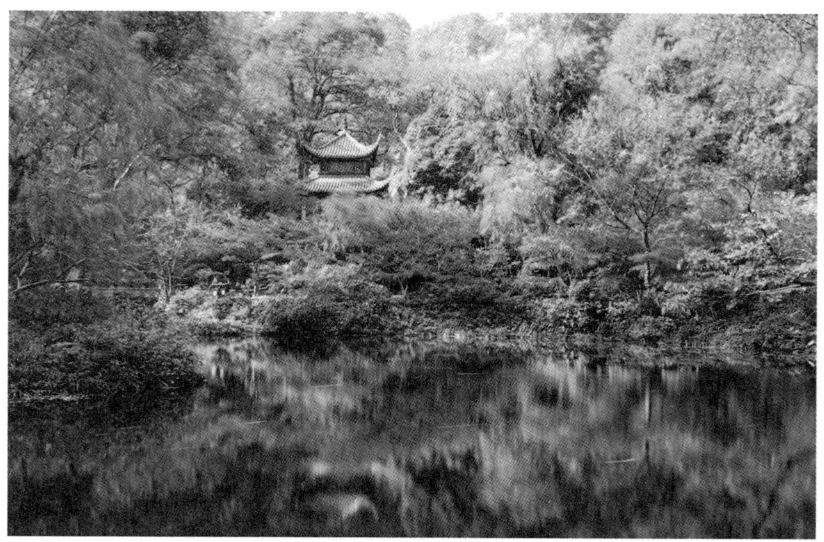

⊙ 爱晚亭枫叶

“两边枫作岸，数处橘为洲”，在张九龄眼里，湘江两岸，江枫独好；“鹭立青枫杪，沙沉白浪头”，齐己看到的橘子洲，枫树青青；“前度桃花斗红紫，今来枫叶染丹黄”，欧阳厚基笔下的枫叶如画；“霜叶红于锦，松声响作涛”，袁枚诗里，枫叶松声构成最美的麓山视听……

我凝视过麓山枫叶。枫叶，没有银杏叶的灿烂，也没有梧桐叶的阔大，但它自有一份秀美气质。三裂的树叶形状，恍如一只手掌，给人以温柔的抚慰。霜越重，枫叶越红。枫叶的温柔里从来不乏坚忍。

随意从岳麓山捡起一片枫叶，如同拾起一页古典哲学。俯仰、阴阳、明暗、生死等语词概念，似乎都能在一片枫叶那里找到对应，而一片枫叶的色彩变化折射出天地宇宙的节令消息。

世间没有相同的两片树叶，当然也找不出两片相同的枫叶。每一片枫叶，都是基因、环境、偶然、必然的结晶。处在幽谷背阴的枫叶，红得浅，红得慢；山坡朝阳的枫叶，则红得艳，红得快。每一棵枫树，各有品种，各有家族，各有根系，各抱地势，共同接受着雨露光华。岳麓山的枫树虽多，每一株却是独一无二。

卓然独立的巨大枫香，以一种千年守望的古老姿势，始终迎候于石阶、山道或密林深处。你遇见独一无二的枫树，枫树遇见如此不同的你。枫树立在岳麓山间，它以恒定的空间约会流变的季节。春天，枫树泛绿；夏日，枫叶如盖；草木凋落的深秋，枫树却迎来生命的盛典；大雪封山的隆冬，枫叶于天地苍茫间撑开玉树琼枝。

空山落叶，构成一种空幽之境。是的，每当秋风乍起的时候，走在岳麓山上，隐约会听到枝头枫叶飘然落地的声响，那么缓慢，那么细切，如同那轻微的叹息。它们落在丛林里、石阶上、岩缝中。

枫叶如火，银杏如金。

有时候，忽然刮起一阵大风，当风的高树上传来急促的声响，扑楞楞如鸟群惊起。那不是鸟，而是风中疾飞的落木，它们从疾风中扑向大地，连一句告别的私语都来不及细诉。山风过后，一些枫叶还停在枝头颤动，似乎被推向不可知的命运。在背风处，一枚枫叶自高树翩然落下，它飘得那么慢，那么慢，你看得见它在风中旋转的姿势，恍如时间的慢镜头。

这时候，我总莫名想起泰戈尔的诗句：生如夏花之灿烂，死如秋叶之静美。人们不曾同情的、从枝头飘零的每一叶，其实都意味着生命的终结。落叶，宣布死亡的到来。

有一回，秋阳正好，我们坐在枫树下喝茶，偶一回头，远远近近都缀着片片红枫。树下、墙根、篱前，所有落叶都悄然无声。它们以最后的热烈，去对话银杏的黄，去对话冬草的绿。当枫叶从树上落下的时候，每一片都很从容，亦如往事的温暖和沉静。林荫道上，长椅脚下，枫叶翻卷的节奏像萨克斯里流出的低沉和忧伤，渲染出叶落空山的寂寥。

三

山上丛林，正如人间秩序。有老幼，有聚散，有孤独无语，也有声息相通。爱晚亭、清风峡、麓山寺、云麓宫一带的百年古枫，一棵棵亭亭如盖，有的高达十四五米，树干可供几人合抱。若从云麓宫俯瞰，古枫的树冠更是美得让人惊心，近者似一树火焰，远者如一抹云霞。

每一棵枫树都是独立存在的，而枫树之间却往往“根，紧握在地下；叶，相触在云里”。每一棵树，都是斑斓的语言。红的枫，黄的栎，绿的香樟，金的银杏，棕的马尾……

枫叶离不开其他秋叶，麓山秋声从来不是枫叶独奏。有道旁红槭树的猩红，有法国梧桐的黄绿，有将芬芳传送到远处的迟桂花……岳麓山的秋天，就像一场声色大合唱，枫叶像领唱者，栾树、杨梅、南酸枣、榔榆、皂荚、乌桕轻轻发出秋之和声。

相对于经历百年沧桑的老枫而言，能量谷一带的枫林堪称风华正茂。历史上，此处叫篬筤谷。筤者，青竹也。可以想见，这山谷曾是篁竹青青。曾经负笈于岳麓书院，后来经科举而走上仕途，进而统帅湘军的曾国藩，当他在京城友朋那里看到《篬筤谷图》时，心中的乡愁突然奔涌，顷刻间便化为诗："我家湘上高嵋山，茅屋修竹一万竿。春雨晨锄劚玉版，秋风夜馆鸣琅玕……"在他的记忆里，岳麓山像青春一样存在，永远是一片南方秀色："一别篬筤谢猿鹤，十年台省翔鹓鸾。鱼须文笏岂不好，却思乡井长三叹……" 百年之后的篬筤谷，早就没有了琅玕，代之以遍野枫林。

这一片枫林，更年轻，更多一份野趣。沿着能量谷边弯弯的泥路前行，你可以走进密林深处。一路上溪流淙淙。或红或黄的落叶，厚厚地铺在石阶上，一些无名的黑色果实，间或掉在枫叶上，林间弥漫着湿润的山林气息。

云淡风轻，鸟儿啼唱，年轻的枫林里似乎藏着更浓的秋味。

六朝古松

一

岳麓山古树众多，若问树龄最长者，当属麓山古寺观音殿前的那株罗汉松。此松植于古寺建寺之初，距今已有1700多年，人们称它为六朝松。

秋阴午后，我像一个孩子赶到寺前与六朝古松相见。古松并非生于巉岩峭壁，也没有想象中的树冠如云，更不可思议的是，古树身上居然找不到雷击或战火毁损的伤痕，许是它将伤痕融入了生命吧。

古松还是千年前的姿势，淡定而谦卑，挺拔于云朵之下，红墙黄瓦掩映着，在风里发出婆娑的声响，应和着梵音钟磬的悠扬。

麓山古寺乃“汉魏最初名胜，湖湘第一道场”。最久远的生命见证，亦是岳麓山最坚忍而苍翠的记忆，是文字故纸之外鲜活生长着的历史。站在古松前，你会强烈地感受到时间带着清香扑面而来，无数岁月在松针间发出切切回响。

麓山寺始建于西晋泰始四年（268）。当年栽下这株罗汉松的大德高僧，或许并不曾料到，当初那株小小树苗，竟能穿越如此漫长的人间风雨，历史行至21世纪，古松依然绿意葱茏。

从古松被栽下的那一天起，它所站定的位置便不再改变。它以千年独立不移的空间，去面对四时轮回的时间。然而，即使过了一千多年，六朝古松也不曾直冲霄汉。你看，它树干粗壮，树围达到 2.5 米；树皮苍老而粗糙，其上布满凹凸的青绿苔痕；它枝柯繁密而遒劲，冠径十米有余，在观音殿前竟可以撑开一百多平米的树荫。

据说，建寺之初，观音殿南北各植罗汉松一株。其时，两树比肩，枝丫交错，状如一道关隘，谓之松关。清乾隆年间，南侧这株千年古松不幸被狂风吹倒。此事曾轰动岳麓山林，诗人为之长叹，为之扼腕。

“共说六朝留古迹，已非双树立僧门”。当年岳麓书院山长张九镒感慨道。“殿角两鬣松，风雨失其匹”，“桐城三祖”之一的姚鼐深怀惋惜。光绪年间，时人在原址重植一株罗汉松，与六朝古松相伴相依。那新植的一株，也已是百年老松了。

罗汉松以罗汉为名，缘于它的种子。此松子，光光的，如罗汉的光头。特别是包在种子外的种托，像极了罗汉的红色袈裟。罗汉松虽系松之一种，却远非迎客松或马尾松的形貌。罗汉松的叶子并非马尾松那样的松针，它们一团一簇地聚在枝头。枝叶间那疏密俯仰的呼应，却又显出苍松的韵致。

二

对一棵古松来说，时间从未分章分节。树的世界里，只有风霜雨雪，只有春华秋实。人类在文字里打捞六朝的时候，古松却以年轮存留历史。当你抖落城市的烟尘，独自面对六朝古松的时候，心中会不会生出一种敬意？

太多生命消逝，太多故事湮灭，太多人影散去，这古松，却仰日月雨露，吸天地精华，为岳麓山存留生命的见证。那么遥深，又如此切近。这么多年，六朝古松成了麓山古寺的无字历史。它见证过佛光普照的人世，亦见证过苍生的苦难命运。

六朝有多远呢？想起它就想起杜牧的诗句："千里莺啼绿映红，水村山郭酒旗风。南朝四百八十寺，多少楼台烟雨中。"那江南烟雨里，是不是也曾有麓山古寺、道林寺的影子？

从六朝至唐代，麓山古寺规模巨大，臻于全盛。其时，寺院头门在湘江之滨的牌楼口，二山门到了今之麓山门，而大雄宝殿在今岳麓书院处。晚唐以来，麓山古寺多次修缮扩建，又多次惨遭兵燹。毁了又建、建了又毁的历史循环，就像古松那一圈圈年轮。

古松何曾忘记那记忆里的惨痛？元兵的战马践踏过，太平军的战刀砍伤过，日本的飞机轰炸过。那么多战火兵祸，那么多暴雨雷霆，古松都忍受了，化作了眼下的云淡风轻。一棵树凝聚的风雨苍黄，远超你我的想象。

三

罗汉松的生长速度极慢，树龄极长。千百年的古松不难遇见，并且古松多生于悬崖怪石上。凌寒自守，忍冬不凋，它总是郁郁青青。清人宋灿的《六朝松》如此咏叹：

倚傍全空盖影超，乱槎丫剩怪枝条。
参天黛已森千尺，入世年犹记六朝。
王气看他江左尽，群材都逐岁寒凋。
麓灵呵护无千古，肯让风雷一动摇。

“岁寒，然后知松柏之后凋也。”从孔子起，苍松就隐喻着坚贞卓绝、独立不羁的人格。六朝古松显然也是这种精神的典型写照，正如清人黄维同所写：

孤松托层巘，枝干何青青。
风霜炼奇骨，天地留元精。
经冬不改色，入春仍向荣。
岂不怀雨露，雨露损坚贞。

儒、佛、道都以松为美。松鹤、松云，都代表于尘俗里获得超越，于有限中获得恒长。给长者祝寿时，人们常说“松鹤延年”“松龄鹤寿”“寿比南山不老松”，它们表达着人们对长者健康多福的祈望。松又不同于别的树种，它像菊与荷一样不染尘俗，仿佛抵达了得道的妙境。

“明月松间照，清泉石上流”，松月洗却尘心；“红颜弃轩冕，白首卧松云”，高洁令人仰慕；“山下兰芽短浸溪，松间沙路净无泥”，连松径都透着亘古的干净。

对岳麓山来说，松鹤、清泉、明月皆备。曾几何时，白鹤泉边，一泓清泉由仙鹤守护；而一山幽静，则由万顷松涛烘托。而今，古寺古松犹在，仙鹤一去不返。六朝古松在此，岳麓山那高贵的隐逸气质就一直萦绕在林泉之下。山风吹来的时候，松涛白云间有禅定。清代欧阳厚均曾撰有一联：“泉在山清，万里朝宗终到海；松经岁古，百年培养自凌云。”“泉在山清”当指白鹤泉；“松经太古”当指六朝松。据说，当年谭嗣同等维新志士们策划变法时，正是从“万里朝宗终到海”感受到信念的力量，又从“百年培养自凌云”里看见造就人才的希望。

关于衡山和岳麓的诗文里，古松的影子随处可见。“五月衲衣犹近火，起来白鹤冷青松”，怀素笔下的松颇有“色”之高冷；“鹤隐松声尽，鱼沉槛影寒”，杜荀鹤的松又有“声”的孤寂；“桂寒知自发，松老问谁栽”，刘长卿的松更多一种“心”的探寻。

我想，岳麓山的六朝古松，始终与明月、老僧为伴，与古刹、钟声为伴，它慈悲的目光里，不知有过多少“长亭更短亭”的奔赴，有过多少“手可摘星辰”的翘首，有过多少“平芜尽处是春山”的遥望啊！古松的存在，愈发衬托出人生倏忽。难怪清人蔡以偁曾将六朝古松比作独立天地之间的大英雄：“夫何黄云大野之漫漫，凛然见古之大英雄参天地而独立。”是的，六朝古松至少打败了千年时间。

六朝古松屹立在岳麓山上，却从未被一座山所囿。“朝往来于七十二峰云兮，夕形影于三十六峰之月。”在诗人眼里，六朝古松寿达千载，却未曾苟活一日。世间唯大英雄、真君子，才有那思接千载、视通万里的人生视野，才有那坚强不屈、独立不移的生命大境界。

四

人们如何对待古松？朱光潜先生说，对一棵古松有三种态度。木匠商人的态度是实用的，他关心古松的材质与用途。植物学家的态度是科学的，他关心古松的习性。艺术家的态度却是审美的，他在古松面前，没有占有欲，只有情感投射在松树那里产生的心物交流。

我们太需要以审美而非实用的态度去面对六朝古松了。在我看来，六朝古松是生态见证、文化见证，更是历史与人格的生命赋形。

历史分分合合，世界纷纷扰扰。六朝古松传递的，是一千多年来的生态友好。在漫长的时间里，岳麓山的地层不曾喷涌过岩浆与地火，古松也不曾经历过极端灾难性天气吧？

六朝古松与长沙城隔江相望。一座古城的社会变迁全在它的眼里。多少生命隐入尘烟，多少灯火明明灭灭，多少背影来来去去。六朝古松就像长沙城最老的老人，它所在的岳麓山，不就是我们生生不息的共同家园吗？

当然，六朝古松，也代表着一种士大夫精神，它长在岳麓山头，也屹立在每个湖湘儿女的良知之上。

厉响思清远，去来何依依。
因值孤生松，敛翮遥来归。
劲风无荣木，此荫独不衰。
托身已得所，千载不相违。

天地无言，一诺千年。六朝古松的凝望，何尝不是中国知识分子的一诺千年？

山间银杏

一

若论秋叶之美，莫过于枫叶和银杏。不知为什么，千百年来，人们对麓山枫叶赞不绝口，却很少有诗句献给山间银杏。

万木萧疏之时，唯有银杏最温暖秋天的庭院，惊艳秋天的山水。无论你身在北国还是南方，偶遇一棵银杏，多半会忘了落叶的忧伤。秋风起兮，银杏叶疾飞，飘荡，起舞，他们落入林间、溪涧、青岩，落入阴晦、幽深、寂寥。然而，每一片都轻盈快乐，像是翩然的舞者。

银杏无愧于秋之精魂。你想，倘若没有了银杏树，秋天还能不能唤作金秋？霜冷长河，寒烟苍翠，梧桐寂寞，枯荷听雨，它们都是秋天的审美。然而，若没有银杏去温暖，秋天的黯淡与寂寞又怎么能驱散啊！

岳麓山上最古老的银杏，长在云麓宫旁。银杏立在山巅，已经等了七百多年，我才从半生风霜里向它走去。那是一个轻寒入襟的秋日午后。山中极其安静，听不到一句鸟语，唯有落叶在风里发出簌簌轻响。登石阶，穿树林，看脚边枯叶如蝴蝶般且飞且止，忽而就到了一壁红墙下的绿植丛中，那里缀满了星星点点的银杏叶。

抬头一看，一株巨大的古银杏，稳稳地撑在云麓宫的东南一角。这株银杏，树高 30 多米，树干可容 3 人合抱，树皮凹凸着青苔的绿意，像七百年岁月的苍老印痕。

我去的时候，银杏叶被山风吹去了十之八九，剩下的少量叶子正在枝丫上轻轻颤动。错过了赏银杏最佳的时节，倒是见到银杏树繁华落尽后的傲然风姿。

云麓宫的银杏树在秋天里迎来送往。没有人知道，它到底经历了多少狂风摧折，多少暴雨雷霆，多少战火兵燹。人们见到的古树，从未摧眉折腰，更未离开过青岩半步。它永远顶天立地，眺望湘江对岸的苍生烟火，将所有的苦难旋入看不见的年轮。冬去春来，银杏树新生的青色小扇于暖风中翩翩起舞，山头现出柔和的绿意；待秋霜袭来，银杏叶又似乎将储藏的阳光纵情绽放，在山头闪着金子的光芒。

云麓古银杏，是云麓宫的历史证人。

唐代，这里被称作洞真墟，列为道家“第二十三福地”，“香风紫雾，曲涧清泉，泠泠相袭，动人世外之思”。至宋代，银杏树边建起了岳麓宫。明成化十四年（1478），吉简王朱见浚就藩长沙，将岳麓宫作为祭祀之地，后又渐渐荒废。至明嘉靖年间，这里仅剩下茅舍数间。道士李可经在这里广植松柏篁竹，这一带才又松柏掩映，木竹青葱。明隆庆年间，道士金守分于此筑茅舍隐居，“数岁绝迹，不出山，独证虚静”。此后，金道长又在此辟出一坪，凿石为柱，覆以铁瓦，建成宫殿五间，称为“云麓宫”。金道长乃见识宏深之士。1582年，状元张元忭拜访他，山长吴道行亦随之而来。云麓宫渐渐有了声名。其时，云麓宫还建有望湘亭，供游人凭栏远眺。

明崇祯年间、清乾隆年间，云麓宫经后人修葺和扩建，又毁于咸丰兵火。同治年间，云麓宫再次得以重建，民国至今又屡加修葺。

在银杏树七百多年的记忆里，白云聚散，人事纷纭。然而，它始终以一树金色，辉映着岳麓山和云麓宫的秋天。它就像大自然最矍铄的诗人，让整个山上的秋天变得辽阔而幽深。

二

直登云麓三千丈，来看长沙百万家。

云麓宫地势陡峭，前人在诗里留下了真实的吟叹 ：“天悬星斗当窗落，水合潇湘抱郭来”，可想山之崔嵬 ；“晓日晴岚封万壑，暮云春树映千家”，可见景之雄阔 ；“千峰遥霭合，一线大江回”，更显江山之形胜……

春天我曾来过树下。那时候的银杏树披着一身嫩绿，任灰色的雨云在头顶轻轻流动。无论是南望还是北眺，远处林梢上都浮着乳白或淡蓝的雾霭。

深秋我又来了。在云麓宫前，我背靠银杏树，看湘江在阳光里浮光跃金，橘子洲恍如艨艟巨轮泊在江心。俯视峰谷间的光影，秋风吹动林梢，树叶点燃幽壑，怎么看都是一幅秋山画卷，一道色彩盛宴。静绿缀着金黄，幽壑升腾火红，虬枝凝聚暗黑，云霄铺开瓦蓝……

若是赶上冬雪，橘子洲头还可以看到潇湘八景中的江天暮雪。若从橘子洲北望，但见湘江挽着苍山雪色，挽着一片城市灯火，缓缓流向云天苍茫……

或许银杏树并没有你想的那样孤独。白云与钟声，仿佛银杏向世人发出的召唤。在古银杏高处的树杈上，曾悬挂着一口铸于明万历四年的古钟。此钟不知从何而来，民间称之为“飞来钟”。想当年，钟声响起之时，云游的道士便被那越过红尘的清越之音所吸引。他们一身玄衣皂鞋，向着岳麓山奔赴而来。山风袭来，此钟嗡嗡作响，声音极是悠扬，人们又称它为“自鸣钟”。清中期以来，银杏树上的飞来钟几经毁损，又几经重铸，然而，今日岳麓山头的钟声已杳不可闻了。

白云钟声外，与古银杏相伴的还有一块石头。此石纵横各有丈余，飞伸在山崖之外，故称“飞来石”。《岳麓书院志》云：“石飞岩外，如伸螭首。”奇妙的是，此石平坦如砥，可供游者在上面歇息，像是造物主遗下的一张桌几。几百年来，不知有多少人在此静观日出，或在此石上抚琴。深秋的银杏叶，是否也曾飘落在他的肩上？是否飘落在那孤独的琴弦之上？

三

说起岳麓山的银杏，不能不提岳王亭。那里生长着两株神奇的银杏，一株雄树，一株雌树。在岳麓古树中，它们是最美的鸳鸯树。每逢秋风渐起，这一对银杏情侣就像诗人笔下的情人一样：“根，紧握在地下；叶，相触在云里。每一阵风过，我们都互相致意，但没有人，听懂我们的言语。”

从永恒的寓意来看，银杏似乎更能代表爱情。银杏作为世界上最古老的树种，在地球上存在的历史已有 2.7 亿年。它的生长速度极慢，树龄也极高，往往是爷爷种下，孙子才能看见。民间亦将银杏称为“公孙树”。

“你的株干是多么的端直，你的枝条是多么的蓬勃，你那折扇形的叶片是多么的青翠，多么的莹洁，多么的精巧呀。”这段文字，就像是郭沫若写给银杏树的情书。那一年，他身在重庆，已是知天命之年，一气呵成的历史剧《屈原》公演之后即轰动渝城。他笔下这株高大的银杏树，长在重庆郊外赖家桥那个办公院落里。

我老家长沙县安沙镇的朱家祠堂，也有百年银杏。父辈们告诉我，当年祠堂左右共有 4 株银杏，两公两母，左右相望。多年后，朱家祠堂已没有祠堂，古银杏也仅存一棵。每次回乡看到它还立在风里，心头就特别亲切，特别踏实。它就像一个老人，守望着我的村庄。那一片片金黄，恍如佛光里的慈悲。我想，拥有一株银杏的村落是幸福的，那里的过往和未来之间都以树为连接。

银杏给人带去温暖和光亮，银杏所在处正是我们的精神原乡，亦是我们的生命故园。

古樟纪年

一

南来北往的麓山路，像是一条深绿的飘带。那么多枝枝覆盖、叶叶交通的古樟，各具风姿，各抱地势，或立行道旁，或伸红墙外，仿佛苍茫时间里浮着的绿色停云。

岳麓山下，没有哪个校园不是古樟参天。古樟，星散于岳麓山下。它们踞守何处，像造化的偶然，又像历史的必然。一树繁枝辉映一方清池，或顶天立地静守一处庭院，或以斜长的枝柯抚慰一片黑色瓦楞。更多的古樟随遇而安，它立在哪里，就在哪里撑开一片天空。

这些年来，我似乎一直活在古樟的凝望里。湖南师大文渊楼附近就有一片古老的樟园。那里古樟参天，繁茂枝叶映着红楼外墙，掩着小园幽径。每逢夏末,一些青春背影消失在古樟看不到的尽头；秋风乍起的时节，又有一批青春面庞会聚在香樟树下。

记不得多少次了，我站在文渊楼的走廊上，出神地凝望着那些古樟。我喜欢古樟树叶片片明亮的闪光，它们在风中摇曳的时候，就像阳光精灵在舞蹈。我喜欢看春雨洗涤过的香樟叶，那么清新，那么苍翠，仿佛是未经尘俗的童年初心；我喜欢静听香樟叶在光影里婆娑的声音，喜欢细嗅微风传来若有若无的香樟芬芳，喜欢黄昏细雨的沙沙低语。

山雨欲来之时，我见识过大风吹动古樟的强劲，像是金戈铁马，铿然作响。夕阳西下之时，我听到鸟儿在林间热烈交谈，像在享受人间天伦。有时候，某一只灰色或黑色的大鸟从密叶间振翅起飞，我看着它的身影低低掠过文学院墙外的槐树和玉兰，霎时又隐入身后的麓山翠微之中。樟园里永远都有红裙白裙，有长发齐肩与明眸皓齿，有永不凋谢的故事与青春……

或许，南方最初的学校就在古樟之下吧？“十年树木，百年树人”的古训，香樟树当得起。

想起陶渊明的《荣木》，荣木本指木槿，不知为什么，我总是把它想象为一株古樟：采采荣木，结根于兹。晨耀其华，夕已丧之。人生若寄，憔悴有时。静言孔念，中心怅而……

一树古樟，永远是一树生命匆匆的提醒。

二

香樟，长沙市的市树。拥有古汉名城之誉的长沙，到处散落着古樟。据2022年公布的长沙市古树名木调查结果，全城古树名木现存6139棵。其中，树龄500年以上的206棵，300年至499年的458棵，余下的树龄在100至299年之间。树种株数最多的就是香樟。

香樟是典型的亚热带常绿阔叶树种，主要生长于江西、湖南、广东、广西，而树中长者多散落于寺庵、庙宇、庭院、桥头、溪畔。

岳麓山也是古樟群落聚集地。据统计，山中树龄在百年以上的树木近400棵，其中枫香第一，香樟名列第二。

在麓山古樟中，岳麓书院的朱子樟最具文化意蕴。朱子即朱熹。

清代桴湖文派创始人吴敏树曾站在朱子樟前，追思夫子当年的讲学之盛，他写道：

万木仰一秀，大根蟠众灵。
昔贤留仿佛，兹贤见仪型。
干抱风霜黑，枝扶天地青。
当年习礼处，槐市愧谈经。

朱熹之于岳麓山的意义不言而喻。岳麓书院建有祭祀他的祠堂，讲堂墙壁亦嵌着他手书的碑石。我们读他的诗文，看他的画像，所有文化缅怀似乎都隐约在时间的上游，唯有以他命名的这棵古樟，始终与时间同行，栉风沐雨，充满绿色的力量。每次走过朱子樟，就像走进幽深岁月，走进无数目光的注视里。有时候，一群青年学子迎面从树下走来，转眼又在阳光下留下长长的背影。当它们与历史的背影轻轻叠加到一起时，朱子樟就像一树葱茏的期盼立在那里。

大木长天，总带给人们绿色家园的温馨，像众神的荫庇。在岳麓书院，朱子樟的存在让人想起“一棵树推动另一棵树”的文化传承。

三

在南方，香樟如此普遍，往往推窗可见。遗憾的是，并没有多少人会对一株香樟投去凝望。

多年前，蒋祖烜先生在古樟蔽日的大院里仰观俯察，坚持与一院香樟展开生命的对话，终于以一部《香樟年记》为长沙市树立传。

这部自然文学作品，成功地让香樟走出千百年来文人士大夫道德化的审美模式，转身进入独立而丰富的现代生态视野。

在蒋先生笔下，香樟的叶、枝、干、籽，都已走出托物言志、借物喻人的框架。特别是日记体文字，更具日常的朴素和共情的张力。

《香樟年记》的语言亦如香樟叶一般，弥漫着清新的气息。在那绿荫满地的院子里，几十万片新叶，犹如绿色的屏障和海洋，它们“怯生生的分明没有见过世面，一束阳光转过来，落在小脸上，霎时泛起一层羞红，并感染了所有的叶子”；“细雨、微风、鸟雀尖细的爪子和绒绒的羽毛，都会引起它们的不安，有时甚至是骚动。毕竟是第一次面对如此浩瀚而陌生的世界”。尤为重要的是，“这些叶子为我演绎一次生命的全过程。初生——成熟——老去。让我直观地近距离凝视生存，同时也直面死亡。不懂得死亡是不会真正懂得生命的”。

《香樟年记》里的香樟，打开了一个全新的生命世界。我想，人类只有真正放下自以为是的高傲，只有真诚而谦卑地聆听这个世界的故事，才可能在香樟叶的轻言细语里学会沉默，才可能惊奇地发现“灰喜鹊是樟树的花朵”。才会看到它们“从往事深处飞来，向未知领域飞去”，而它们“羽毛的颜色——灰色又含有一些瓦蓝，美得让人揪心”，那是画家调色板上不曾有过的色彩，“闪烁着生命的光泽”。那里有“咕咕”鸣叫的野鸽子，有它们的爱情与战争，有它们在樟林间激烈的缠绵以及依偎在枝头的恩爱……

意识到樟树的存在,或许会带来观察。《香樟年记》带给我们“观察世界的方式”，带来一种“生活的习惯”，一种“生命的态度”。

这种现代文明的生活方式，超越了传统士大夫的诗化自然。在古典语境里，相对于苍松翠柏，樟树更像一个山中隐士。《太平御览》引西汉陆贾《新语》云："贤者之处世，犹金石生于沙中，豫章产于幽谷。"皇甫谧的《高士传》曾对古樟的大隐精神，表彰得更直接："尧聘许由为九州长，由恶闻，洗耳于河。巢父见，谓之曰：'豫章之木，生于高山，工虽巧而不能得。子避世，何不藏深。'"

千百年来，岳麓山的古樟不少，人们却很少关注它们的存在。在诗人心里，松乃高洁和坚贞的象征。与道德化的松柏相比，古樟无论居庙堂之高，还是处江湖之远，都只代表着一种生态。没有道德标签，没有人伦背负，古樟荫翳着大地上的一切本真。

草木探问

一

如果不是对植物怀有特别的兴趣，绝大多数人也许不会知道，岳麓山的丛林之中，竟然生长着一株举世无双的神奇树木。

它不像罗汉松那样赫赫有名，也不像朱子樟那样让人缅怀先贤。此树生在路旁，像“大隐隐于市”的隐者。人们不知它什么时候出现在那里，更不曾知晓它的独特。

那是岳麓山上不可再生的树中奇观。植物学家将它称为“苦槠钩锥”（Castanopsis Kuchugouzhui）。为什么取这么一个奇怪的名字呢？因为，它并非“出身”一个单一树种，而是苦槠与钩栗两种树的杂交，在岳麓山间真可谓“独树”一株。如此奇特的存在，不能不引起植物研究者的注意。今天，岳麓山上这株苦槠钩锥，已正式载入《中国植物志》等权威著作。

去年冬日的某个黄昏，朋友带着我，拨开那些蓬乱的荆棘，来到苦槠钩锥面前。说实在的，这株杂交树确乎其貌不扬。它夹在一棵枫香与几株杂树间，若不加指示，你看不出它有什么特殊。没有美丽如盖的树冠，也算不得高大挺拔，整个树身甚至还有些歪斜。然而,它的叶子却在夕阳下泛着微光。朋友攀住一根枝条指给我看，这叶子是不是既像苦槠，又像钩栗？它的身上确实带着两种树的基因啊！

我轻抚那串树叶，一时涌起无言的感慨。你想，苦槠与钩栗，本如“井水”和“河水”，各开各的花，各结各的果，兀自在这山间静静生长。无论两棵树站得多近，终归是基因不同的两个独立植株。枝枝交通也好，叶叶覆盖也罢，从生物规律来看，它们并不可能“相亲相爱”，更不可能杂交出新的生命。

然而，草木世界也像人类世界一样，总有些看起来绝无可能的事变成了事实。这两株完全不同的树，在岳麓山间发生了一次例外。苦槠与钩栗，长在这片坡地，不知在哪一个春天，也不知哪一阵风，让它们的花粉神不知、鬼不觉地结合到了一起。这次结合竟意外地孕育出一枚举世无双的种子，而这枚种子无意间落入这片被腐叶覆盖的土壤。秋风吹过，白雪压过，等到次年春回大地，那颗种子居然悄然萌发，偷偷钻出地面，长成了一根绿油油的树苗。

世界如此大，谁会在意岳麓山上发生的小小例外呢？山路上的脚步由近而远，又由远而近，那新生的树苗不知经过多少春秋代序，终于也成了一棵大树。像苦槠，又像钩锥，人们惊讶于这样的杂交，将它命名为“苦槠钩锥”。相对于松、枫、梅、竹，苦槠钩锥这树名如此拗口，找不到半点形象与诗意，或许没有诗人愿意向它投去深情的目光。然而，在植物学家眼里，这生命奇观，何尝不是岳麓生态里最亮眼的诗意？

苦槠钩锥具有着怎样的植物学或生态学价值，我并不清楚。但我觉得，此树的存在，提醒着岳麓山树木的历史中曾出现必然中的偶然。没有气候、土壤、阳光和风雨的偶然际会，没有普遍定数之中存在的特殊变数，我们的认知世界永远不可能长出这样的杂交树种。

苦槠钩锥的存在，是不是喻示着生命可能性对于必然性的挑战？是不是意味着现代知性根基也可能遭遇某种神性的瓦解？

二

数千年来，岳麓山的草木，何曾走出文人的审美定势？在平平仄仄的古典诗句里，草木所对应的永远是心境、德性和节操。若是固守这种文人审美，岳麓山上的苦槠钩锥也许永远不会被看见。

苦槠钩锥被发现，释放了一个重要信号。我们太需要以现代科学的眼光看待这一山草木。然而，这样的科学眼光来得太晚。从博物学上看，岳麓山真正进入科学的观照，还是晚近一百多年的事。

20 世纪初，湖南学人开始了对近代植物成规模的采集、调查、研究。人们在岳麓山采集、制作的牡荆标本，至今存留于中国科学院植物研究所的标本馆。1917 年，湖南成立中华博物研究会湖湘支部。次年，奥地利传教士韩马迪在岳麓山周边进行植物采集，其制作的岳麓褐毛石楠标本，完好保存在奥地利维也纳大学的植物标本馆。

由人文寄情到科学考察，这是一场伟大的转型。人们从这种转型里听到西学东渐后，科学与文明在古老土地上的铿然足音。从文学意象里挣脱的麓山草木，带给我们太多的惊喜。

人们发现，岳麓山有一种竹子，两三米高，主要生长于山坡林下。此竹节稍隆起，幼竹节下出现白粉或白毛；竹竿每节分出一至三枝，而竹枝基部贴着竹竿，并沿一定夹角展开。这种竹子是禾本科茶竿竹下的一个种。因为它的标本产地就在岳麓山，故被称作岳麓山茶竿竹。

每一种草木都是岳麓山的诗，亦是这座山的语言。一座山的科学语言的丰富程度远超我们的想象。2019 年，中南林业科技大学组织团队对岳麓山、天马山、橘子洲、桃花岭、石佳岭、寨子岭、后湖、咸嘉湖等岳麓山风景名胜区进行植物普查，结果发现岳麓山共有植物 1032 种，其中蕨类植物 52 种，裸子植物 24 种，被子植物 956 种。

根据《国家重点保护野生植物名录》(1999 年公布) 所载，岳麓山的金毛狗蕨、樟树、金荞麦、花榈木、野大豆、喜树等 6 种皆系重点保护的植物。近些年，为了岳麓山的园林美化，园艺师还先后引进栽培植物 287 种。

三

菊花和兰草都是岳麓山最具代表性的栽培植物。

自 20 世纪 50 年代起，岳麓山就赓续着养菊、斗菊、赏菊的悠久传统，开始自主栽培菊花，至今已有 70 多年培菊历史。从 1989 年开始，岳麓山就成立了菊花队，开始了成系统、成规模的菊花栽培。园艺师通过传、帮、带，岳麓山已有四代养菊人。从 2007 年至 2023 年，岳麓山连续六届参加了中国菊花展览会，夺得特等奖、金奖等各类奖项 45 个。特别是第四代菊花种植传承人邓庭被全国风景园林协会授予“全国菊艺新星”。今天，岳麓山菊圃拥有 400 多个传统菊花品种，成为湖南省唯一集栽培、品种储备于一体的大型种质资源型花圃。2003 年，岳麓山景区举办首届菊花展。近 20 年来，菊展成了岳麓山与市民的秋天约定。湖南地区自培菊花规模最大、专业性最强的菊花展览就在岳麓山。

种植兰花，也在岳麓山具有悠久的传统。读屈原的《离骚》，就能想见,湖南自古为兰文化的主要发源地之一。在岳麓山清风峡，张南轩所题的《兰涧》诗至今还刻在石上："艺兰北涧侧，涧曲风纡余。愿言植根固，芬芳长慰予。"滋兰树蕙与桃李弦歌，正是岳麓书院的使命。很长一段时间，岳麓山曾作为中国十大兰园之一而远近闻名。麓山春兰更是久负盛名。这种兰花，特别素雅，也格外幽香。中华人民共和国成立后，岳麓兰圃比肩于北京中山公园、北京人民公园、广州中山公园，都是兰草芬芳之地。

四

苦槠钩锥、茶竿竹、菊花、兰草，这些草木的发现与栽培，都将人们带入迥异于传统的科学视界。对于自然草木，我们太习惯于抒情而非探秘。或许，这与我们文化的诗意思维不无关系。

就在我写作此文时，手头正好有一本《夏日走过山间》。这本书被奉为美国自然文学的经典，成书于 1869 年，大致相当于清朝同治年间。

作者缪尔走过的"山间"，乃北美洲内华达山脉。当时那里还是一片荒野。其时，缪尔 30 多岁，正值青年。他用优美的文字记录一路所见的雪峰、森林、冷杉、野花、阳光、云朵、雨水、溪流、瀑布、羊群、黑熊等，文字里呈现出野性之美。缪尔的文字里，充满着对每一棵树、每一朵云、每一块草地的顶礼膜拜。他将自己的身体比作敏感颤动的味蕾，大自然一切和谐与美丽都曾被他的身体所感应。

读《夏日走过山间》的时候，不禁想象同治年间那些走在岳麓山间的游人。他们是不是也可能像缪尔一样，对一座山怀着巨大的同情？是不是也涌动着一种对大自然的沉醉、敬仰或礼赞？

也许你会说，岳麓山哪里比得上内华达山脉呢，岳麓山哪里比得过它的野性和壮美？这是风景问题，还是观念问题？如果一座山不曾在现代知识视野里打开，那么，自然文学经典就不会出现在古老的神州。

千百年来，在我们把握世界的方式上，主情的文学可能在很大程度上遮蔽了主知的科学。无数士大夫眼里的自然并不是大自然本身，而仅仅是个人的心情意趣。

从《诗经》《楚辞》到陶渊明、谢灵运、王维、苏东坡，人们将古典诗教的功能定位于“兴、观、群、怨”，而对于夫子所说的“多识于鸟兽草木之名”，似乎并未入耳。草木往往被比附为美人，表达相思，隐喻人格，几乎不曾真正走向现代博物学世界。

正因这种文化心理，在关于岳麓山的诗歌中，备受关注的不是香樟、马尾松或杉树，也不是山间那参天入云的青冈栎或南酸枣。这些树木几乎从未获得文化地位，与松、竹、梅、桂没有可比性。它们都是“意象”之外的野性存在。

并不是说松、竹、梅、桂不值得人们去赞叹，只是，如果失去了对一棵树的科学探问，人们对岳麓山生态系统的丰富和精彩就可能视而不见，也可能让这座山成为一枚定型的文化标签。那样的草木，便沐浴不到现代文明的辉光了。

草木共情

一

偶尔浏览岳麓山老照片，竟惊讶地发现：岳麓山草木，并非从来都如此苍翠，它们与人生命运一样，充满无常。

我曾见过一张岳麓山旧照，它摄于1910年，拍摄者是日本人山根倬三。一百多年前的岳麓山全景，在照片上看得清清楚楚。那时，山上建筑还极少，山的附近还绕着一片片水田，显得清亮而安静，似乎有白鹤刚刚从田间飞过。从照片上看，岳麓山当时树木最盛处，集中在清风峡一带，其他地方多为低矮草木，甚至还有半山荒芜。

诗歌里也留存着岳麓山的草木生态。南宋李纲写过一首《宿岳麓寺》。金兵南下之后，岳麓山到底遭遇过什么？当时的草木到底是怎样的状态呢？

岳麓久不到，兵戈浩联绵。
及兹再来游，莲宇犹依然。
隔江望城郭，瓦砾稀人烟。
十里无草木，髡尽群山颠。
老僧旧相识，为语当时缘。
胡骑中宵来，烈火光照天。

杀人知几何，浮尸蔽长川。

……

靖康之耻后，金兵的铁蹄呼啸南来，郁郁乎文的大宋王朝蒙受着前所未有的屈辱。胡马窥江，风高月黑。经此大乱，当时的潭州古城人口锐减，满目萧然。湘江里浮尸枕藉，几乎阻断了水流。乱世中的岳麓山，“十里无草木，髡尽群山颠”。

李纲的诗，为岳麓山留下了金兵南下后，长沙的一页痛史。

绍兴三年（1133），李纲以观文殿大学士、荆湖广南路宣抚的身份兼任潭州知州。在他的记忆里，潭州曾是“长沙十万户，游女似京都”的繁华重镇。可他眼前的潭州，却如同一座废墟。潭州城的悲惨命运，就像岳麓山上凋敝的草木。

李纲所历的伤痛，后被张栻写入《岳麓书院记》。他说当时的岳麓书院，“兵革灰烬，什一仅存”。对岳麓山来说，战争简直就像轮回的魔咒。这一点最能被岳麓书院见证。元至正二十八年（1368），岳麓书院毁于战火，与北宋末年那一次被毁，中间相距200多年。明代杨茂元的《岳麓书院记》描述被毁的书院说：“殿址故在，而列屋颓垣，隐然荒榛野莽间。”

岳麓山上的古木，树龄多为一两百年，很多树木植于清代。树木掩映着“惟楚有材，于斯为盛”的书院名联，也衬托过战乱连绵下的断壁残垣。麓山草木，每一株都在沉默，都在隐忍，草木的前世今生，仿佛诉说着不同时代的波诡云谲。

二

岳麓山与长沙城相依为命。你想，三千年来的城市生活，会对岳麓山的树木与生态产生影响吗?

柴、米、油、盐、酱、醋、茶。对中国民间来说,“开门七件事”里,“柴”排在第一位。我们今天把工资称作薪水,隐约也见出柴的重要。柴从哪里来呢?不可能从天而降吧,人们必须去街市买或去山中采伐。农耕、打渔、樵采,作为古人最基本的生产方式,那是他们的生活与诗意。“白发渔樵江渚上,惯看秋月春风。”乡间社会如此,市井街巷亦然。白居易《卖炭翁》里那个“两鬓苍苍十指黑”的卖炭翁,不正是长年在终南山伐薪烧炭吗?

随着城市人口的剧增,在没有烧煤或用电的时代,烧柴会不会成为一个问题?它会不会影响到山林生态?史料表明,古代每座大型城市都存在柴火供应问题,并且城市越大,问题越突出。

唐代的时候,长安的人口超过百万,每年都遭遇着严重的柴荒。为此,唐王朝不得不对官员烧柴实行定量供应。按规定,当时五品以上官员每天供应木炭两斤,而来长安的外国人每天供应三斤。即便如此限制,秦岭也因靠近长安城,森林面积急剧减少。

北宋时都城汴京不靠山,烧柴问题更加突出。当时,汴京的庙宇、帝王陵墓附近,只要有树木都被老百姓砍来当柴火。连桑树、枣树等经济林木也不放过。至元代,城市虽有人开始烧煤,但烧柴依然普遍。柴火很贵。金人有诗曰:“京师苦寒岁,桂玉不易求。斗粟换束薪,掉臂不肯酬。”

明代的柴荒有过之而无不及。当时,靠近京城的燕山、太行山,因为过度樵采,生态破坏极其严重,沙尘暴时有发生。居庸、雁门一带本有绵延数千里的树林,后来竟“无薪可采”。即使到清代,很多城市仍设有“柴炭一条街”,民间仍有“升升米、把把柴”的说法。

在柴火作为城市生活主要燃料的时代，毗邻长沙城的岳麓山，山间树木能有很好的命运吗？岳麓山附近，城乡的烧柴需求，在很大程度上决定着岳麓山的树木命运。

三

铜官窑又称长沙窑，其釉下彩在唐末即已闻名于世。当年，铜官窑烧制陶瓷之时，所用的并不是煤，而是山上的木材。

公元769年春，飘零在湘江之上的杜甫，震惊于铜官一带的窑火。有一次，乔口忽起大风，杜甫不得不避风于铜官。诗人无心流连茶坊酒肆，那山上的大火着实令他震惊。在《铜官渚守风》一诗中，他写道：“不夜楚帆落，避风湘渚间。水耕先浸草，春火更烧山。早泊云物晦，逆行波浪悭。飞来双白鹤，过去杳难攀。”

杜甫当时还不知道那是铜官山上在烧窑，还以为是春耕烧山。铜官窑耗去大量木材，可以说远销中亚的铜官陶器，关联着江南树木的生命。诗人李群玉说：“古岸陶为器，高林尽一焚。焰红湘浦口，烟浊洞庭云。”不管是“春火更烧山”，还是“高林尽一焚”，那些冲天火光释放了一个巨大的信号。任何一座山的生态都与城市经济发展和人们的生活方式紧密相连。

一棵树的命运甚至关联着一个小小的习惯。古人以松墨作为文房必备之物，以之写字作画。人们不曾料到，一支小小的松墨决定了无数松树的命运。沈括在《梦溪笔谈》里就说过，因为松墨的大量制作和流通，“今齐、鲁间松林尽矣，渐至太行、京西、江南，松山太半皆童矣”。

煤炭取代柴火，煤气取代煤炭，电力取代传统能源，这些都是人类文明的演进步履，从这个意义上说，生态文明是文明发展的高级形态。这让我想起鲁迅先生说过的一句话："人类的血战前行的历史，正如煤的形成，当时用大量的木材，结果却只是一小块。"

现代文明，已经穿越了无数蒙昧的暗夜，穿越了无数战火与伤痛。当它走到今天，人们如何对待每一棵树、每一株草，都将是对文明素养的灵魂拷问。

这，正是未来对我们的期盼——与草木共情。

春之自愈

一

在岳麓山的记忆里，甲辰龙年正月的冰雪是一个巨大的伤口。

2024 年 1 月下旬以来，岳麓山接连遭遇三轮罕见冰雪的袭击。满山树木都被冻伤，冰雪过后，树木断枝、断顶、倒伏的惨状令人触目惊心。山脚如此，山腰加重，山顶更加惨不忍睹。根据湖南省林勘院实地勘察结果，景区林木受损率达 77.84%，其中海拔 160 米以上区域林木受损率达 90% 以上，西北向三个调查样点及海拔 250 米以上区域林木受损率达 100%，胸径 40 厘米以上树木受损率达 100%，其中受损严重的古树名木达 19 株，园区林木受损程度达最高等级损毁程度。与此同时，护栏、庭院、山亭、屋面、玻璃幕墙、路灯等基本设施无一例外地被冰雪破坏。冰灾后，2000 多人参与岳麓山路障清理，景区全体职工 800 余人一起持续奋战在第一线，全力以赴开启除冰清障、恢复重建的加速键。

一夜之间，岳麓山似乎不再是岳麓山，它简直成了冰雪肆虐后满目疮痍的废墟。那几天，景区管理局党委书记在电话里告诉我，岳麓山的漫山青翠受了重创，你快去看看吧。我急急跑上山，岳麓山仿佛正在伤痛里轻轻呻吟。

依然从爱晚亭、清风峡那条古游道上山。对那条路，我熟悉得就像手上掌纹。无数次从那里上山，印象里全是古木森然的幽静，树叶蓊郁的光影。若是雨后，那里弥漫着浓郁的草木芬芳。然而，今天这条山路却显得如此陌生。古老的树冠，仿佛被无名的手突然掀掉。始终被荫翳的那片幽谷，突然暴露在刺眼的阳光下，接受着命运的嘲弄。岳麓山古木本来集中在这一带，现在是怎样一番惨状呢？站在山道望过去，所有树木像刚从战场上下来，成了“缺胳膊少腿”的伤残战士。有的树梢断了，有的枝条断了，有的连“手脚”都失去了，稀疏的绿意掩不住碗口大的伤疤。

从来不曾有过现在这种感觉，似乎岳麓山到处明晃晃的，到处空空洞洞，到处都听得见树木的哀吟。那么多戴黄色安全帽的工人，正在山间清理残枝，山谷间回荡着尖厉得让人狂躁的锯木声。弯弯石阶旁，自下而上堆满了断木残枝，它们在阳光下显得愈发苍白。原本在树荫下的青色石头和山崖，仿佛突然被揭去千年面纱，而那幽然的历史气息也如惊弓的鸟雀顿时轰然从此地逃离。

二

树木不会忘记，半个月前，岳麓山还是美得让人尖叫的冰天雪地。那时候，岳麓山到处银装素裹，满眼玉树琼枝。连续低温天气，让岳麓山上拥有了五十年难得一遇的雾凇奇观。

然而冰雪既是绝美的天使，又是最大的魔鬼。在岳麓山，绿叶苍翠的香樟，拔地凌云的枫香，粗壮古老的栎木，南酸枣与桂花树，几乎所有的枝丫全被冰雪封冻，每一棵树都因冰冻承受着巨大的重量。整座山，不是“万木冻欲折”的紧张，也不是“时闻折竹声”的寂静，而像遭遇漫天风雪的劫持。岳麓山越来越沉默，树枝断裂的轰然巨响从远处传来，无数树木在寒风呼号中轰然倒下。

不知为什么，忽而对漫山的树木生出莫名同情。那么大的冰雪袭来，哪一棵树能逃离？哪一棵树能回避？哪一棵树可以改变一下自己的姿势？树站在那里，一站就是永恒。它们所经历的冬天很多超过一百个。像今年这样的风雪，历史上有过多少次？像这样的生死考验，它们经历过多少回？

树木的生命里有太多不可知。那么长的岁月，或许它们的顶也断过，枝也折过，但树木心中埋着一个信念：只要根在，春天一到就一定会带来葳蕤。

一棵树的自愈，意味着一片森林的自愈，也意味着一座山的春之自愈。大自然的信心和能力，远超人类的想象。

三

谷雨之后，再度登上岳麓山，还是沿爱晚亭一线拾级而上。哪能想到啊，不久前这些被斫去了树尖或枝条的古木，居然以这么神奇的速度长出一层层新枝绿叶。那些断枝折干的惨白伤口，已被葳蕤的翠色所掩映。幽静悄然归来，密叶间依然响起嘤嘤鸟语。没有呻吟，没有怨尤，只有生命的坚忍在细雨蒙蒙里闪光，只有生命的汁液在伤痛之中汩汩奔涌。

看着一山被春天治愈的树木，忽而想到蔡皋先生的一段话。她说：“一切植物，一切存在都在发表独立宣言，闹闹嚷嚷，热气腾腾。你不能做太多干涉，你尊重独立精神，你会看到他们做出一种很有秩序的安排，上场下场，优胜劣汰，看不出颓唐和灰败。”

扛过了冰封雪冻的岳麓山，没有一株树木向游人展示它的伤口，更没有一株树木因此陷入沉沦。只要根须在大地之下，只要春风在云天之间，断枝折叶又算得了什么呢？

大树的生命并没有我们想象的那么娇贵。它们生于天地之间，独立而勇敢，一面吸取雨露精华，一面绽放生命风采。

四

“昔年种柳，依依汉南。今看摇落，凄怆江潭。树犹如此，人何以堪？”古人对于树的共情，对数字时代的人来说，似乎成了极奢侈的事。今天，有谁会像孟浩然那样，于一夜风雨之后，追问一朵朵花的逝去；有谁会像李清照那样，在雨疏风骤之后向“卷帘人”急切询问一朵海棠花的境遇？

冰灾之后，我曾和朋友谈起岳麓山上损毁的树木。每个人听后，似乎都很木然，连叹息都不曾发出。在很多人心里，耆旧凋零可以引出长篇累牍的追怀，谁愿意凭吊素不相识的山中古树？

更多时候，人们只愿做一个旁观者。雪花飞舞或雾凇沆砀的时候，人们的微信、抖音里充斥着玉树琼枝、冰清玉洁。然而，当严寒在山间盘踞不散时，当古木倾倒、树枝断裂或树木折顶时，并没有什么人为之神伤。不过，当森林自愈，重新披上绿装之后，人们又将它们作为拍照的背景。

对一棵树，人类也许还不如一只鸟那样充满眷恋。

一个断裂的树梢，在人们眼里仅仅是一个树梢。然而，那可能是一对红嘴蓝鹊私订终身的秘境，或是山斑鸠筑巢歌唱的一方家园，抑或是黄鹂孵卵的温床，是南去候鸟与树木挥手作别的老地方……

在一只小鸟那里，某一棵树的倒下或某一根树枝的断裂，可能意味着美好记忆被摧毁，甚至意味着生命的漂泊无依。当然，树枝并不只是连着鸟的悲欢，它关联着蜗牛、昆虫、蛇及树荫下的众生。

人是大自然的一部分。然而，多少人珍惜过大地上的风景，多少人愿意去发现绿叶深处的生命奥秘呢?

五

草木荣枯,亦即生命轮回。不知为什么,汉语里“轮回”这个词,最让我想起的，就是那些古木截面上一圈圈的年轮。那如波浪般的线条，始终保持着圆满和自洽，从不曾有过缺失。

湘江永远流逝，时间永不回头。江山有代谢，往来成古今。一个人或者一代人，无论是青春还是白首，都在年轮上缓缓旋转。我们与岳麓山的相望相伴，永远是这一程开启着下一程。与岳麓山相见，都是一场绿色的遇见。在这里，遇见一座兼容并包的文化名山，遇见一条弦歌不绝的千年文脉，遇见一群引领时代的湖湘英杰，遇见一段同学少年的青春足迹，遇见一场荡气回肠的英雄会战，遇见一颗漫山青翠的绿色明珠。

有人做过统计，岳麓山爱晚亭一带的空气负氧离子含量相当于五一广场的 200 倍。岳麓山，如同长沙城最大的一片绿肺。绿肺之于城市的重要意义，不言而喻。因此，2024 年，岳麓山所遭遇的这场冰灾给长沙市岳麓山风景名胜区管理局领导以极深的触动。在他们眼里,我们与岳麓山之间的关系,远不只是“走近”和“走进”。长沙人与岳麓山之间是“双向奔赴”，这种奔赴可能跨越代际。以此次冰灾为契机，管理局积极争取政府支持，拟发起成立“岳麓山保护与发展基金会”,旨在为岳麓山生态、文物、文化等方面的保护、研究和传播等公益事业提供稳定而切实的保障。

一棵树，有生长，有衰老，有死去，有新生。它们不忧不惧，面对命运的不确定。青枝绿叶永远是它的坚定言说。我想，岳麓山保护与发展基金会的创立，正是我们回报给岳麓山的“绿色宣言”，是我们对一山树木的文明镜鉴。

辑四

众生平等

想念一只鹤

一

岳麓山清风峡口，有座放鹤亭，距爱晚亭一步之遥。亭中立一碑，碑身并不显眼，“放鹤”二字赫然其上。颜体阴刻，饰以草绿。于万木荫翳里，那春天的色彩如一道追光从历史照进现实。

这就是二南石刻。二南者，一为宋代张南轩，一为清代钱南园。南轩，朱张会讲的主角之一张栻；南园，当时的湘南学政、清代极负盛名的颜体书法大家钱沣。

麓山古碑甚多。论碑文内容久远，莫过于禹王碑；论书法价值，莫过于麓山寺碑。它们表情庄严地立在烟雨中，散发着历史的气息。然而，二南石刻上的“放鹤”，却给我内心以最柔软的触动。

余生也晚，未在岳麓山见过白鹤，更无缘见过麓山驯鹤的幽人。不过，偶尔遐想放鹤的清晨或黄昏，时光仿佛不再状如奔马，它变成了一匹绝尘仙鹤。白鹤忽然张开洁白的羽翼，掠过黑色屋脊，然后冲过雾霭林岚，振翅消失于湘江的水天一色……

岳麓山有了向上冲决的力量，释放出自由飘逸的心性。晴空一鹤排云上，它唤起生命的超越和创造。“放鹤”刻在这里，实在充满了深意，不只是出于风雅，而是一种智慧。你想啊，当青衿学子暂抛诗书，像放飞一只鹤那样放飞自己的身心，是不是蕴含着做学问的张弛之道?

二南石刻系一百多年前修葺爱晚亭时所立，当时主持此事者叫程颂万。此公籍贯在宁乡，时任湖南高等学堂监督，其诗词联赋遐迩闻名。多年后，于中国古典文学界享有盛誉的诗词大家、南京大学程千帆先生即颂万先生的后人。颂万先生是千帆先生的叔祖。

修亭立碑之余，程先生曾撰题记说明重修的缘由始末：

宣统三年秋，补葺爱晚亭，刻南轩、南园两先生诗，并征罗鸿胪故事，书“放鹤”二字，以永嘉游。

罗鸿胪，即岳麓书院著名山长罗典，曾主持书院长达27年，官至鸿胪寺少卿。二南石刻刻南轩、南园先生诗各一。两位先生相距600年，诗里的清风峡生态之美却遥相呼应，一脉相承。

南轩先生的《清枫峡》，再现了千年前此地的危崖、深壑、古木、小桥、兰若、虹霓。读此诗，内心仿佛充满光明、寂静与芬芳。你能感受到那种薪火相传的情怀、向上登临的力量。

扶疏古木矗危梯，开始如今几摄提。
还有石桥容客坐，仰看兰若与云齐。
风生阴壑方鸣籁，日烈尘寰正望霓。
从此上山君努力，瘦藤今日得同携。

自然与心灵水乳交融，彼此发明。南园先生的《九日岳麓》写在空山新雨之后，诗里氤氲着明艳和简净，洋溢着自在和丰富。

雨歇江平政亦闲，相寻故事一登山。
红萸黄菊有深味，碧涧丹崖俱净颜。
北海碑看落照里，南轩座接清风间。
归欤且住穷幽兴，细数林鸦几队还。

你想啊，一个为政者，一个读书人，谁没有绕不开的人间忙碌？然而，即便如此，仍要忙里偷闲，去看落照残碑，去数林鸦数点。这才是传统士大夫的精神境界啊！

二

我始终有点疑惑：二南石刻上的诗，都与鹤无关，为什么碑之正面所刻却是“放鹤”二字？这是出于对罗典曾于此驯鹤的怀念，还是特意以放鹤之境彰显青山白云的空间辽阔？

很多次从爱晚亭前走过，只要想起“一双驯鹤待笼归”的句子，头顶似乎真有一只白鹤将破空而来。

橘子洲曾有白鹤漫步，岳麓山腰更见白鹤翔集。乾隆年间，一头白发的罗典山长，常常在此间驯鹤。为什么要驯鹤呢？鹤通人情，更具神性。它代表着岳麓山的和谐生态，更预示着岳麓山的文化幽深。

鹤作为中国文化里的吉祥鸟，自古就属于仙禽，其地位仅次于凤凰。此鸟喙长、腿长、颈长。一只白鹤可存活七八十年之久。松也是树木中的长寿者。因此，中国人喜欢以“松龄鹤寿”表达对长者、尊者延年益寿的祝福。

当年苏轼任职徐州时，曾作过一篇《放鹤亭记》。“《易》曰：‘鸣鹤在阴，其子和之。’《诗》曰：‘鹤鸣于九皋，声闻于天。’盖其为物，清远闲放，超然于尘垢之外，故《易》《诗》人以比贤人君子。”在古人心中，仙鹤高洁而优雅，不染尘俗，故人们常以“鹤鸣之士”来指代君子。

宋代隐居于西湖孤山的林和靖，曾悠游于湖光山色，以梅为妻而以鹤为子。他那遗世独立的精神恍如一鹤远翥。盖人世间唯有林逋那样的幽人，才能与鹤共舞吧。

也许是鹤通人性吧。养鹤、驯鹤，皆有久远的传统。《方舆胜览》载："晋羊祜镇荆州，江陵泽中多有鹤，常取之教舞以娱宾客。”隋唐时，驯鹤之风更盛。白居易的诗句留下了那时的盛况。“何似家禽双白鹤，闲行一步亦随身”；“鹤笼开处见君子，书卷展时逢古人”……到了晚唐以后，白鹤数量锐减，养鹤成本急剧提高。至宋代，驯鹤之风再起。李昉的《仙客》对宋时驯鹤有生动的描述：

胎化仙禽性本殊，何人携尔到京都。
因加美号为仙客，称向闲庭伴野夫。
警露秋声云外影，翘沙晴影月中孤。
青田万里终归去，暂处鸡群莫叹吁。

历史发展至明清时期，随着近现代生产、生活方式的变化，鹤类栖息的自然环境被破坏，白鹤渐渐变成了珍稀禽类。

无论驯鹤多么风雅，毕竟还是拘束了鹤之天性。正所谓“饮啄杂鸡群，年深损标格”。《世说新语》里有一位高人，叫支道林，对驯鹤幡然悔悟：

支公好鹤，住剡东岇山。有人遗其双鹤，少时翅长欲飞。支意惜之，乃铩其翮。鹤轩翥不复能飞，乃反顾翅，垂头。视之，如有懊丧意。林曰：既有凌霄之姿，何肯为人作耳目近玩？养令翮成，置使飞去。

确实，凌云振翅，才是鹤的英姿。谁愿意成为那笼中玩物？谁愿为生存乞食而失去可贵的精神自由？海为龙世界，云是鹤家乡。生命的本质，唯自由二字。

我想，二南石刻当时刻的不是驯鹤，而是放鹤，其理或许在此吧？在罗典心里，“放鹤”是他的山间逸兴，更是他对于岳麓士子振翅高飞的期许吧？

人间哪有一只鸟笼，可以装得下一只白鹤对云天的向往？

三

鹤鸣九皋。皋者，水边高地也。白鹤这种大型涉禽，喜欢在水滨湿地或沼泽生存，它们以鱼虾或水生植物为食。李时珍在《本草纲目》里为我们描述过白鹤的样子：

鹤大于鹄，长三尺，高三尺余，喙长四寸，丹顶赤目，赤颊青脚，修颈凋尾，粗膝纤指，白羽黑翎……尝以夜半鸣，声唳云霄。

白鹤泉无疑是白鹤存在于岳麓山最有力的见证。《岳麓书院志》云：“泉出石窦，甘洌绝伦。尝有白鹤守之。刻石记其上，昔人谓冷暖与寒暑相变，盈缩经旱潦不异，盖山中第一芳润也。”据《湘城访古录》引《古今图书集成·职方典》：“泉出岩石中，仅一勺许，最甘洌，相传尝有白鹤飞止其上，故名。”从现存文献分析，当年岳麓山桃子湖至白鹤泉一带，均为鹤类栖息之地。

鹤与泉的关系亦真亦幻。传说中，俯视泉底的时候，有时会看到白鹤的倒影；若以泉水烹茗，袅袅茶香中，气雾之形，有如白鹤舞动。

有一次，张栻与朋友在白鹤泉边烹茶煮茗，就看到杯底沉着白鹤的影子。他惊喜地写下“满座松声闻金石，微澜鹤影漾瑶琨”的诗句。其实，并非只有白鹤泉看得到鹤。旧时的岳麓山恍如白云之外的净土，山中随处都可见到鹤的身影。

“鹤隐松声尽，渔沉槛影寒”，杜荀鹤的那只鹤，正隐于岳麓苍松之间；“初雪洒来乔木暝，远禽飞过大江澄”，齐已的那只鹤，正从湘江碧波上一掠而过；“却羡巢松千岁鹤，不知尘世有沧桑”，八指头陀的那只鹤，如神仙一样存在于时间之外；“桃逢开士悟，鹤似老僧闲”，魏源的那只鹤，正如山中老僧一般悠闲入定……

相对于佛家，鹤与道家的关系更为密切。据《列仙传》记载，王子乔本是周灵王的太子，曾多年居嵩山清修。羽化成仙后，他骑一只白鹤停在山巅向亲人与尘缘挥手作别。因此，长期以来，道家视白鹤为仙人座驾。故人去世，称之为“驾鹤西去”。道人骑着的鹤让我想起电影《阿凡达》里那通人性的巨大神鸟。

岳麓山的抱黄洞乃道家福地，更是鹤类栖息的家园。正如前人所叹：“闲步不教方外觉，破烟双鹤已来迎”；“千年胜地多殊感，群鹤翔飞岁岁来”……

白鹤，岳麓山古老生态的生动见证。工业化、数字化时代的岳麓山，与农耕文明时代的岳麓山早已大相径庭。白鹤栖息其中的生态，自然也今非昔比了。

“回首何边是空地，四村桑麦遍丘陵。”当年岳麓山附近起伏着丘陵，望去一片桑麦青青。“清晨向市烟含郭，寒夜归村月照溪。”岳麓山还有那样的晨光、烟岚、夜色、村落吗？还有当年的明月与月下清溪吗？晨钟暮鼓，月照清泉，对古城长沙来说，岳麓山如同《诗经》里的“在水一方”啊！

四

往事越千年。桃子湖不再是当年的湿地，白鹤泉也早就没有鹤的守护。不知从什么时候起，岳麓山再也见不到一只鹤的影子。别说岳麓山，放眼世界，白鹤早就成了珍稀鸟类。

据统计，目前全世界共有 15 种鹤，中国存留丹顶鹤、灰鹤、黑颈鹤、蓑羽鹤等 9 种。传说中的仙鹤或白鹤，多为鹤类中的丹顶鹤。

目前，丹顶鹤的全球野外种群数量不到 4000 只。中国黑龙江扎龙被称为丹顶鹤之乡，那片一望无际的芦苇中，今天还翩然飞舞着 300 多只野生丹顶鹤，是世界上面积最大，数量最多的野生丹顶鹤繁殖地。

如果你想一睹仙鹤的风姿，今天只能去北方。在那里，你可以看见白鹤临水自照的样子，看它们从容漫步于汀洲，看它们在天际盘旋，在水滨翔集，在辽阔云天下扇动它们美丽而洁白的翅膀。

我有时会想：今天北方天宇下那些高飞的白鹤，它们中有没有当年麓山之鹤的遥远后裔？

怀念一只鹤，也怀念与它相适的美丽生态。

山上鸟儿知多少

一

《增广贤文》曰 :“近水知鱼性，近山识鸟音。”这或许道出了人与环境的共生关系，其逻辑建立在生命与生命之间存在通感与同情之上。

人们或许不曾意识到,鸟类在地球上的生存史已达 1 亿年以上，而人类的生存史不足 400 万年。也就是说，鸟类比人类古老得多。在原始部落里，鸟类是人类的精神图腾，原因或许与此有关。比方说，凤凰生于南方，作为一种神鸟，它与北方的龙相提并论。龙凤呈祥，往往隐喻着文化的圆融。

然而，现代人即使依山而居半辈子，即使每天都被窗外鸟声唤醒，有多少人会真诚地面对一只鸟？有多少人愿从一只鸟的生死中领受自然变化的密码？人们的耳朵里，早已塞满市井喧哗，塞满数字与虚拟声像。每个人都在功利的世界里奔波,谁会走进一山幽静，走进鸟类的世界？

想想吧,当你沉浸于“月出惊山鸟”的静穆之时,当你陷入“千山鸟飞绝”的孤独之时,当你以“鸟语花香”去讲述春天故事之时，你是否真心想要拥有山峰、雪地、花朵，是否真心想走近一只鸟的爱恨情仇？

你可能无数次从岳麓山的古树浓荫下走过，无数次被一山清幽洗却过城市铅华，但不知是否接收到来自众鸟的审美馈赠？

或许，你蒙受鸟的恩泽，却并不曾把感恩献给这些生灵。万年岳麓山，从来都是鸟语的天堂。山中的每一个晨昏，全都由那鸟儿唱响。

每当大地醒来，林野格外清新。岳麓山的远近高低无处不是山鸣谷应。若是春夏时节，每天都向山水洲城问候“早安”的，非岳麓山的鸟儿莫属。无数鸟儿沐浴着山岚熹微，独立于古木高冈，隐身于繁花密叶，振翅于屋脊林莽，它们以独特的喉咙歌唱着时间的开始。

若是秋日黄昏，斜晖脉脉的岳麓山，散发着“飞鸟相与还”的金色温馨。走在岳麓山间，总能见到归鸟投林的身影，或从江对岸匆匆归来，或自林梢聒噪盘桓，或在夕照里细语。

实在无法想象，没有鸟语的岳麓山，将是怎样一种寂寞，怎样一个无声的世界啊！

二

岳麓山的每一种鸟，都以极古老的调子唱歌。歌声停下的间歇里，它会偏着一粒小脑袋朝某个方面侧耳凝神，清亮的眼眸充满着机警。

我不知岳麓山到底生活着多少种鸟，每一种鸟代表一个庞大的鸟之族类，每一类又都是世间的唯一。它们的叫声轻重、音调高低、音色清浊、羽毛素艳，都是无可替代的生命存在。

想想真够壮观的。一座山，这么多种鸟聚集于此，这么多种鸟南来北往，这么多种鸟繁衍生息，这么多种鸟各披羽衣。鸟类的丰富，让岳麓山不仅拥有众鸟和鸣的清幽，更拥有那百鸟朝凤的欢喜。

在岳麓山，仰望枝柯交错，俯察灰叶遍地。在枝头，在大地，抑或在爬满青苔的岩石之上，随时可能与一只鸟欣然相遇。

黄腹山雀，立在细密树枝间，宛如天真、活泼、艳丽的小姑娘。此鸟有一小名，叫点子。它叫起来声音极清亮，似乎总朝着绿叶深处召唤它的闺蜜：贝子——贝子——贝子——

黄腹山雀的那身羽衣格外醒目。头、颈、背皆为黑白，唯腹部一小片明黄，带着茸茸的质感。偌大一片森林，只要黄腹山雀飞进来，整个林子顿时便有了生机。黄腹山雀作为岳麓山的候鸟，每年在山上生活 7 个月。前一年十月飞来，在此生儿育女之后，次年四月飞离岳麓山，开始它漫长而温暖的奔赴。

除了这黄腹山雀外，岳麓山还有大山雀、红头长尾山雀。大山雀头顶黑白，背部呈现浅绿与灰黑色，对比很强烈。红头长尾山雀呢，尾巴长长的，头上生着浅色橘红绒羽，乍看如同鸟类世界的小老虎，它们特别喜欢在那些开着花朵的枝条间跳荡，“唧唧，唧唧，唧唧”。

暗绿绣眼与黄腹山雀一样，每年三月左右来到岳麓山。它披草绿羽衣，腹部则是柠檬黄和浅灰，小眼睛周围绕着一圈细细的白色。暗绿绣眼也爱在繁花绿叶间啁啾，身姿与声音都像是岳麓山春天的音符。

红嘴相思鸟，也美得不可思议。它体型小巧，属画眉的一种。此鸟头部深绿中见出浅灰，颈上却是明黄中透着暗红，翅膀外生出一片红色羽斑。它的嘴红红的，特别惹人怜爱。红嘴相思鸟，天生好性情，还特别爱干净，它最喜欢在清溪边濯洗身上的羽衣。

三

斑鸠可没有那么绚丽的羽衣，总是披着一身灰色，显得宁静而平和。在岳麓山，斑鸠每年大约停留 4 个月。十一月飞来，次年三月离开。也有部分斑鸠，一直留在山中。

珠颈斑鸠，长得特别像鸽子，又叫野鸽子。颈部侧面往往布满了白点，看上去像一粒粒珍珠。不管风和日丽，还是细雨霏霏，你总能听到斑鸠的歌唱在远山近水间轻轻回荡："咕咕——咕咕——咕咕——"那声音越过楼顶与市声，像一朵云飘在你的窗前。你会格外觉得世界如此温柔待你。有人说，每一只斑鸠的叫声里都有它的心情故事。倘若叫声高亢而清越，那多半是出于求爱，也可能是它们向同伴报警，也可能是远远地柔情呼唤林间的伙伴。同样是斑鸠，珠颈斑鸠的声音嘹亮而悠扬，山斑鸠却低沉而浑厚。

相对而言，黄腹山雀更像现代美少女，斑鸠则具有闺秀气质。造物主赐予不同鸟类以美丽的羽衣，有意思的是，从来没有一只鸟会像人类这样存在着装焦虑。鸟儿对自己的"衣"饰，不曾有过一丝审美疲劳，永远都那么自信。我想，这是不是因为鸟类羽衣上的那些红、黄、绿、蓝、灰，并非人类画板上的色彩？它们所辉映的永远是岳麓山的苍苍云树，或湘江水的天光云影吧？

四

鸟的羽衣，即使黑白相配，也永恒时尚。乌鸫一身黑，尖喙上却一线橘红；松鸦的翅膀、尾羽黑底带花，头、背一线极浅的灰。白头鹎，即民间所说的白头翁，常年顶着一头雪白，颈部、腹部的白浅浅的，背部却是深灰里见出浅绿。白头鹎是岳麓山极常见的鸟类，叫声响亮而婉转，像念着平平仄仄的春天诗行。

白鹡鸰黑白相间，每年春夏季节，岳麓山到处都是白鹡鸰的身影。它的叫声与鹡鸰相近，故而得名。如果上溯至《诗经》，先民早就留下“脊令在原，兄弟急难”的诗句。在古人眼里，鹡鸰鸟往往用来隐喻兄弟情深。鲁迅先生回忆儿时在百草园捕鸟时说，有一种鸟叫张飞鸟，性子很急，养不过夜，其实就是白鹡鸰。

在岳麓山，真正称得上女神的，或许要数白鹭。这种鸟，冬天飞往南方，春天又飞回来。水暖天清的时节，站在咸嘉湖可看到白鹭翩然的身影。白鹭羽毛纯白，亭亭玉立，长喙细弯。它从湖中忽然起落的时候，水花惊起，在空中画出一条洁白而流畅的弧线。

五

鸡鸣犬吠，虎啸猿啼，驴鸣马嘶……绝大多数动物，都只能发出单调的音节。鸟类不同，唯有它们的叫声有资格被称为“鸟语”。也许鸟语更接近人类语言的丰富多变吧？

人类以语言诉说悲欢离合，鸟类似乎更愿意表达内心的快乐。鸟语是那么单纯,那么透明。世间的诗人们却把自己的相思与呼唤、哀怨和爱情都移情至鸟类，在诗人那里，树上的鸟语无不是他们的内心呼应。

多年前，偶尔读到台湾诗人向明的一篇短文。他说，小时候经常去外婆家，那里有条河，叫水渡河。后来他老了，头白了，隔在海峡那一边。每当他听到窗外的鸟鸣，似乎那鸟儿所唱的，就是一声声“魂兮归来”的召唤：水渡河——水渡河——水渡河——

每一句鸟语都可能解读为诗人的心情。辛弃疾云：“江晚正愁余，山深闻鹧鸪。”于抗金念念不忘的辛弃疾，从江南的鹧鸪声里听到的竟是“行不得也哥哥”的无奈。

在羁旅中的诗人或贬客的耳朵里，杜鹃代表着“不如归去”的乡愁。“可堪孤馆闭春寒，杜鹃声里斜阳暮”，秦观听到的杜鹃声何其凄迷；“听杜宇声声，劝人不如归去”，柳永听到的杜鹃声何其急促；“多谢子规啼劝我，不如归”，贺铸听到的杜鹃声何其释然。

十里楼台倚翠微，百花深处杜鹃啼。殷勤自与行人语，不似流莺取次飞。

惊梦觉，弄晴时，声声只道不如归。天涯岂是无归意，争奈归期未可期。

这是晏几道的句子，杜鹃啼叫里尽是梦醒后的感伤。杜鹃啼血或杜宇化鹃，作为典故，常常为诗人征引。传说古蜀王望帝治国有方，爱民如子。蜀地洪水泛滥，望帝便派蜀相鳖灵治水。鳖灵治水有大功，后来望帝将帝位禅让给他，自己则归隐西山。鳖灵即位，号称开明帝，又叫丛帝。丛帝却并没有治理好国家，蜀地百姓怨声载道，望帝含恨而死。此后，他化作一只杜鹃，夜夜啼叫，声音异常凄婉。

若论声音凄婉，岳麓山上有一种杜鹃，叫噪鹃。这种鸟叫起来，“啊哦——啊哦——”，似有撕心裂肺的痛，听起来也毛骨悚然。不知那是不是数千年前杜宇的精魂所化？

其实，麓山鸟声更多的不是哀伤凝重，山鸟啼鸣，颇多情调。“更满眼，云来鸟去，涧红山绿”，清风峡的鸟，很开朗；“泉清石布博棋子，萝密鸟韵如簧言”，道林寺的鸟很灵巧；“蜩沾高雨断，鸟遇夕岚沉”，岳麓寺的鸟很沉静；“叶堕误惊幽鸟去，林空不碍断云飞”，半山亭的鸟很敏感；“洞古白云屯，天高飞鸟乱”，云麓宫的鸟很急促……

时空不同，鸟语不同，心境不同。有哀怨有情愁，更有明亮和欢愉。不过，每年到播种时节，“布谷——布谷——布谷”的鸟叫声便在山间回荡，远处田野里开始涌动着人勤春早的活力。这时你会听到四声杜鹃的叫唤：阿公阿婆，割麦插禾。声音清幽旷远，回声在群峰山谷间萦绕。

这时候，整个江南都明媚了，到处一派“子规声里雨如烟”的迷离。

六

与一只鸟的不期而遇，总是伴随着欣喜。

有一回，我从岳麓山径上下来，偶一抬头，看到一根树枝横在路的尽头，远远映着一片红墙黑瓦。正好两只红嘴蓝鹊落在密叶间，一雄一雌，相亲相爱。逆光中，那蓝色羽毛，正泛着柔和的光泽，红色尖喙也被那新叶衬托着。那一对鹊儿，许是刚刚停了歌唱吧，此刻正偏着头互相打量，目光里充满爱意。任谁看了那一幕，心儿都会被爱融化吧？不知人世间是否找得到那么纯粹的爱情？

“在天愿作比翼鸟，在地愿为连理枝”。鸟类一直为人类提供比翼双飞的爱情典范。平常日子，红嘴蓝鹊的叫声，长短交错，平仄相协，如同一个清亮的乐句。然而，在示爱或者决斗的时候，温柔的蓝鹊也会向着蓝天发出激越的信号。

如果深入岳麓林间，有时候你可能会遇见一个鸟窝。那种温馨，完全不亚于人类的天伦。我曾见过小噪鹛嗷嗷待哺的样子。在清脆的唧唧唧的叫唤中，噪鹛妈妈将觅来的蚯蚓或昆虫，一点点喂到七八张同时张开的嫩黄大嘴里，那么耐心，那么轻柔。一缕阳光打在噪鹛妈妈的脸上，整只鸟像是披着圣母的光辉。

对于鸟类，我们真的知之甚少。比如，候鸟们每年都要经历一次伟大的长征。你想，那迁徙的候鸟，不知要飞越多少高山巍峨，不知要飞越多少水波浩渺，不知飞过多少城市村庄，不知聆听过多少林涛阵阵。每年它们都会以生命连起长亭短亭，飞出岳麓山，飞出洞庭湖，飞过长江，飞过遥远的大海……

西湖寻鹭

一

这里所说的西湖，并不在杭州，也比不了西子。它是长沙岳麓山风景区的一部分，因地处湘江之西而得名。此湖亦称咸嘉湖，一度还被称为西湖渔场。2012 年，西湖渔场全面改造提质，成为集湖光山色、绿洲小岛于一身的城市绿地，一座供市民休闲的水景公园。

西湖就像年轻的“00 后”。哪怕生活在星城，也有不少人不知道这一片大隐隐于市的美丽水域。去年冬，偶然读《岳麓山志》，说是在湘江风光带、橘子洲、傅家洲等地，而今还可以见到白鹭、鸬鹚、池鹭、红嘴鸥等大型鸟类。从那时起，就对春天怀着莫名的期待，期待去西湖，与一群白鹭相遇。

一个居住在西湖边的朋友告诉我，透过客厅的落地窗都可以看到湖面，看到对面湖心岛翔集的成群白鹭，有时还隐约听见它们的鸣叫。黄昏时，凝望那一队队洁白没入岳麓翠微，他甚至觉得，西湖就像梦中桃源。

突然很羡慕那位临湖而居的朋友。熙来攘往的城市生活里，不知还有多少人能从客厅看到白鹭？不知有多少人会打探白鹭从南方归来的消息？更不知有多少人会思考一只白鹭和一座城市之间到底有着怎样神秘的关联？在一个屏幕定义着视野，手机裹挟着注意力的数字时代，白鹭恍如古典诗里久违的倩影，它们还栖息在“漠漠水田飞白鹭，阴阴夏木啭黄鹂”的意境里。

郭沫若先生特别喜欢白鹭，他说：“白鹭是一首精巧的诗。”在他眼里，“白鹤太大而嫌生硬，即如粉红的朱鹭或灰色的苍鹭，也觉得大了一些，而且太不寻常了”。白鹭却“色素的配合，身段的大小，一切都很适宜”。适宜，乃世间一切美的法度。苏东坡说西湖之美，不也是“淡妆浓抹总相宜”吗？白鹭之相宜，就在于“那雪白的蓑毛，那全身的流线型结构，那铁色的长喙，那青色的脚，增之一分则嫌长，减之一分则嫌短，素之一忽则嫌白，黛之一忽则嫌黑”。

想起白鹭，就想起宋代词人李清照，想起她年轻时无忧无虑的黄昏。“常记溪亭日暮，沉醉不知归路。兴尽晚回舟，误入藕花深处。争渡，争渡，惊起一滩鸥鹭。”或许，少女都曾有过鸥鹭般纯洁而翩然的纯真时光吧？

尽管在文字、图片、视频里看到过白鹭，却不敢奢望在长沙城也能见到这种白色大鸟。说奢望，因为这些年，即使在老家，喜鹊渐渐少了，老鹰几近绝迹，白鹭一去不返，它还会进城来见我吗？

白鹭像是鸟中贵族。无论是大白鹭、中白鹭还是小白鹭，清一色大长腿，清一色披着洁白羽纱，清一色长脖子，清一色大长喙。不过，白鹭的喙是黄色的，脚是黑色的，小白鹭则正好相反。与鹤不同，白鹭常年栖息在临水灌木上，爪子特别善于紧握。S 形脖子，并不像鹤那样舒展。若到了繁殖期，白鹭的枕部会生出两根柔软的矛状羽，威风凛凛，远远就可看到。繁殖期一过，那两根长翎又会奇迹般消失。

白鹭作为大型水禽，当然离不开水。老子云：上善若水。山有了水，风景就有了灵气；城有了水，生命就流向远方。星城长沙何其有幸啊！岳麓山峙立于西，湘江水穿城而过。这座古城，水犹如画龙点睛。如今,你穿行于城市,无论南北西东,都可能与一条小河、一汪湖水相遇。浏阳河、水渡河、圭塘河……每一条河流都像长沙古城的蓝色血管；城北的松雅湖、月湖，城南的同升湖，城西的桃子湖、后湖，每一泓湖水恰似喧哗市井里的清亮眼神。

白鹭那么爱干净，它容忍不了水的脏污，更容忍不了水的腐臭。所谓伊人，在水一方。她素洁的翅膀下，往往见出水波如镜，见出绿树四合，见出一江碧水与一座城的心心相印。

“惊飞远映碧山去，一树梨花落晚风。”不知为什么，每次读到杜牧的诗，总会想象一群翩然的白鹭掠过湘江。山水洲城之美，还能找得出比白鹭更美的“代言人”吗？

二

甲辰立夏未久，朋友打电话说，西湖的白鹭怕是回来了。

那天，去到西湖时，日近黄昏。一湖碧水安静地泊在那里，仿佛一直都在等着我。远远望去，青黛的山色也静卧在水波里，像一幅巨大的江南水墨。南来北往的潇湘大道在湖东，大道一侧就是一脉湘江。对岸高楼的影子，也在湖光里荡漾。湖中浮着小小的绿岛。咸嘉湖路在它北面，与潇湘大道相垂直。

好一个闹中取静的城中湖。独自到湖边走走，心顿时就安定了。环湖皆树木，垂柳居多。柳荫下，形态各异的石头或卧或坐。穿着旗袍的年轻女子，此刻正立在斜阳里拍照，此情此景，不由得让人想起徐志摩的诗句：

那榆荫下的一潭，
不是清泉，是天上虹；
揉碎在浮藻间，
沉淀着彩虹似的梦。

不过，这里所植的并不是榆树，而是秀发低垂的江南柳。浅水湖岸，丛生着高高低低的蒹葭。没有“白露为霜”的苍茫，却一派青翠葱茏。

从湖之北岸出发，由西而南，由南而东，绕湖走了一圈。湖水如许安静，感官也变得灵敏。柳条与湖风温柔说话，绿茵与青石窃窃耳语，荷叶与睡莲间忽而发出轻微声响，野鸭划出一道长长的波痕。万物各有语言，天地充满惊喜。

透过一丛密叶，抬头看见青涩的杨梅树；吹来一阵晚风，低头看到夕阳下的合欢花。葳蕤草木中盛开金黄的花朵；披着斜阳的年轻人，骑车从石桥上闪过；一只极美丽的蝴蝶，一只白色小狗，它们都在这方天地里安然自适。

终于见到湖畔的望鹭亭。亭子对着湖心岛，亦即传说中的白鹭洲。白鹭洲并不大。据说洲上的树木极其原始，暖风里的树梢像云朵一样轻轻涌动。白鹭洲映在水里,像一个巨大的纺锤。多少年了，这座洲无桥可连，无舟可渡，像是一个小小的秘境存在着。

或许，正是这片无人惊扰的小小绿洲，成了白鹭栖息的最宜家园。春夏季节，所有白鹭会从遥远的南方来到这里；冬天一到，它们又从这里成群结队地飞向远方。

此刻，我站在一株柳树下，与白鹭洲默默对视良久。喧哗的鸟声从洲上传来，湖面正闪烁着落日熔金的光辉，给绿洲镀上一层梦幻似的光影。那么热闹的鸟声，仿佛归鸟投林后的家长里短。那么和谐，那么温馨。并不起眼的小小绿洲，成了无数鸟雀的烟火日常。在湖边等了良久，却未能看到白鹭归来的身姿。只见到几只灰白羽衣的大鸟，从容飞过头顶，飞过红色屋顶，渐渐隐入黄昏的岳麓山。

白鹭栖落到了林间吗？我不知道。踱至栈桥的时候，发现此处有一大片初生的荷叶。水极清，叶极圆。我想，若是荷花映日的时候，白鹭是否会在脚下的栈桥闲庭信步？那会是多么美妙的画面啊！洁白鹭群，鲜艳荷花，静绿荷叶，舒卷白云。那样的情景，正如郭沫若先生所说："白鹭实在是一首诗，一首韵在骨子里的散文诗。"

三

说是西湖寻鹭，却不曾见到鹭。多么希望，云中隐着一双白鹭的眼睛，让它俯瞰这城市的车流、高楼和街巷，让它迎着我寻觅的目光啊！

关于这座城，白鹭当有很远的记忆。当长沙城还与橘子洲南北等长时，四郊的水田里都曾是它们的家园。而今，偌大的长沙城给它的容身之地有多少呢？仅仅是西湖这巴掌大的一片绿洲了。

我的老家本属长沙东郊。五十年前，当我还是少年，每年紫云英盛开之时，父亲在田野劳作，经常会看到一群白鹭从对面山坡盘旋而来，飘落在田埂上。孩子们朝它叫一声，白鹭便轰然起飞，田野上空便旋起一道极美的弧线。当年的长沙周边，是不是也到处都有白鹭穿过辽远的青天？

那时候，天是蓝的，水是清的，山是绿的，土地未被工业废水所玷污，乡居生活正如白鹭一样闲静。

白鹭是春天的诗画，亦是人与自然和谐共处的缩影。“城中桃李愁风雨，春在溪头荠菜花。”辛弃疾曾被贬官至江西上饶，隐居带湖。在寂静的湖边，辛弃疾曾以一首《鹊桥仙·赠鹭鸶》写下了他与白鹭的对话。在我看来，那更像一份生态文明的宣言。

溪边白鹭，来吾告汝。溪里鱼儿堪数。主人怜汝汝怜鱼，要物我、欣然一处。

白沙远浦，清泥别渚。剩有虾跳鳅舞。任君飞去饱时来，看头上、风吹一缕。

真想让这样的对话穿越时空落到当下。人与动物之间，动物与动物之间，如果彼此充满着生命的怜爱与关怀，一定溪流自清，鱼儿自由，清风自吹。一切沉浸在大美无言之中。

从历史回眸，这小小的西湖，它曾是一个城中渔场，后来水质被严重破坏，白鹭也多年不再回来。多少年过去，人们甚至都忘却了白鹭的存在。城市生长着太多的楼宇和烟囱，生长着太高的脚手架，生长着太热闹的笙歌和灯火。城市的摩天大楼阻断了多少白鹭归来的翅膀啊！我不知道，那么坚硬的建筑里，是不是也有人看见过一只白鹭眼眸里的黯然神伤？

蟒蛇洞幽思

一

蟒蛇洞早已没有蟒蛇，那只是一个山洞。它位于禹王碑北面山谷，西晋以前，被称作抱黄洞。据说，一个叫张抱黄的道士曾在这岩洞修炼多年，终于得道成仙，飞升而去。张道士成仙之后，这个岩洞却被一条蟒蛇盘踞，故名蟒蛇洞。

那蟒蛇，却亦魔亦妖，不修正道，乃岳麓山上危害乡民的怪物。当时担任荆州刺史、征西大将军的陶侃，作为长沙郡公，都督八州军事。对于岳麓山的蟒蛇，陶公早有耳闻。人们说，那蟒蛇每年都会过湘江来吃人。

果然，那巨蟒再一次从洞中爬出，然后摇身一变，化成一个云游的老道，来到小西门前的白鹤观。老道盛情地邀请那些虔诚的信士在七月十五前往河对岸的云麓宫祭拜。等到那天，巨蟒作起妖法。只见它吐出极长的一根舌头，将之化成一座横跨江面的“天桥”。善男信女们哪知道这是蟒蛇的妖法，还以为是神的旨意，是渡人的仙桥。结果，所有上桥者，全都有去无回，没有一个不葬身蛇腹。

正在巨蟒作法之际，陶侃也立在“桥”边，他看到那“天桥”边居然还亮着两盏“绿灯”，寒光逼人。细细一瞧，那哪里是什么桥灯呀，分明就是滴溜滴溜转动的蛇眼！陶侃一下识破蟒蛇的妖术，张弓搭箭，“嗖”的一声，一箭射中了那巨蟒的眼睛。

当时，长沙全城都得了陶都督的指令，任何药店不得将治眼伤的药卖给他人。妖蟒中箭后，眼伤严重，终于死在洞中。陶侃为民除害的故事，在民间广为流传。人们为了纪念他，还曾特意建起一座高台，称作“射蟒台”。

蟒蛇故事颇具几分志怪小说的色彩，其主题重在表彰陶公。历史上，陶侃确实做过长沙郡公，其人品与政声也是响当当的。

岳麓山的蟒蛇早已是久远的传说，射蟒台亦为旧迹。明代诗人陆相有诗云：“烧丹人去但空崖，古洞年深锁绿苔。我有强弓无用处，春风闲上射蛟台。”

蟒蛇洞的传说无疑宣扬的是儒家的道德规训，惩恶扬善，然而它又带着神仙志怪的道家色彩。

岳麓山上是否存在过蟒蛇，我不知道。但它被科学祛魅之前，一定是个神性世界。就像《山海经》里的许多山都存在蟒蛇。蟒蛇所表达的正是先民的泛神思想。在古人那里，有山神、河神、海神……世界处在神意之中。岳麓山的天然洞穴，当然不可能没有蛇精。在民间，任何积累了漫长岁月的生灵都可能成为精怪。一只千年狐狸或千年野猪，很可能摇身一变成了狐狸精或野猪精；一棵百年老枫树，可能化为树精；一个千年大蚌壳，更可能修炼成为蚌精。

蟒蛇更像是岳麓山的一枚历史符号，代表着邪恶力量。生活中，蟒蛇带给我们以足够的恐惧，甚至引起人们极大的心理不适。但是，从科学意义上看，蟒蛇是天地众生之一，拥有极古老的生存史。

若旧时岳麓山确实曾经存在过巨蟒，那至少可以证明，它的生态环境确曾满足过巨蟒生存和繁衍的条件。陶侃时代的岳麓山，不可能像今天这样游人如织，熙来攘往。那时的岳麓山，山深林密，径幽泉清。出没林泉者,多为高僧或信士吧？四周围绕水田和村落，山下全是竹篱茅舍。

多年后，蟒蛇洞成了岳麓山一景。一个幽深的岩洞，有什么好看的呢？其实它并不具备观赏的美感，然而，它的存在本身就是时间的“洞开”。如果去掉蟒蛇故事的善恶标签，古岳麓山的生态可见一斑。

二

世间所有动物里，让我怕到脚软的，不是别的，正是蛇。不要说在山间草丛里遇见，哪怕在手机里偶然刷到，或无意间瞥见一张蛇的照片，我都会涌起莫名的恐惧，伴随着阵阵恶心。对于蛇，真是避之唯恐不及。

这么多年，蛇就像生活中的一个禁忌。然而，理性告诉我，作为一种生灵，蛇是与上古先民自草居时代起的历史同行者。

蛇作为文化符号或原始图腾，倒不可怕。相反，它所关联的古老习俗还很亲切。

汉字里的“它”，即象蛇形。“上古草居患它，故相问无它乎。”《说文》说,初民清早见面,第一句问候,不是“吃了吗”,而是“无它乎”，意思是“没遇到蛇吧？”“它”就是蛇。“巴”字也象蛇形，这可不是一般的蛇，而是大蟒蛇。湖南岳阳，古称巴陵。巴者，大蛇也。古时候，巴山多蟒，蟒蛇即为巴人的原始图腾。

深山多大蟒。对此,《山海经》多有记载。如《南山经》里记载即翼山的怪蛇，禺稾山的大蛇；《西山经》记载太华山的肥遗，泰冒山的白蛇。《山海经》不像充满伦理教化色彩的儒家经典，它充满神异。《山海经》描述了诸多半人半兽的形象，如人面马身、豕身人面、鸟身人面等。当然，最多的还是人面蛇身。与古埃及的人面狮身一样，体现着先民的神话思维。

据《北山经》记载："凡北山经之首，自单狐之山至于隄山，凡二十五山,五千四百九十里,其神皆人面蛇身。"《中山经》里也说："凡首阳山之首，自首山至于丙山，凡九山，二百六十七里，其神状皆龙身而人面。"

人面蛇身也好,龙身人面也罢,它所传递的文化信息是什么呢？蛇作为上古社会图腾，确实相当普遍。最典型的就是华夏人文始祖伏羲与女娲，他们都是人首蛇身。神话里的共工、盘古等，亦多为人首蛇身。人们说，笔走龙蛇。华夏文明里最大的图腾是龙，龙的主体也还是蛇。

据闻一多先生研究，龙作为图腾，是在蛇的基础上形成的，它"接受了兽类的四脚，马的毛，鬣的尾，鹿的脚，狗的爪，鱼的鳞和须"。基于此，李泽厚先生进一步猜想，"这可能意味着以蛇图腾为主的远古华夏氏族、部落不断战胜、融合其他氏族部分"。如此看来，龙、蛇之于传统文化的图腾意义，实在远超其他动物。

明清两代，蟒袍乃王公大臣所穿的礼服。在庆典仪式、朝见皇帝等场合，官员们着蟒袍以示礼敬。蟒袍的样式与龙袍相似，不过蟒爪为四，而龙爪为五，等级于此可见。

人首蛇身的图腾在新石器时代的陶器纹饰上早就存在。陶器上那均匀、动感、起伏的曲线，它们是否来自蛇形或水波的启示？抑或就是蛇的抽象化？

我害怕自然界的蛇，却又敬畏蛇图腾。对于蛇，绝大多数人都很恐惧，这恐惧是否来自人类童年期的基因？蟒蛇洞不只是陶侃的故事，也不只是蛇妖的故事，如果我们将蟒蛇置入华夏文明之初，又能在这里读到一个更久远的文化故事。

三

没有蟒蛇的蟒蛇洞，已经化作岳麓山的文化符号。此刻，我愿意将蛇理解为舒展，想象为腾飞，设置为神秘的图腾。在漫长的历史中，蛇的符号价值也不断更新。

鲁迅先生回忆儿时听长妈妈讲故事，曾说到“美女蛇”，其实也是一种人面蛇身的怪物。她能唤人名，倘若人答应了，夜间便要去吃那人的肉。蛇那么可怕，却能化身为美女。这是不是暗示：美之于人，有时竟是一种致命诱惑。

美女蛇到了《白蛇传》的故事里，更具人间色彩。20世纪90年代，电视剧《新白娘子传奇》热播之后，“千年等一回”的旋律响起的时候，谁还记得那女主人公是一条蛇呢?

蛇在西方文化里又是怎样的形象呢？圣·埃克苏佩里的《小王子》，一部不朽的童话，开头与结尾都写到了蛇。在《圣经》里，蛇在创世传说里扮演着诱惑者的角色。伊甸园里的亚当、夏娃正是受了蛇的诱惑，才偷食了知善恶树所结的果实。人类因此而有了原罪。上帝为了惩罚蛇的罪恶，罚它永远只能在地上爬行。

由蟒蛇洞想起了很多有关蛇的文化意蕴，其实是想说明：每一种生命，既是自然存在，又是文化存在，它们都可能连接着远古的先民记忆。

最后的老虎

一

岳麓山，曾是有老虎的。这并不是什么遥远的历史。最后一只老虎现身岳麓山，晚至 20 世纪 50 年代初。

1950 年冬，岳麓山后山某村民正在地里收萝卜，猛然发现山中有一只老虎。他立即将虎情报告给当时的左家垅派出所。派出所随即组织一支打虎队，人们很快在茶树丛中找到老虎，并当场将其击毙。那是一只雄性华南虎，体重达四百斤。后来，老虎被制作成标本，留存于湖南师范大学生物科学院的标本室。

多年后，我在标本室见到岳麓山最后的老虎。只见它身长两米左右，头顶“王”字花纹，獠牙利爪，隐约见得出那啸傲山林的王者风采。不过，老虎的四肢、眼睛、耳朵、尾巴全都已失去了生命的气象。

如果书写岳麓山生态变迁史，我想，这只华南虎标本，必然成为岳麓山重要的生态标志。

一座拥有老虎的山意味着什么呢？意味着老虎生存的生态系统没有被破坏。岳麓山存在老虎的历史,应当以千年计。我有时想，不知陶侃当年在山中结庐读书时，是否也曾听到过老虎长啸？僧人智璿当年在山上造屋的时候，是否目睹过老虎的足迹？书院士子，幽居的高僧、道长，他们是否与一只老虎狭路相逢过？朱张会讲那一年，四方学子蜂拥而至，是不是也惊动了山中老虎？

我从来不曾读到岳麓山老虎食人的记载。难道古人一直与老虎相安无事？人们似乎并没有把老虎当回事。然而，最近一百多年来，老虎出没牵动了公共安全的神经。1921 年春，爱晚亭舍利塔旁，游人曾见到一只黄斑纹老虎。据说，老虎、游人对望良久之后，老虎才返身隐入密林。《大公报》为此向长沙市民发布警示。1929 年秋，湖南《国民日报》也发布过一条警示，说某村民在岳麓山附近的杜家塘发现一只老虎，请游客注意。不久，这只花斑老虎又出现于靳江河边，人们当即用枪将虎击毙。1933 年，某山居者又在岳麓山上发现老虎。当时老虎正从山坳丛林里蹿出。1937 年，吴家兄弟到岳麓山樵采，居然在柴薪堆里，活捉了一只小老虎……

所有的新闻报道，都传递着人和老虎之间的紧张。所有人都将老虎视为生命的威胁，谁还来得及在意它的生态价值呢？

二

我未曾见过野外的老虎，却并不影响我对于老虎的喜爱。

中国是老虎的发源地。作为世界上最大的猫科动物，它在地球上的生存史超过了 200 万年。与蛇一样，老虎是生命存在，亦是文化意象。

在汉语里，与虎相关的语词，几乎都代表健硕和威猛。虎虎生威，虎虎生风，虎狼之师，龙腾虎跃，龙骧虎步，猛虎下山……至于“苛政猛于虎”“虎毒不食子”“一山不能容二虎”“老虎屁股摸不得”“不入虎穴，焉得虎子”等话语，则将老虎形象定格为凶狠和剽悍。

老虎确实对人类造成了生命威胁。王充在《论衡·遭虎》中说：“虎时入邑，行于民间。”早在东汉时，老虎进到城市，危害乡里，并不少见。张籍有诗曰“南山北山树冥冥，猛虎白日绕林行”，那是让人极为惊惧的场景。北宋开封府也发生过猛虎食人事件。不过，对于老虎，古人似乎并未谈虎色变，更没有因为虎的存在而惶惶不可终日。

我们注意到，在旧时民间，老虎并不代表着凶残，相反，它还被认为是一种瑞兽。老百姓认为，老虎正义、勇猛、威严，可做人类的保护神。因此，太多与虎相关的民俗更是耐人寻味。过新年，民间不仅贴门神，还贴老虎，寄望以老虎来驱邪、镇宅、保平安。小孩子过年戴虎头帽，穿虎头鞋，以期吓退妖魔。端午节，家家户户又将艾虎悬挂于门庭，以此避邪祛秽。老虎形象普遍出现在建筑、美术与戏曲里，它凝聚着民间的审美。

早在春秋战国时期，瓦当上就曾出现奔虎或双虎嬉戏的纹饰，某些陶器上也有老虎的造型。商周青铜器上，老虎形象更为多样，虎口大张，或虎尾上卷。无论哪一种老虎，都以威风凛凛为美。因此，古人都以“虎将”“虎臣”“虎士”来比喻勇猛善战之将士。

老虎还代表着权力。自春秋时代起，帝王调兵遣将用的就是虎符。即以铜制虎符作为中央发给地方官或驻军首领的调兵凭证，其背面刻有铭文。虎符分为两半，右半存留朝廷，左半发给将帅或地方长官，专符专用，一地一符，调兵遣将时两半勘合，验真生效。

人和老虎之间的紧张关系，发生在近代。它伴随的是农耕文明向工业文明的社会转型。因为城市与人口规模急剧扩张，森林、草地等自然资源被不断侵蚀，人与老虎之间的生存矛盾才日益突出。

从人口角度看，从明清时代开始，人口增长速度急剧增加。人口剧增带来耕地开垦，草地与森林被成倍开采。如此一来，老虎赖以生存的自然生态环境被不断破坏，直至危及它们的生存。

气候变化也导致老虎数量锐减。明清时期经历了长达几百年的小冰期，出现大量大寒、大雪的极端天气。水灾、旱灾更是频发，这使得大量河流干涸，草地枯萎，其结果是食草动物大量死亡。

人口压力与自然灾害叠加到一起，致使老虎越来越难以找到食物。人与老虎的关系日益紧张，饿虎下山吃人的虎患尤为突出。正是在这样的背景下，五六十年代，人们开始大量捕杀老虎。前文所述的岳麓山上最后一只老虎，正是死在这样的背景下。

如今，老虎早已进入《国家重点保护野生动物名录》，捕杀老虎成为违法行为。《中华人民共和国野生动物保护法》明确规定，禁止违法猎捕野生动物，破坏野生动物栖息地。

岳麓山最后一只老虎，连接着近百年来，老虎与人类从对立走向保护的生态观念史。

三

老虎作为地球上古老的物种，从中国东北逐渐向亚洲其他地区繁衍扩张，先后发展出 9 个亚种，即华南虎、西伯利亚虎（东北虎）、孟加拉虎、印度支那虎（东南亚虎）、马来亚虎、苏门答腊虎、里海虎（新疆虎）、爪哇虎和巴厘虎。最近一百多年来，像里海虎等 3 个老虎亚种已宣布绝迹。

20 世纪 50 年代后，人们未再见到岳麓山老虎的身姿。有人可能不以为然，甚至还暗自庆幸：没有老虎的岳麓山才够安全。从人类中心主义看，虎患不可不除。但从生态文明的观点看，老虎的离场，并不简单等同于人类安全的降临。因为生态系统内，各种生命已然形成了相互制衡又相互成全的生命秩序。这种秩序的崩塌，意味着更隐性、更本质的不安全。

如果居于食物链顶端的老虎消失，食物链下端的食草动物皆因失去天敌而无节制繁殖，比如野猪、野鹿和野羊。食草动物无节制地生长所带来的后果是什么呢？是草地资源供不应求，水土因之大量流失。20 世纪 60 年代，新疆虎消失了。它所带来的绿洲破坏、尘沙暴等生态问题，早已鸣响过警钟。历史上，非洲撒哈拉也曾经是一片广袤绿洲，后来之所以成了一大片沙漠，很大程度上就是因为食草动物的过度繁殖。

老虎与生态之间的关系，体现着相生相克的传统智慧。食草动物是老虎的食物，它们的繁衍支撑着老虎的繁衍，此即生态系统的上行效应；与此同时，老虎捕食食草动物，控制了它们的规模、种群数量与繁衍速度，又构成生态系统的下行效应。如此，相生相克，彰显着自然天道。

生态系统中各生命之间的关系永远存在着你意想不到的联系。比方说，一只蝴蝶翅膀扇动所产生的气流看来极其微弱，但它可能导致一场飓风的产生。一句西谚道出了生态之间的整体关联：丢失一个钉子，坏了一只蹄铁；坏了一只蹄铁，折了一匹战马；折了一匹战马，伤了一位骑士；伤了一位骑士，输了一场战斗；输了一场战斗，亡了一个帝国……

世间生命存在，无不环环相扣。如果人为加以破坏，最终的惩罚一定回到人类自身。岳麓山最后一只老虎消失了，生态系统的铁律却永远存在。

四

一座山的自然生态，其实与文明演进的脚步相伴相随。

在没有枪的农耕时代，老虎也曾与人类和谐共处过，它也曾那么淡定，那么从容。

庐山东林寺前，有溪曰虎溪。东晋时候寺里住着高僧慧远。此僧交游甚广，与当时名士多有往来，不过他潜心佛法，给自己定了一个规矩："影不出山，迹不入俗，送客不过虎溪桥。"然而，有一回,陶渊明的造访却让慧远破了规矩。也许高僧与诗人心心相印吧，他们走着走着，忽而听到对岸虎啸风生。慧远抬头一看，才发现送客已越过了虎溪，二人相视一笑，方才执礼作别。很好奇，故事里的老虎一定常在溪边出没吧，要不此地何以叫虎溪呢？高僧、老虎比邻而居，又像心有灵犀，这是不是另一种生命的禅悟？

还有一个像虎溪这样的地名,总令人莫名神往。此地叫虎跳峡。虎跳峡，越想越觉得，这简直就是一首大美无言的诗。你想，金沙江畔的一只老虎，从险峻的峡谷纵身一跃，那一个金色影子，从晨风或夕阳里闪过，是不是洋溢着迷人的光泽？

虎跑泉又是另一种意境。据说此泉清澈而甘甜，它与龙井一起，被誉为"西湖双绝"。这里也有一个故事。相传唐元和十四年（819），高僧寰中得梦于此，梦见神仙说将遣老虎把南岳的童子泉移至此处。次日，寰中果然看到两只老虎在此刨地成穴，清泉从里面汩汩涌出。虎跑泉从此名扬天下。从虎溪、虎跳峡、虎跑泉的故事看，旧时的老虎似乎一直与人类和谐共生。它并不完全是凶猛的代名词。在节气感应中，老虎比人类更敏感。大雪节气有三候：一候鹖鴠不鸣，二候虎始交，三候荔挺出。就是说，每年大雪来临时，阴气达到极致，而阳气开始萌动。"虎始交"，就是说，阳气萌动时，老虎便开始求偶交配。

“独阳不成，孤阴不生”。没有阴阳，就没有生命，没有生命，哪有未来？老虎于大雪节气对阴阳的身体感应，何尝不是古老的生命观与自然观？

五

我们说“岳麓山最后一只老虎”时，不知道还有多少人会在意“最后”这个修饰词，会在这个词上稍作停留？“最后”意味着什么呢？是缅怀一段历史，还是宣告一个时代的终结？

对岳麓山来说，最后一只老虎没有含情脉脉的告别，更多却是“除恶务尽”的痛快，人类才像是自然界的终极王者。

记得今年暑假在兰州博物馆看到的黄河象化石。整个展厅就那么一具黄河象遗骸。象的牙齿长达十多米，当年那是怎样一个庞然大物啊！然而，在地球上，气候和生态产生巨变时，连黄河象都湮没在时间里，一只老虎又怎能幸免呢？想到这，心中竟生出莫名的悲悯。

岳麓山最后一只老虎终归变成了华南虎的标本。说起华南虎，便想起 20 世纪 70 年代初，诗人牛汉的《华南虎》。这首诗写在政治迷狂的年代，诗人渴望着挣脱精神的牢笼。他共情老虎的心声充满着惊心动魄的悲壮。

我看见铁笼里
灰灰的水泥墙壁上
有一道一道的血淋淋的沟壑
像闪电那般耀眼刺目！
我终于明白……

我羞愧地离开了动物园。
恍惚之中听见一声
石破天惊的咆哮，
有一个不羁的灵魂
掠过我的头顶
腾空而去，
我看见了火焰似的斑纹
和火焰似的眼睛，
还有巨大而破碎的
滴血的趾爪！

从生命追求自由的角度说，人和老虎又有什么不一样呢？自由者，自在。自在者，自由。唯其如此，我们才格外怀念一只老虎啸傲林泉，怀念一只老虎跃过溪涧，怀念一只老虎从容迈步麓山。

我想，最后一只老虎的“最后”是不是可以理解为岳麓山的古典之殇？

一眼万年

一

不知为什么，一眼就喜欢上这个句子：你好，岳麓山。

去年一个冬日，景区管理局党委书记邀我去岳麓山上喝茶，顺便讨论景区即将重磅推出的主题宣传片。宣传片原来的标题是什么，早忘了，印象中是很文艺的那种。看过片子之后，我建议，从传播角度看，主题宣传片的题目，不如就叫“你好，岳麓山”。

这并不是我的原创。第一次看到这个句子，还是在书记的文章里，当时的感觉是大俗大雅，亲切自然。宣传片最终采纳了我的建议，拍摄与制作都堪称精美。

我特别注意到片中一个闪过的镜头：在一派古木参天的光影、流泉飞瀑的声响中，忽而聚焦一只可爱的小松鼠，它突然立起身，举目凝视着远方，眼神格外清亮。

小松鼠那双眼睛深深触动了我。可爱的小松鼠，除了在心里轻轻唤一声“你好”之外，还能用什么样的语言去表达那泛起的怜爱与欢喜呢？那一刻，越发觉得“你好，岳麓山”的内涵，大道至简，却又妙不可言。

不要以为那只是拟人修辞格，在我看来，“你好”的问候里蕴含着众生平等的生态观，折射出现代人的文明观和审美观。不是吗？

当你向岳麓山道一声“你好”的时候，这座山只是峰峦、树木与石阶吗？只是书院、寺庙与道观吗？你所问候的分明就是有呼吸、有律动，与你有着情感连接的生命世界啊！

松鼠你好，小鸟你好，古树你好，花朵你好，朝霞你好，月亮你好，晚风你好，细雨你好……

“你好——你好——你好——”无数问候回响在岳麓山的每个角落，是不是觉得它像黄昏的灯火一样次第明亮起来？是不是能想象岳麓山绽开的微笑正如细叶与野花？岳麓山间的万物以“你好”相呼，以“你好”相应，它是不是也在传递善意与深情？

我见青山多妩媚，料青山见我应如是。

其实，岳麓山上的每一种生命，都会以自己独特的语言，道出他们心里的“你好”。“你好，岳麓山”的问询里，藏着万物并育的生命交响。

一只凝眸远望的松鼠，一只在疾风中迅速转向的小鸟，一株在晨光里刚刚醒来的古树，一朵盛开于山间的雏菊，或者一只匆忙的蚂蚁，一条警觉的蜥蜴，一只忽而升空的马蜂，一群翩然于水草间的五彩蝴蝶……它们都是问候他人的“你”，也是被人问候的“你”。

无数鲜为人知的小生命都在岳麓山互道“早安”和“晚安”。那是山中树木的沙沙声，是石上流泉的潺潺声，是天地赋予的“它视界”。

二

鸟的视界比人类更开阔，更辽远。

此刻，从湘江对岸飞来的白色鸟，是不是正在俯瞰山水洲城的千古形胜？是不是惊讶于岳麓山的春日葳蕤或秋水澄明？鸟飞鱼跃，从来是人类自由的梦想。有时候，不得不赞叹造物主的伟大。既然鸟以飞翔丈量世界，那它的身形不可能不轻盈；它御风而行的身影，不可能不是那美丽的流线。

“草枯鹰眼疾，雪尽马蹄轻。”小时候，在老屋门前那片灰色水田里，曾见过一只盘旋而下的巨大老鹰。它像从对面山头俯冲而来，以迅雷不及掩耳之势攫去了田间唧唧觅食的一只小鸡，然后旋风般振翅南飞。

儿时这一幕再也不曾重现过。很多年过去了，村庄里早已见不到鹰飞的影子，它们如尘烟一般，忽然隐入了历史。

湖南师范大学生物科学院的邓学建教授多年从事动物学研究。他说，20世纪50年代，他还目睹过岳麓山一带鹰击长空的壮观场面。那时候岳麓山还是一处老鹰的栖息地。毛泽东写在一百年前的《沁园春·长沙》，留住了他的青春，也留住了那些老鹰的影子。

今日岳麓山再也看不到鹰的影子，原因很多，但有一条或许你永远都想不到。老鹰的消失直接缘于松毛虫的出现。据邓教授回忆，上世纪五六十年代，全民被卷入“大炼钢铁”的迷狂之中。当时，岳麓山的树木，为炼钢而被肆意砍伐。岳麓山陷入痛苦的呻吟。当迷狂散去，岳麓山森林严重损毁，清醒过来的人们又在岳麓山补种大量马尾松。马尾松针其色常青，但松毛虫在这里泛滥成灾。为杀死树上的松毛虫，人们将农药与毒粉喷于马尾松上。

松毛虫被杀死了，新的灾难却又降临了。毒素悄然在食物链上传染开去。蛇和蜥蜴吃了中毒的松毛虫，老鹰又捕食了蛇和蜥蜴。老鹰体内的磷、钙代谢渐渐失调，它们产出的蛋，慢慢成了软蛋。你想啊，当老鹰失去了可孵化的蛋，他们也就失去了繁衍的可能，岳麓山的老鹰能不绝迹吗?

没有苍鹰的岳麓山，蓝天下从此少了一声充满力量的问候，来自老鹰的那声“你好”便成绝响。

三

岳麓山上的鸟类那么多，我能叫得出名字的却少得可怜。连名字都叫不出，又何以理解鸟的日常，听懂鸟的悲喜，聆听鸟的故事?

也许，在鸟类的眼里，我就是陌生的异类，意味着不可信任。很多时候，我只能静静地藏在某个角落，才可能与那些鸟的眼睛不期而遇。

我记得那只站在书院屋瓦上咕咕鸣叫的灰色斑鸠，偏着头，目光里满是娴静；那一对红嘴蓝鹊并肩于枝头光影里，它们彼此对视的瞬间，感觉多么甜蜜；枝丫上的那只棕背伯劳，上蹿下跳，眼里流露出一股凶猛好斗的狠劲；桃子湖的那些绿翅鸭，它们浮在水面上，目光那么安静。

每一只鸟都生来平等。世界不只有“其翼若垂天之云”的鲲鹏，也有每天于榆枋间跳跃的蜩和学鸠，就是那在蓬蒿间洋洋自得的斥燕，也有它的自在和欢愉。

同样的风物，动物所看见的世界或许与人大不相同。你看看那株古木，看看他那些苍老的树皮吧，深深浅浅的青苔在树的褶皱间蔓延，像一幅青绿版图。

你以为那不过是岁月的痕迹，然而，在一只蜗牛或一只蝉的眼里，那几乎是它们朝夕如斯的天地，或者说那就是它们心里的岳麓山。

一阵风吹过，一滴雨飘落，一束光打来，或一只蚂蚁造访，一只马蜂空袭，都可能是树皮世界里的惊天动地。岳麓山有多少双眼睛，就有多少个世界。

一眼万年，当目光与目光相遇。

四

在岳麓山，几乎任何一种小动物的眼睛，都可能提醒一种微妙的视听。林间突然伸长脖子凝望远处的小松鼠，眼睛从暗处发着绿光的山猫，步子突然加快的果子狸……无论它们看到了什么，还是听到了什么，小动物的视听永远与这片山林在一起，与被声光化电刺激的人类相比，与被数字淹没了体感的现代人相比，真不知谁更能与天地沟通啊！

在岳麓山，有多少被忽略的声音，就有多少值得提醒的问候。密林间传来的清晨歌声，山道上隐约的人语，一枚野果落到溪涧的清响，一线幽泉的细语呢喃，每一种声音都呼唤一双安静的耳朵。

在岳麓山，有多少被忽略的色彩，就有多少值得提醒的问候。我曾窥见过隐在密叶深处的小小鸟巢，看见鸟巢里那些玲珑而秀美的蛋，它们在绿树掩映下似乎泛着透明的光，那是我此生见过的最纯净的白色。我也曾端详过岳王亭前的雨中山茶，花瓣那么饱满，红色那么纯正。世间还有哪位画家可以画出那么天然的红？

我还曾立在树下听枝头黄腹山雀的歌唱。我凝望过小鸟腹部那一片毛茸茸。那照亮内心的一抹明黄啊，那么干净，又那么温存。

我曾在地上捡拾过古枫上落下的枫球，圆圆黑黑的一枚，黑色里还带着淡淡枫香。还有银杏上的金黄，落叶里的浅灰，石缝间的绿痕，红墙根的一芽新嫩……

你好，岳麓山。这里的耳朵和眼睛，这里的声音与色彩，它们存在，它们自足，它们呈现出天地造化的不可思议。

辑五

清欢有味

赫曦，赫曦

一

不要说泰山极顶，就是和南岳祝融峰相比，岳麓山也远远算不上观日的好去处。然而，在人们心里，这座山似乎总与那一轮朝暾连在一起。

南宋乾道三年（1167），八百多年前的深秋，麓山湘水，有着世外桃源的清幽。那时，每当太阳升起的时候，人们在岳麓山巅总能见到两个峨冠博带的身影。他们伫立高岩，凝视着喷薄的云天。

黎明与黑夜似乎经历了一场较量。观日者像等待新生命的诞生一样，等待着一轮红日从青色云层间跃出，再俯视对岸鳞次栉比的街市被云霞染红屋脊，山水洲城的画卷慢慢镀上闪光的金边。那两个观日者，正是令这座山焕发人文光华的朱熹和张栻。那时候他们都还年轻。

朱熹和张栻对岳麓山来说无疑是两个“带光”的星斗。

周敦颐开创宋代理学之后，程颢、程颐的学问辗转南传。朱、张思想都祖述“二程”。朱熹师承二程—杨时—罗从彦—李侗一脉，张栻则师承二程—谢良佐—胡安国—胡宏一脉。

同为理学传人，朱、张却对理、气、心、性等重要范畴有着不同的阐发，观念亦有分歧。朱熹坦言：“余早从延平李先生学，受《中庸》之书，求喜怒哀乐未发之旨未达，而先生没。”

困惑不解之际，朱熹于临安结识了张栻。那是隆兴元年（1163），两人第一次见面。翌年，他们再见于豫章。张栻向朱熹介绍其师胡宏的学问与思想。朱熹开始研习胡宏的《知言》，特别是对“性为未发，心为已发”等胡氏要旨涵泳再三，并不断地与张栻书信往返、辩论。应当说，朱熹来岳麓书院会讲之前，他与张栻早就是相知甚深的学术同道了。

“朱张会讲”像一束绚丽的亮光照进了岳麓山的莽苍。朱熹、张栻在岳麓书院围绕《中庸》之义，阐发幽微，语连日夜。岳麓书院“一时舆马之众，饮池水立涸”。自此“三湘学人，诵习成风，士皆有用世之志”。

朱熹在岳麓山流连长达两个多月，除会讲外，张栻陪着他在林泉间悠游，或饮酒品茗，或分韵赋诗，或同题连韵。这对好友于麓山湘水间绽放出生命的风雅。

那些日子，当山寺的钟声敲醒黎明，朱、张二位先生就已登上山顶，等候着太阳跃出远处的山岗。每当红日升起，朱熹都抑制不住内心的惊奇与欢喜。在麓山晨光里，37 岁的他忽而变成了一个率真的赤子。他对着湘水，对着城郭，对着天光云影，大声欢呼：赫曦，赫曦！那嘹亮的声音，久久在晨风里回荡。

赫曦，多么古雅的呼唤。赫者，显耀，盛大貌；曦者，朝阳也。赫曦烘托出蓬勃的生命气象，光明而温暖，灿烂又盛大。朱熹的“熹”乃晨光熹微之意，我暗忖，这不也是表达他对日出的天然喜爱?

人类走出野蛮，告别愚昧，累积文化。文字正是熹微一样的存在。可以说，人类文明史就是被智慧之光照耀的历史。只有与光同在的事业，方为名山事业。

岳麓书院的创建之于岳麓山，无异于一束光照进黑暗。我们从《赠了敬序》的文字里依然看得到最初的亮光。

念唐末五季，湖南偏僻，风化陵夷，习俗暴恶，思见儒者之道，乃割地建屋，以居士类，凡所营度，多出其手。时经籍缺少，又遣其徒市之京师而负以归。士得屋以居，得书以读。

两汉魏晋乃至隋唐，湖南一直是贬客之乡，化外蛮荒之地，未有多少人才。晚清经学家皮锡瑞曾说："湖南人物，罕见史传。三国时如蒋琬者亦止一二人。唐开科三百年，长沙刘蜕始举进士，时谓之破天荒。"或许你不会料到，最先将光明与火种带给岳麓山的就是智璿等大德高僧。如此慈悲，如此功德，后世怎么铭感都不过分。

光是自然存在，更是精神的存在。

朱熹当年惊呼"赫曦"之时，岳麓峰头的日出将他的心照得透亮。千年后他也像一道文化的辉光，洞穿了重重岁月。当年与朱熹同观日出的张栻，也对日光有一种特别的敬重。朱熹返闽之后，张栻便在岳麓山顶筑起一个观日的石台，名曰"赫曦台"。

据说清乾隆年间，曾有人在岳麓山挖出一块条石，石上勒有"赫曦台"三字，还是朱熹手笔。可惜此石当时未加保护，遂不知所终。

赫曦台不仅载于岳麓山志，而且见于诗咏和日记。朱熹在其《云谷山记》中有言："余名岳麓山顶曰赫曦。"《大清一统志》记载："朱子尝改岳麓山顶曰赫曦，亦以名台。"《长沙府岳麓志》云："台上悬崖有篆字数十，隐见不明，嘉靖戊子（1528）知府孙存建亭。"

明代吴道行在其《岳麓山水记》里写道："更历千余级，憩高明亭，古赫曦台基也。”旧高明亭即古赫曦台的位置。然而，今之赫曦台早已不在岳麓峰头，那是岳麓书院入门之后的一座戏台。书院内的赫曦台系青瓦顶，琉璃脊，前部单檐歇山，后部三间单层弓形硬山，挑檐卷棚。它矗立在岳麓书院进门两三米处，仿佛一个屏风，敛着千年庭院的文化气韵。

院内的赫曦台，始建于清乾隆五十一年（1786），主事者为当时的山长罗典。此台建成后，时人称之为前亭、前台，其意在于缅怀朱、张会讲之盛。道光元年，岳麓书院再次修葺，书院山长欧阳厚均将前台更名为赫曦台。

最初，书院内的赫曦台或许也可观日。毕竟，迟至晚清，岳麓书院一带还是崇冈复岭，整个河西还是炊烟袅袅的村庄。“清晨入古寺，初日照高林”，那时的赫曦台上，应可远眺“日出江花红胜火”的春日盛景。而今，赫曦台只是连廊转阁中的庭院一景，四周高楼望断，游人从台下走过，只能遥想朱熹的惊呼破空而来——赫曦，赫曦！

二

岳麓书院这座千年庭院之所以不只是一个文化的遗址，之所以还弥漫着青春气息，或许就与“赫曦”的精神气象紧密关联。

朝暾升起，弦歌不绝。赫曦台所昭示的，正是诗与思交融的盛大境界。朱、张是光耀岳麓的哲人，亦是光耀岳麓的诗人，他们都是真正的诗人哲学家。他们的哲学从来不只是概念与命题，而是山水化的哲思与诗情。朱、张当年悠游麓山林间之时，就像两位行吟诗人，刻在赫曦台的《登岳麓赫曦台联句》联韵，留下了他们山水哲学、诗化哲学的光辉印记。

泛舟长沙渚，振策湘山岑。
烟云渺变化，宇宙穷高深。
怀古壮士志，忧时君子心。
寄言尘中客，莽苍谁能寻？

联韵即两人同作一诗。非心意相通者，不可能做好联韵。赫曦联韵里，反映着朱、张的哲学观和宇宙观，而这一切又都付与麓山湘水风云。

“泛舟长沙渚，振策湘山岑”，长沙渚即橘子洲。那个秋天，朱、张泛一叶扁舟往返于湘江两岸，奔波于城南书院和岳麓书院之间。此句中，泛舟与振策，即传薪播火的生动写照，又让人想到江上明月和高冈红日，那是不同的人生况味吧？

张栻凝望远方，吟道：“烟云渺变化，宇宙穷高深。”众生万物，不都像那山头的烟云一样瞬息万变吗？

时间无始无终，谓之宇；空间无边无际，谓之宙。人心与道心浑然一体。诗歌和哲学彼此澄明。

这是哲学的诗，亦是诗的哲学。这是天道鉴出人心，亦是人心映出天道。烟云如宇宙，宇宙似烟云，一切形而上都显出它的高深。

“怀古壮士志，忧时君子心”，这里却不再是形而上的哲思，而是一种自强不息的人间情怀。当无数士子沉溺于文辞，以科场利禄为鹄的之时，张栻提出的“盖欲成就人才，以传道而济斯民也”，不正是“壮士志”与“君子心”吗？

传道济民，犹如照亮岳麓书院办学史的电光石火。回望历史，从书院走出的王船山、魏源、曾国藩、郭嵩焘、刘蓉、杨昌济、蔡锷、毛泽东等先贤俊杰，哪个不是心念社稷苍生、肩挑历史未来的壮士和君子？

白云苍狗，谁又不是红尘过客？“寄言尘中客，莽苍谁能寻？”道心惟危、人心惟危，于此莽苍之间，谁能经世致用？谁能起而行之？

道心与人心相契，怀古和忧时并举。赫曦是山巅太阳，更是心中光明。赫曦自历史深处照过来，它很早就出现在《离骚》里。“陟升皇之赫戏兮，忽临睨夫旧乡”，此处的“赫戏”即赫曦。几千年来，赫曦与屈子连在一起，与朱熹连在一起，与一切忧时伤世者连在一起，是光明对黑暗的驱赶。

晚年的朱熹，对屈子的“赫戏”感慨尤深。庆元元年（1195），权臣韩侂胄将道学定为“伪学”，追查所谓“伪党”59人，而朱熹被指为“伪党”之首。朱注的四书五经也被列为禁书。含冤蒙屈的朱熹在楚骚里寻求心灵的避难所。《楚辞集注》《楚辞辩证》《楚辞后语》成了晚年朱熹精神世界里的赫曦。

吾心光明，宇宙光明。历史如潇湘烟雨，微霭终遮不住太阳。

赫曦台西面木柱上悬挂着一副对联：合安利勉而为学，通天地人之谓才。此联由清代湖南布政使左辅撰写，当代书法家王超尘所书。上联出自《中庸》：“或生而知之，或学而知之，或困而知之，及其知之，一也。或安而行之，或利而行之，或勉强而行之，及其成功，一也。”安而行之，即心安理得去做。利而行之，即为了名利去做。勉强而行之，即勉勉强强去做。上联启迪学生要将安、利、勉三种境界融会贯通，方能取得成功。下联出自《周易·系辞》：“《易》之为书也，广大悉备。有天道焉，有人道焉，有地道焉，兼三才而两之，故六。六者非它也，三才之道也。”“六”即八卦中的六爻。下联是说，精通天、地、人的道理，才能成为真正的人才。

⊙ 岳麓山之晨

⊙ 岳麓山日出

三

岳麓书院讲堂，挂着一副长联。上联是：是非审之于己，毁誉听之于人，得失安之于数，陟岳麓峰头，朗月清风，太极悠然可会。下联为：君亲恩何以酬，民物命何以立，圣贤道何以传，登赫曦台上，衡云湘水，斯文定有攸归。

岳麓山风光万千，而赫曦台与朗月清风、衡云湘水并列。这对联里有儒者的修养、使命和担当，也有道者的自由、飘逸和达观。太极并非空玄，亦如朗月清风；斯文不是藻饰，就像衡云湘水。

忽而觉得，赫曦台才是岳麓山巅的光明之神。

古往今来，赫曦台从未丢失那一束光。1915 年，正在第一师范求学的毛润之带着他的同学好友罗章龙泅渡湘江，又在雪霁之后登临云麓，发怀古之幽情。当时，最令那两个青年感怀的，并不是云麓宫的春寒料峭，而是赫曦台的千古联韵。

共泛朱张渡，层冰涨橘汀。
鸟啼枫径寂，木落翠微冥。
攀险呼俦侣，盘空识健翎。
赫曦联韵在，千载德犹馨。

20 世纪 20 年代初，杨昌济先生受命创建湖南大学，毛泽东因此而有机会寓居岳麓书院半学斋。推开半学斋的窗，宾步程先生手书的“实事求是”赫然在目。实事求是的“是”，可理解为规律和真理。有趣的是，据《说文解字》：“是，直也。从日、正。”段玉裁注曰：“天下之物莫正于日。”可见，“是”的原初含义就是直向太阳走，指的就是光明大道。

中华人民共和国成立后，毛泽东作为伟大的缔造者之一，成了亿万人心里的“红太阳”。1955 年 6 月，他回湖南考察农村合作社情况，昔日好友周世钊陪他重游长沙岳麓山，并创作了一首《七律·从毛主席登岳麓山至云麓宫》,寄给毛泽东。1955 年 10 月 4 日，毛泽东回信,并附《和周世钊同志》一诗。这首诗也刻在赫曦台上。七十年过去，诗里的春光依然烂漫。

春江浩荡暂徘徊，又踏层峰望眼开。
风起绿洲吹浪去，雨从青野上山来。
尊前谈笑人依旧，域外鸡虫事可哀。
莫叹韶华容易逝，卅年仍到赫曦台。

两年后，毛泽东出访苏联。他在接见在苏的中国留学生时，说了那一段堪称家喻户晓的青春寄语：

世界是你们的，也是我们的，但是归根结底是你们的。你们青年人朝气蓬勃，正在兴旺时期，好像早晨八九点钟的太阳，希望寄托在你们身上。

你想，“早晨八九点的太阳”，不就是赫曦吗?

麓山风吹

一

风是自然界最捉摸不定的精灵。不知它从哪里来，也不知它去向了哪里。无远无近，无古无今。它拂过众生万物，却从不为谁停留。

林间露落，柳下风来，道者逍遥如此；风行草偃，风云激荡，儒者奋发亦如此。

在我心里，岳麓山的风，报告着整座山的四时与生态。它是山的语言，山的精神，山的流动和远方。

春天，你去岳麓山，风里弥漫着树木花草的气息，那种微微酝酿的感觉特别迷人。爱晚亭前一瀑迎春，麓山古寺一树山茶，千年书院一簇桃李，更有那不知名的野花，纷纷开在风的怀抱里。岳麓山所有的生命都苏醒了，萌动了。他们似乎都在风中发出“春”的古音。

如果此刻你立在风中，或许会有一种幻觉：青色勃发的力量，正从根须、茎叶到花朵，宛如电影特写一样，以那暖风的节奏，缓缓绽放，徐徐升腾。

吹面不寒杨柳风。你随意在岳麓山的道边石凳或林间木椅坐下，一山奇妙的芬芳就会向你袭来，它们和着风的步子，轻悄悄的。风像与你捉迷藏，时而浓，时而淡；时而近，时而远。说不出那些气味究竟来自哪一种花草，哪一株树木，或哪一片山坡，哪一条幽径。芬芳袭来时，每一株草木都笑而不语。别看那气息似乎微微的，却能洗却你整个冬天的烦庸，连五脏六腑都被它涤荡。

倘若夏天登岳麓山呢，可以坐在古树绿荫深处，或是竹林鸟语之中，抑或踞守翘角飞檐的某座山亭。风从湘江南面吹来，它将一山浓绿吹得啪啪作响。夏天的风也像春天一样，你不知它的凉爽到底来自白云之下，还是碧江之上，抑或是洞庭和大海。岳麓山摇曳着夏天的光影和声响，向古城长沙敞开它的隐天蔽日和林泉洞天。

到了酷暑季节，繁星满天的夜晚，最宜到岳麓山顶吹风。山顶的风，比林间更洒脱，更尽兴，仿佛充满召唤与奔赴。若是月亮高悬的时候，你可以避开一切喧哗，独自坐在吹香亭。仰头明月皎皎，低头君子前贤。荷风送香气，山影如梦幻。这时候，你才会领受到独处的妙处。

当然，风也并不是只有温柔。很多时候，风也极为情绪化，暴怒时的力量更是惊人。每当岳麓山上黑云压城、山雨欲来，山风就像神话里的巨手，它揪着峰头的树木，将它们摇得訇然作响，仿佛要将树木从坡峰谷底拔起。树木的披头散发就是风失去理性的样子。那是不是有异于风花雪月的粗粝之美？是不是野性、破坏与毁灭相交织的崇高美？

岳麓山的秋风以枫叶表达美，以所有的落叶表达山的动静。“秋风吹渭水，落叶满长安。”倘若贾岛所站的地方是我们的岳麓山，他会不会赞叹“秋风吹湘水，落叶满星城”呢？岳麓山的秋风在山光水色里发出金色回响。

那是古银叶油画般的纯净，是老桂花的沁人心脾，更是漫山枫叶的染霜如醉。这时节，秋水长天与层林尽染交相辉映，寒意虽入襟，春光依然烂漫。

岳麓山的冬天，不乏冷峻。冷风吹来，夕阳坠入林间。冬日风中，隐约带些腐叶的气息，偶尔也夹着梅花或忍冬的缕缕清香。我喜欢冬天煦暖的午后，独自走在小径落叶之上，或去林间感受松风的纤细与安静。

在我看来，冬日的岳麓山，每一棵树都是一个孤独的哲人。它们若有所思，却默默无语。

二

风在汉语里的构词能力极为活跃：从风味、风情到风俗、风神，从风雨、风云，到风雅、风骨……岳麓山风不只来自天地，也来自文化。

我吹过你吹过的风，这算不算相拥？我走过你走过的路，这算不算重逢？山风重构着岳麓山的时间，也重构着它的情感内蕴。胡适有诗云："山风吹乱了窗纸上的松痕，吹不散我心头的人影。"他说的是思念。山不动，风动。岳麓山屹立在湘水之滨，不知岁月经年。那如如不动的山峰，又何以去连接远方世界呢？

除了要感谢一碧湘江外，最要感谢那山上的风吹。风，让岳麓山呼吸吐纳；水，让岳麓山情系天下。

《论语》曰："君子之德风，小人之德草，草上之风必偃。"意思是君子德行如风，小人德行如草。君子以德化民，如风行草偃。大自然风行草偃的现象，化作了君子德政的人间大道。

当天地之风，转化为心灵之风，风气便注入了社会与精神的内涵，风的原初含义渐渐地走向了时代与历史。庄子《逍遥游》里那只南飞的大鹏，"水击三千里，抟扶摇而上者九万里"。李清照所描

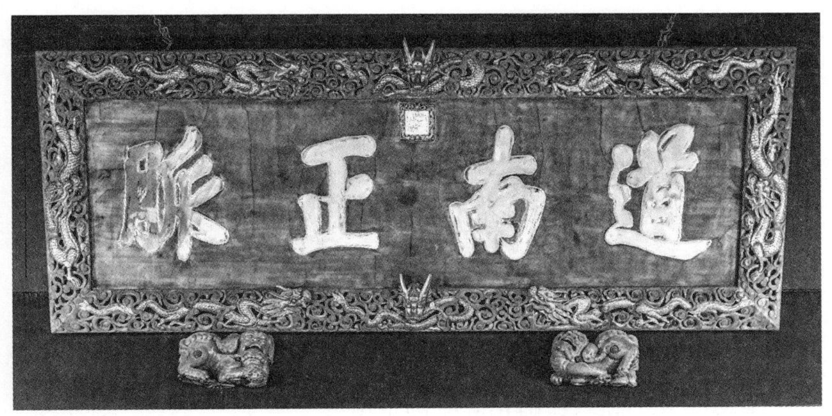

⊙ “道南正脉”匾

写的“九万里风鹏正举”也是庄子笔下那一只。不过，世间大鹏的存在都以风为前提。若没有大风鼓荡，“其翼若垂天之云”的大鹏，便无法振翅而图南。

一个时代的精神生态，集中表现为风气。风清气正，乃世人对公序良俗的审美期许。在岳麓山这里，风气还特指踔厉奋发和化民成俗的儒风。岳麓书院千年弦歌造就了“传道济民”的儒家风骨，亦涵养了“民胞物与”的大爱情怀。

岳麓山因教育之光而显扬天下。数千年来，人们早就认识到：凡未经启蒙之民，必狭隘而鄙俗、粗暴又凶恶。故《学记》云：“君子如欲化民成俗，其必由学乎！”中国民间也强调：“有书不读子孙愚。”如此看来，学以成人，堪称教育的天命。古往今来，若离开弦歌，又何来教化，个体如何建构生命的意义，社会又如何开启文明之生活？岳麓书院的存在，让岳麓山风不只是悠然林下，更惠泽苍生。

在天下士子汲汲科名之际，张栻曾指出："盖欲成就人才，以传道而济斯民也。"传道济民，意味着不空谈义理，不消极遁世，而是经邦济世，担当天下。从教学形式看，朱张会讲开创了中国书院教育的新风。

1167年，朱熹出于对胡宏的钦仰，不远万里来到岳麓山与张栻同台会讲《中庸》之旨，此举开了学术会讲之先河。一时间，岳麓书院"饮马池涸"。岳麓书院的学术会讲与传道济民之宗旨，共同开创了一种风气。正是这风气，擦亮了宋真宗御赐的题额，道出了"学达性天"和"道南正脉"的根由。

从唐末的"风化陵夷"，到千余年后的"儒风正盛"，岳麓书院最可贵的基因就是返本开新，就是"六经责我开生面"。岳麓山之所以生机勃发，就缘于岳麓书院永远吹着一股年轻的风啊！

三

什么样的风气，决定什么样的人格；什么样的人格，决定什么样的境界。每一个听风者，都具有超越时代的远见卓识，都看见世界潮流的浩浩荡荡。

此刻，格外想念岳麓士子魏源。当西方列强敲开了晚清帝国的大门，当朝野士大夫还远未冲出天朝中心的自我认知，当国人还在近代文明面前表现出极大的无知、愚昧乃至昏聩的时候，魏源率先发出了"师夷长技以制夷"的理性之声。人们第一次看到了他试图冲决昏聩的《海国图志》。魏源认为，洋人的暴行劣迹，并非咬牙切齿可击退，需要先"师之"后"制之"。如此以"一士之谔谔"，面对"千人之诺诺"，这不正是岳麓士子的人格风范吗？唯其如此，魏源才被誉为"睁眼看世界的第一人"。

同样想起开风气的岳麓士子郭嵩焘，想起他的“独醒之累”。这个深通洋务与外交，深刻理解西方政教与文明价值的人间清醒者，一生不能为昏朽的朝廷所接纳，以至于“一生襟抱未曾开”，甚至还不断被时人污名化。郭嵩焘作为从岳麓书院走出去的士子，最早看清了大洋彼岸，并从海风里捕捉到了现代文明的信息。

我有时会想，像魏源、郭嵩焘这样的近代历史人物，都曾沐浴过岳麓书院的风雨，这是偶然还是必然呢？寻根溯源，还是千百年来书院所具备的价值取向与思想格局所致。郭嵩焘在《岳麓书院碑记》中发出的疑问，让我们足以窥见这所学院的风骨：“尽天下之学一出于科举，其所谓书院者，亦以是为程，泛然不知圣人之教与其所以学者之为何事，是岂立学之本意然哉？”

四

岳麓书院内的时务轩，为纪念清末维新派创办的时务学堂而建。建筑并不高大，却气势非凡。时务轩大门两侧悬挂梁启超手书联语：胸蟠子美千间厦，气压元龙百尺楼。上联语出杜甫“安得广厦千万间，大庇天下寒士俱欢颜”，这正是当年时务诸生心忧天下之大情怀、大担当、大境界。下联典出《三国志·魏志·陈登传》，“气压元龙百尺楼”中的“元龙”即陈登之字。当年许汜于天下大乱之际还向陈登谈论“求田问舍”之道，遭到陈登鄙视，故有“气压”之说。如此雄浑之气，如此社稷担当，不正是传统士大夫引以为傲的精神取向吗？当年，长沙时务学堂的地址并不在岳麓书院。变法维新失败后，时务学堂停办，改求实书院。光绪二十八年（1902）改湖南大学堂，次年并入岳麓书院。如此一来，时务学堂与岳麓书院又有了交集。因此，很多次走过岳麓书院的时务轩，似乎还听得见历史深处的风雷滚滚。

晚清的版图那么大，维新运动的风暴中心却在湖湘。长沙，正是维新风暴的一个中心。当时，担任湖南巡抚的陈宝箴，深怀黍离之忧，积极推动新政。那时的湖南，哪里还是什么蛮夷之地？它在中国版图上最是闪闪发光。

光绪二十三年（1897）在谭嗣同等人的活动下，巡抚陈宝箴、学政江标、按察使黄遵宪上奏朝廷，于长沙小东街设立时务学堂。一月筹办，八月招生，十月正式开学。一切都雷厉风行。熊希龄为学堂总理（校长），梁启超为中文总教习。就在那年深秋，范源濂、方鼎英、杨树达、杨昌济、蔡锷等一批青年才俊纷纷从各地会聚省城长沙。蔡锷就是时务学子中年龄最小的一个。很多年后，从时务学堂走出去的一众青年，几乎全是时代大河里的中流砥柱。如范源濂曾做过民国教育总长，杨树达成了著名语言文字学家，杨昌济成为“欲栽大木柱长天”的教育家……

时代风起云涌，岳麓书院和时务学堂，都曾是湖湘士子心中的“浪遏飞舟”啊！

这样一想，岳麓山的风，何止吹绿了春天的草木啊！它以自己的洪荒之力，也将历史的书页吹得簌簌作响。

空山听雨

一

在都市人眼里，高楼大厦早已取代亭台楼阁，飞机高铁更是抛弃了羁旅孤舟，钟磬声缭绕的山中僧舍已在红尘槛外。倘从雨声里睡去或醒来，唯闻水泥地上冷硬的回响。

听雨，越来越成为一种奢侈。仿佛柔和、安静与舒缓纷纷离去，满世界就剩下马不停蹄。

然而，长沙人拥有雨声里静穆的岳麓山。

其实，哪里不可以听雨呢？只是在岳麓山听雨，自有一份寂寥，一份散淡，一份旷远。整座山的历史气韵，似乎都在雨声里弥漫开去。

今年春夏之交，长沙正值多雨之时。有一日，突然很想去山中听雨，想看一看雨幕中的岳麓山是不是又多了一种妩媚，雨声里是不是多了一些默然欢喜。

或许是读到前人夜宿麓山的诗句吧，最想去听雨的地方就是麓山古寺。然而，那里下午四点多便关了寺门，我怕自己受不了雨中古寺里的寂寞，最终还是改到与岳麓书院毗邻的集贤宾馆。

我去的时候，将近黄昏。天空阴阴的，淅淅沥沥的雨下了老半天。一个人坐在沙发上，看窗外灯光次第亮起。帘外雨丝如织，满耳清脆的声响令人心安。雨声仿佛天籁，岳麓亦可依偎。时光如那杏黄的光晕。雨中静听的时候，一些飘着雨意的诗句，似乎也如约而至。

“君问归期未有期，巴山夜雨涨秋池。何当共剪西窗烛，却话巴山夜雨时。”李商隐的雨声连接着天涯与山中，时间和空间；也连着过去与未来，离别和相思。人生就像巴山夜雨，如果内心是一个宇宙。

岳麓山并没有巴山的林壑纵深，岳麓山的雨也没有深山秋雨的滂沱恣肆。这里的雨，轻曼而婉转。“僵卧孤村不自哀，尚思为国戍轮台。夜阑卧听风吹雨，铁马冰河入梦来。”在陆游耳里，夜里风雨如铁马冰河，那么急促，那么猛烈。岳麓山的雨声，没有悲愤，没有杀伐，这里的雨声平和而淡远。

“衙斋卧听萧萧竹，疑是民间疾苦声。些小吾曹州县吏，一枝一叶总关情。”郑板桥的诗里，带着雨打竹叶的细切叮咛。然而，它又超越儿女私情，直指社稷关怀。这与传道济民的书院精神甚为契合。郑板桥与张栻前后也相距近千年。远远近近，岳麓山总有一脉相承的基因和心跳。

下雨天，读书天。自晋代以来，岳麓山就是读书的好地方，“息心之士多所萃焉”。不说陶侃曾在山上建杉庵苦读，不论马燧在山中建“道林精舍”，单是裴休、杜甫、沈传师、刘长卿等人，都曾在岳麓山中留下过读书的佳话。

空蒙而寂寥的岳麓烟雨，是否曾飘在他们的思绪里？他们是否也曾静卧青灯古佛的光影之下，谛听过雨打僧庐的禅意？漫山枝叶的萧萧声，是不是也曾牵动他们心中的千里江山和万家灯火？山中大雨过后的草木清香，是否还在他们的诗句里氤氲？

曾几何时，长沙河东与河西，没有一桥飞架，岳麓山只是长沙城隔江而望的青翠。彼时的岳麓山，恍如王维笔下的辋川："木末芙蓉花，山中发红萼。涧户寂无人，纷纷开且落。"那时，岳麓山除了书院，就是寺庙，所谓"邻居尽金碧，一一梵王家"。那时可不只有麓山古寺，山间到处梵音飘飘，道林寺、景德寺等大小寺庙星散山间。蒙蒙细雨里，满山都是那雨打僧舍的空寂啊！

山中树叶泛着微光，似乎把一山空寂也衬托得片片发亮。朝拜的目光渡湘江而西，它们是否也曾栖落于琉璃屋顶上的雨雾迷蒙？是否也曾凝神于雨中的翘角飞檐或白墙黑瓦？

阑珊灯火里，我伫立窗前听雨。斜斜的雨线在夜色里闪亮，它们落在草木的轻微声响里。

夜深了，雨声也渐渐大了起来。今夜什么都不做，只为雨声而来。我听见山风夹着雨声，由远而近地呼啸而来，又由近而远地奔赴而去。像是一曲雄浑的交响，更像那林海一涨一落的潮汐。子夜时分，窗外划过一道闪电，雷声似乎从湘江对岸传来。不知岳麓山是不是也在雨中变得金刚怒目？

这时候，山风呜咽着，摇撼着，漫山风雨似乎化成了万马千军。大雨倾盆，天地陷入混沌。

二

一夜醒来，窗外窸窸窣窣。时间似乎重新开始，雨声格外温柔、均匀、柔和、不动声色。凝神谛听，稀稀疏疏的雨点仿佛正在草木、瓦楞、山崖、巨石上呢喃。

雨终于停了，像约定好似的，一山鸟语此起彼伏地响遍山间。鸟的声音，似乎也被雨水洗过，比平时更清脆悦耳。鸟儿唱歌的时候，是不是刚被黎明的光叫醒？是不是母亲羽翼下钻出的雏鸟，正在雨后新枝上轻盈地跳荡？

迎着清晨的光亮，我朝鸟语中走去。远处的鸟声似乎来自雨云之外。鸟声高亢，熟悉而陌生。斑鸠也开始欢快地叫唤："咕——咕——咕咕——"那古老的调子，仿佛将岳麓山的晨光渐渐唱亮了，亮成青翠或淡蓝。

"山中一夜雨，树杪百重泉。"层层绿叶间闪着雨点的光，密林深处隐约传来溪水潺潺，却不曾看见溪石的影子。

湿漉漉的山径上，草木越发青翠逼人。远处山谷浮着薄薄的雾。雨中登岳麓，有着怎样的妙趣呢？

"试问西山雨，何如湘水春"，山雨何其明媚。"新晴宿潦净，群山政如洗"，山雨何其清亮。"空蒙殊可意，沙湿马蹄轻"，山雨多么惬意。"殿角一铃风自语，窗前万木雨初凉"，山雨又多么空幽。

晨昏午旦，岳麓山的雨声，漾开多么幽微的况味，多么复杂的人生啊！

三

风雨，亦如日月、天地、山川，它们都是自然天象。在中国文化里，看似客观的自然万象，总被赋予不同的情感意趣。因此，风雨又代指历史，代指岁月，代指人生的困厄与无常，正所谓"风声雨声读书声，声声入耳；家事国事天下事，事事关心"。

不是什么人都有闲去听雨，也不是什么人都能从雨声里听见生命和时代。

千百年来，最能与雨声共情的，或许还是宋代词人蒋捷。

少年听雨歌楼上，红烛昏罗帐。壮年听雨客舟中，江阔云低、断雁叫西风。

而今听雨僧庐下，鬓已星星也。悲欢离合总无情，一任阶前、点滴到天明。

少年歌楼上的轻狂，中岁客船里的离伤，晚境僧庐下的禅定。青春与迟暮，飘零与空寂，国恨与家仇，哪一种深沉与隐秘不可交给淅淅沥沥的雨声？烟雨楼台，江上孤舟，山间僧舍。人生行止，仿佛从来就不曾走出过一袭苍茫的风雨。

所有的故事，终归离不开冷暖或黑白。

四

雨生百谷。雨水之用，在滋养万物；而文字之用，在化成天下。

人类的教化之道，“春风化雨”一词可以道尽。自然与人文，从来就心心相印。想起蔡皋先生《一蔸雨水一蔸禾》里关于雨的妙喻。

有时雨是一沱沱地掉下来。灰色的水泥路接住它，却不留它，它们就去了沟里。

雨天里适合读书，适合写字。字也学了雨的样子，一沱沱地来，这本子就接住了它。留不留得住，那要看，明天的明天你会有本事请它们去养你种的几蔸禾。一蔸雨水养一蔸禾，这是老话。

读这段话，思绪顿时就回到了老屋，回到老屋门前的稻田。少年日日从田埂走过,无数次看过青禾上滚动的晶莹。没有哪一蔸禾,不曾在雨声里拔节、抽穗、扬花……每一蔸禾都以自己的方式迎接属于自己的雨水。

相对于故乡的雨水，岳麓山的雨中更听得见历史的交响。余光中先生曾在《听听那冷雨》里写道："整个中国、整部中国的历史无非是一张黑白片子，片头到片尾，一直是这样下着雨的。"

岳麓山的雨，何尝不是消散了声音，褪去了色彩，亦见证过无数兴衰的黑白片子？

苍山映雪

一

我去过遥远的漠河，去过北方大雪覆盖的白桦林。

风如刀割的极地严寒，令人炫目的雪地反光，林梢之上却是幽远的蓝天，它带给人美的震撼。满坡白桦树，每一株都掉光了叶子。它们笔直地挺立于天地之间。灰白树皮上，间或生着黑斑。

远远望去，白桦林的灰与雪地的白，似乎渲染着天地的寂寥。你不知道，那般灰白而空旷的世界，多么期待一道色彩的造访啊！

北方全然不像南方，积雪明明被阳光照着，却没有融化的任何迹象。

走在林间，白桦树长长的影子，像画在厚厚的雪地上。林中弥漫着呵气成冰的干冷，哪怕只掏出手机拍一张照片，手指都有点受不了。

那时候，我才格外想念南方的苍山映雪，想念雪天的岳麓山。

二

我总觉得，没有寒林掩映，城市的雪景更像高楼大厦间空洞的白色盆景，透着一鳞半爪的畸零。

从小，我就喜欢看雪天的屋顶。一夜醒来，推窗远望，天地一片白茫茫。屋顶上，铺着斜斜、方方的积雪，如同那厚厚的被褥。遗憾的是，那雪被太规整，太千篇一律了，就像是流水线上的产品。积雪也像楼房平顶一样，看不出任何个性，它们都被几何线条切割着。

去岳麓山看看，古建筑上的积雪却大不相同，它们随物赋形，各具情态，亦如粉装玉砌的艺术珍品。书院、寺庙、道宫、亭台、楼阁……岳麓山上似乎找不出相同的屋顶。积雪掩映着亭台轩榭，勾勒着檐牙高啄的传统神韵。

山间亭子，最是赏雪的佳处。

一夜风雪过后，爱晚亭仿佛换上了洁白的盛装。此时，所有的深红浅红，纷纷变成银装素裹。爱晚亭题额上的红底金字，在白雪辉映下，更加鲜明，更加灵动，像为这亭子画龙点睛。

雪天的岳王亭，翼然水上，凌空欲飞。琉璃黄顶，鲜艳红柱，曲折连廊，它们都在白雪烘托下，显出庄重与轻盈。山坡、树木、湖水，似乎都围绕这座亭子，在雪色中彼此呼应。

吹香亭，本是看荷的好去处，雪一下，这里又是一种情趣。伫立亭中，静对岳麓书院的院墙。你知道，黑色大门两边的“惟楚有材，于斯为盛”的对联此时正被雪光掩映，那么光洁如新，那么黑白分明。雪花轻轻落入千年院落，恍如纷纷扬扬的时间，落入一片无声的寂冷。

从翊武亭看雪，四周都晃着雪的光。积雪压弯了一些树枝，偶尔传来断木的清脆。这时山中的鸟儿，不知藏在哪里。

若在镜头下放大雪花，你又不得不惊叹造化的神力。每一片雪花都是美丽的六边形，它们从半空飘落的时候，永远那样从容。它们永远轻盈地起舞，斜斜地飘飞，就像一群快乐的精灵。

鲁迅先生说，北国的雪，就是死去的雨的精魂。岳麓山的雪，也是死去的江南雨吗？

三

苍山映雪，传递一份远古的风雅，莫名就想起了魏晋，想起谢安和他的家人们于窗前赏雪的雅兴。见过北方的雪，感觉它更适合“撒盐空中”的比喻。那雪确实如粉如沙。岳麓山的雪，却是“未若柳絮因风起”，它不只是轻盈、飘逸，更重要的是，岳麓雪花里藏着一团春意。“江南的雪，可是滋润美艳之至了；那是还在隐约着的青春的消息，是极壮健的处子的皮肤。”

大雪中的岳麓山，确实滋润美艳。你看，那落了叶子的枫树，高大而粗壮的枝丫，已被白雪覆盖成一线湿黑，干冷生硬中显出些许妙曼。

古樟撑开绿色巨伞，雪花落在那层层绿叶上，远看一树洁白，近看却还透着绿意。

坡上的树，谷底的树，有名字的树，没名字的树，全都顶着一髻白花。有些被大雪压弯，有些叶子上挂着长长的冰凌。

没有鸟雀的林间实在太安静了。一块雪从林梢轰然坠落，惊散了林中静谧。若在山径雪地上缓缓行走，咯吱咯吱的，像踩在清脆的节律之上。

雪天的林间色彩总带给你惊喜。有时候，一根藤蔓从高树下挂下来，琼枝里居然裹着几片红色的秋叶；有时候，早开的寒梅上，花骨朵里居然结着一层晶莹……

岳麓山的大雪里透着春到人间的消息。

此时的桃子湖一片空蒙，像是从冰清玉洁的诗境里穿越到了当下。湖畔杨柳，此时全变成了美丽的雪柳，长长的枝上结满闪亮的冰凌。雪花轻轻落在湖水里，生怕惊醒了半湖残荷的梦。

穿石坡湖的雪，有种古色古香的神韵。连廊、亭阁、栈道，它们都被积雪勾勒出沉潜飞动。水边的红杉，像穿着婚纱的新娘，清瘦的湖水映着它的倩影。

“日暮苍山远，天寒白屋贫。”苍山映雪的岳麓山，永远映着长沙城的灯火黄昏。

四

大雪天去岳麓山坐坐，又是一番情趣。这次我们从东门登山，一行人小心翼翼踩着木板梯级去到山间茶舍。

茶舍居高临下，对着半坡树木。透过玻璃往下俯瞰，眼前的冰雪简直让人惊呆了。连续几日的朔风吹彻，一山树木都裹在一片晶莹里。那不是一枝一叶的冰凌，漫山遍野全是雾凇。不分高低远近，每一根树枝都成了童话里的水晶。

整个山垭恍如槛外仙境。心里想着张岱的湖心亭，想起“雾凇沆砀，天与云、与山、与水，上下一白”的苍茫。此刻，岳麓山的雾凇，更多了一份山的绵延和苍远。

雪天的午后似乎很长很长，我们谈论着岳麓山的天地美学。一山雾凇，就这么凝望着玻璃后的我们。在它们眼里，整个岳麓山，或许就只有我们不是满山晶莹的一部分吧。下山的时候，一坡雾凇迅速退向景区摆渡车的车后，远处城市渐次亮起了灯火，另一侧山谷也绽放出一朵朵灯光，将雪色烘托出几分温存。

⊙ 麓山橘洲共雪

五

雪一下，岳麓山不见飞鸟，亦不闻溪声。积雪，白得那么天真而纯粹，一切似乎回归到简静。

想起无数下雪的曾经。所有关于麓山风雪的歌吟，都有那雪天里的干净。

“初雪洒来乔木暝，远禽飞过大江澄。”齐己从“万木冻欲折”的冰雪里听到了“孤根暖独回”的消息。“忽惊列岫晚来逼，朔雪洗尽烟岚昏。”在沈传师眼里，岳麓山恍如被朔雪洗尽，透着黄昏的凛寒。“苍山隐暮雪，白鸟没寒流。”刘长卿的苍山暮雪对着湘江上的白鸟寒流。“青莲绀宇凭何往，片雪红炉只自知。”胡寅自问，雪泥鸿爪，我心何往？知我者，唯此山中的小雪红炉。

“炉为窗明僧偶坐，松因雪折鸟惊啼。”窗下红炉那么明亮，松

⊙ 岳麓山初雪

上白雪那么明亮，雪折的声音那么清脆，只是那一声鸟啼，会惊醒山中的冷寂。

今天，岳麓山的雪，仿佛从历史的吟唱间抖落平仄的韵律，与山水洲城一样融入了年轻的网红文化潮流中。君不见，一夜大雪之后，岳麓山的雪景、雾凇就会在互联网上纷纷扬扬。

六

很多人并不太清楚，当年朱熹、张栻的深厚情谊，亦曾裹着岳麓山的梅花风雪。

那是 1167 年的秋天，枫叶正红。朱熹携弟子林用中、范伯崇，千里迢迢来到岳麓书院，与胡宏的大弟子张栻切磋学问。

那一年，朱、张并坐于岳麓书院的讲堂，他们就《中庸》阐释展开会讲。思想激荡，论述滔滔。四方学者闻风而来，“学徒千余，舆马之众，至饮池水立竭，一时有潇湘洙泗之目焉”。

朱熹一行在岳麓山悠游了两个多月，与张栻结下了深情厚谊。白天流连于山石林泉，晚上睡在一个房间，可谓“胜游朝挽袂，妙语夜连床”。

很快，冬天到了，朱熹即将与张栻作别。张栻想在朱熹离开岳麓之前，带他去南岳看看。因为张栻师从胡宏，人称五峰先生，胡宏曾在南岳讲学。

然而，岁末的天气忽而变得奇冷。张栻、朱熹、林用中三人携手同行，一路赋诗酬唱。“忆共朱夫子，登临冰雪中”“南山高不极，雪深路漫漫”正是当年同游的写照。千年之后，那一路冬雪，还在《南岳酬唱集》里纷纷飘洒。《七日发岳麓道中寻梅不获至十日遇雪作此》，是朱熹当时写下的诗句：

三日山行风绕林，天寒岁暮客愁深。

心期已误梅花笑，急雪无端更满襟。

年终岁末，朱熹的思乡之情自然深切。他并未停留于乡愁，踏雪寻梅的雅兴更令他流连。

张栻和道："眼看飞雪洒千林，更着寒溪水浅深。应有梅花连夜发，却烦诗句写愁襟。"寒雪，寒林，寒溪，梅花傲雪，愁襟何来？

林用中写的却是："昨日来时万里林，长江雪厚侵犹深。苍茫不见梅花意，重对晴天豁晚襟。"

我喜欢林诗里的开阔之境。他写的似乎不只是南岳，而是整个江南。千年风雪载途，人群中还有多少梅花雪地的背影？

朱、张的故乡，更像麓山白雪里的"梅花魂"。

七

人们似乎对暮雪情有独钟。

岑参说"纷纷暮雪下辕门，风掣红旗冻不翻"，祖咏说"林表明霁色，城中增暮寒"，白居易说"晚来天欲雪，能饮一杯无"。

岳麓山看得见最美的暮雪，那是橘子洲上的"江天暮雪"。

既然文学移情于物，每个人内心都有自己的江天暮雪。柳宗元的江天暮雪，就是他的《江雪》。不必问那是哪一条江，也不必问那是哪一场雪。每一片雪花，都曾是他片片飞舞的孤独。

千山鸟飞绝，万径人踪灭。

孤舟蓑笠翁，独钓寒江雪。

整个世界的繁华纷纷褪去，生命的孤独才会一片飞来一片寒。

橘子洲的江天暮雪，似乎没有那么孤独。因为此处的暮雪中，从来不缺梅花、柳树和苇叶。“一天无鸟影，两岸有梅花。”“野岸梅花寻已遍，寒江苇叶钓初停。”……

“天将暮，雪乱舞，半梅花半飘柳絮。江上晚来堪画处，钓鱼人一蓑归去。”马致远的江天暮雪里，不只是万里江天的乱舞，更有一蓑归去的平宁。

船山先生也曾赞叹过橘子洲的“江天暮雪”。“舞帘纤不知是雪，还是沙明波素？同云返映晶光凝，暝色遥笼烟树。”不知那“沙明波素”到底是江天暮雪，还是船山先生那天地可鉴的内心？

雪花从未老去。橘子洲早就没有了蓑笠，没有了渔舟，没有了钓叟。然而，江天暮雪，被赋予了现代审美。下雪的时候，无论你是站在橘子洲大桥南望，还是站在猴子石大桥上北眺；无论在杜甫江阁上凭栏，还是从岳麓峰巅俯瞰，橘子洲上的皑皑暮雪，永远那么明亮而苍茫。

那是辉映历史的明亮，也是连接世界的苍茫。

山月随人归

一

暮从碧山下，山月随人归。

春夜的月亮，最是迷人。整座岳麓山，弥漫着草木萌动的气息，弥漫着各种野花的芬芳。这时候，你独立于山巅某块巨石前。晚风吹动衣襟，半轮山月缓缓从云间露出脸来。看吧，湘江倒映着一江灯影，对岸却是一城繁华。春江花月，如同氤氲在梦里。你在月下，竟不知今夕何夕。

夏天的月亮，格外清爽。夜幕徐徐降临，岳麓山的月亮恍如刚出浴的少女，纯真，皎洁，清亮。它将夜空映成如洗的幽蓝，更将满天星光衬托得高远神秘。山高月小，清风徐来，一山树木在风里发出沙沙微响。远处的山影黑魆魆的，仿佛在夜色里微微晃动。

秋月更加素净，更加皎洁，更加清幽。那时候，夜气里渐渐多了虫鸣的寒意，多了空山落叶的微响。

岳麓山的冬夜，游人不多。冷月下听琴，却是另一种趣味。

去年岁末，冬夜的月光出奇地清亮。我们聚在岳麓山腰的一处小院，听一位女子轻抚古琴，那种高山流水的古音仿佛在心头颤动。

那原本是蔡锷墓庐，今已改成山间琴房。月亮升起于林梢之时，抚琴者着一袭长裙，端坐于古琴前。尘心洗却，浮华退去，铿然琴韵在茶香里幽幽浮动。手指从弦上拂过，亦如风行水上。那苍老的颤音，宛如从历史深处破空而来，飞过千江水月，骤然击中内心的柔软。整个人倏然就被琴音带走，飘然远举，如在冷冷月光下御风而行。

我曾看过电影《海上钢琴师》，钢琴奏响钢琴师一生的命运。而今夜的古琴全然不同。它似乎天生有种山林气质，一下就可以穿越至远古，在溪泉月色中，极尽情深意切。

实在描述不了古琴带来的感受。只觉得琴声里，时有“山月随人归”的亲切，时有“星垂平野阔”的深沉，时有“海上生明月”的浩瀚。高山流水，清泉石上，清溪细诉，万壑松风……

琴声悄然落下，山上更深露重。我们推开门，满院已是满月的清辉。廊下一派月色，我们与它隔一页木门，围炉煮茶。那一排小小的白瓷碗如圆月一般，摆在每个人面前，就像每个人那小小的素心啊！

二

我心里一直有种月亮情结。乡间夜晚总是漫长的。记得小时候父亲带我走山路的情景。穿过田间，月亮照着脚下的阡陌；走到河边,月亮又照着脚下的小桥。一路上,月亮总跟随着我们,那么明亮，又那么亲切。每次抬头的时候，月亮似乎一直等在那里，脉脉含情地望着我。

那时候，总以为，那一轮月亮，就停在后山，停在老屋上，它与我熟悉的山岗、田畴和小河在一起。

多年后，当我读到“露从今夜白，月是故乡明”的时候，我才明白，故乡的月亮本是天上的那一轮，只是我们那被月亮照亮的童年各不相同。

月亮那么古老，又那么年轻。它看尽人间悲喜，却依然像孩子一样纯真。

2023 年底，岳麓山红枫节在梅溪湖大剧院举行。一首《岳麓山的月亮》深深地打动了我。

你可曾见过岳麓山的模样
就在古老星城旁
湘江依偎
静静流淌
多少前尘往事
一路传唱
……
是谁在月光下深情弹唱
为人间美好热泪盈眶
是那山上的明月
映射出历史的沧桑
照亮了心中　心中的梦想

山月，洞穿时间的眼睛，无远弗届的光明。歌声中，我仿佛看见一轮圆月，正从黑瓦白墙的书院缓缓升起，它照着“岳麓书院”的匾额，也照着朱张渡的千年背影。

岳麓峰头，自有朗月清风。然而，没有那传道济民的先生与士子，斯文何以攸归？太极何时可会？王船山、陶澍、魏源、曾国藩、郭嵩焘、杨昌济、毛泽东、蔡和森……那一个个伟大的背影，都曾在岳麓山间凝望过那皎洁的月亮。为了人间美好,他们曾热泪盈眶,他们的泪光曾映着山上的月光。

三

没有人会在月光之外，就像没有人会在时间之外。

李白算得上最浪漫的月下诗仙吧。余光中先生说他“酒入豪肠，七分酿成了月光，余下的三分啸成剑气，绣口一吐就半个盛唐”。我曾想，半轮峨眉山月照着李白出蜀的时候，它不是也照着岳麓山巅吗？诗歌里的月亮和月亮下的诗歌，它们都在不同的时空凝聚为孤月一轮。

“又疑瑶台镜,飞在青云端。”蜀地山月何尝不是岳麓山月？“月下飞天镜，云生结海楼。”长江皓月，何尝不是湘江明月？“我寄愁心与明月，随风直到夜郎西。”夜郎明月，何尝不是天心明月？

人闲桂花落，夜静春山空。
月出惊山鸟，时鸣春涧中。

很多次从岳麓山下归来，心里一直默念着“夜静春山空”的句子。桂花飘落，明月惊心，山涧幽蓝，今天还有没有如此高雅的山月闲暇啊？我们越来越失去了看月的雅兴。汉字繁体的“闲”字，就是门中窥月。

可见，闲并不是无所事事，而是超越凡俗的精神明亮。当手机霸占人类视听，还有几多闲人呢？想起苏东坡的句子 :“何夜无月？何处无竹柏？但少闲人如吾两人者耳。”

幽人，永远只会从月下翩然而来。

缺月挂疏桐，漏断人初静。谁见幽人独往来，缥缈孤鸿影。
惊起却回头，有恨无人省。拣尽寒枝不肯栖，寂寞沙洲冷。

四

岳麓山上也一定不少月下幽人。“清晨向市烟含郭，寒夜归村月照溪。”月下走着的是唐代诗人韩偓。深夜归来，月光照着那淙淙的清溪，泛着幽冷的银光。“松风冷晴滩，竹路踏碎月。”那是夜宿麓山古寺的李群玉。明月清风，身心纯净。

一个叫李何炜的清代人，名不见经传，可他在《游岳麓寺记》中的一段文字却神秘而迷人。

弥嵩业浮屠而能为儒者言，与予辈登高而眺，倦游而坐，直至月出，重以茗饮。予与王子在简不能断酒，因携与俱，弥嵩亦无忤也。语次，偶征梦事，各述旧闻。忽有蝶集于席上，两翅文成五彩，与皓魄相为映照，良久，始栩栩去。昔支公善解庄子，岂其神化为之乎？

麓山月色下，那到底是一只蝶，还是一缕月光下的精魂？真不知是庄周化蝶，还是蝶化庄周？唯有澄澈的岳麓山，才拥有如此洁白的灵魂。

五

岳麓山的月亮，是山月，亦有江月。张若虚的《春江花月夜》，常让我情不自禁地想起湘江花月夜。

江畔何人初见月，江月何年初照人？
人生代代无穷已，江月年年只相似。

何谓“人之初”？何谓“创世之初”？如此追问，与岳麓山甚为契合。当年，泛舟赤壁的东坡先生说：“惟江上之清风，与山间之明月，耳得之而为声，目遇之而成色，取之无禁，用之不竭，是造物者之无尽藏也，而吾与子之所共适。”

生命，永远充满有限与永恒的冲突。因此，我们总对永恒的事物羡慕不已。“哀吾生之须臾，羡长江之无穷。挟飞仙以遨游，抱明月而长终。”

清风明月固然指存在的无尽，但真正无尽的，并不是它们的存在，而是它们的价值。生命只有将有限寓于无限，个体价值才能融入人类生生不息的永恒。

曲径通幽

一

岳麓山成了网红，却越来越像一串文化符号。

人们津津乐道的，无非儒释道三教共存，岳麓书院人才蔚起，麓山古寺长着晋代古松,云麓宫登高远眺,禹王碑笼着遥远传说……岳麓山像一个话题，一个概念，甚至像一组标签。

就在岳麓山不断被抽象化、符号化的同时，人们似乎并不为山而来，而是为了网红地打卡。这样的岳麓山还是你心中的那座山吗?

我常想，岳麓山作为一座山，会不会因此而失去山径上丰富而细微的生命发现呢?

二

自岳王亭登岳麓山，可谓曲径通幽。

我喜欢从此上山。从山脚往上看，一条石径窄而陡，终年湿漉漉的，空气里弥漫着腐叶的气息。

相对于岳麓书院、爱晚亭，赫石坡一带有着离群索居般的静。我喜欢这种寂静，尤其是春天。

一个人钻进密林深处，仰头便是枝柯交错的世界，或绿色长廊，或高远穹顶。阳光自绿叶间洒下来，脚下闪烁着明亮的光影。透过枝叶看天空，那种逆光里的绿色简直就像童话一样飘忽，如梦如幻。

一切生命都在暖风中舒展，山林充盈着新生的力量。沿着石径走向林深，你会发现某一个密林间的鸟窝，或者遇到一只灰色斑鸠衔着一截蚯蚓翩然归来，或者会看到一窝幼崽张着黄喙大口，正在窝窠里嗷嗷待哺……

远处高枝上，一个刚刚学飞的山莺，似乎飞累了，正立在一条新枝上，出神地看着远方，那里有一丛闪闪发光的嫩叶。山莺的安静就像树木；山莺的欢喜，亦如阳光。

我真的无法用语言去描述那春日山林的气息。那气息似乎来自酣梦初醒，像酒一样微微酝酿，又像欲望一般蠢蠢萌动。所有的山林气息都在提醒：岳麓山的春天，如此蓬勃，如此年轻。

返景入深林，复照青苔上。一个人在那长着青苔的岩石上坐下来，一缕阳光正好斜斜地射在身边。深深吸一口干净空气，好像脏腑都变成像蓝天一样纯净。

我细细打量山中每一种生命，想着它们的生死命运。庄子说，生命就是一种气，气聚则生，气散则死。岳麓山春日山林之气到底来自哪里呢？是微微润湿的大地，还是悄悄泛绿的树冠，抑或霏霏细雨？春天的山林之气，如此芬芳迷人，就像少年与青春。迎春的灿烂，山茶的热烈，杜鹃和栀子的清雅，各种气息汇到一起，就像岳麓山的深呼吸，像春日盛典中的吐故纳新。

我想象着古树里无数欢快的细胞和纤维，想象着风里传送着紫色藤蔓或杜鹃花蕊的消息。在岳麓山，草木之气汇成了春日澎湃的溪流，就像血脉一样连着美与感动。时间默然流淌，芬芳留住永恒。

偶然去山径散步的时候，我习惯带一本书。此刻，手头正在读的是美国自然文学作家缪尔的《夏日走过山间》。时间相距百年，空间又是不同半球，那来自山间的文字却在大自然的怀抱里声息相通。你分不出那究竟是遥远的彼岸，还是脚下的山林。

我们已经身在山间，大山的气息也充满了我们的每一个毛孔，让我们心神悸动。我们的血肉躯壳在四周的美景中就像透明的一样，完全融入周遭环境，与山间的空气、树木、溪流、岩石一起，在阳光的照射下颤抖。我们已然成为大自然的一部分，非老非少，非疾病非健康，确是不变的永恒。在这一瞬间，我仿佛跟脚下的大地、头顶的天空一样，已经脱离了依靠食物、空气才能存活的肉身。

三

愈是打开每一种感官，愈是惊叹造化的奇妙。

我常欣喜于山径上偶遇的花草。山间野花随意生在溪涧、林下、道旁，像自然之手的随意抛撒。那色彩搭配，那构图，那么妙手偶得，不知哪一个人间画匠可望其项背？

一种草，一种花，一条幽径，众生存在，才打开不同的美的历程。美的法则有哪些？有人说美是均衡，有人说美是对称，有人说美是和谐。每一种美的法度，都能在花草小径上找到万千验证。

你看那一片蓬松、暗绿的芒萁，那不是美的范本吗？它的叶子呈细密的齿状，一片叶子仿佛一支放大的鹅毛笔，在风中摇曳。恩格斯说，人是按照美的规律创造出来的。何止是人啊，一片叶子也在遵循着美的规律。

山径上的草也很漂亮。我遇到过挤挤挨挨的野艾蒿，遇到过《诗经》里的车前草，遇到过一线油绿的马蹄金。很多草都有故事，连着远去的童年与故乡。益母草、紫云英、山坡上的鸢尾花、后院里的芭蕉、红墙上的凌霄花，还有篱笆上白色或蓝色的牵牛花……越是凝望它们的模样、它们的色彩与姿态，越是感慨每一种生命都无可替代。

你看，那一株风中的狗尾草，它的美真是恰到好处。你想，那草茎若是太软，可能因狂风暴雨而倒地；若是太硬，它的身姿又怎么显出风中的妙曼？即便是那柔顺而低垂的穗子，那是何等完美无缺的弯度啊！

在花草那里，你会懂得各美其美、各美其时的道理。水边木芙蓉，安安静静，不忧不喜；墙边绿芭蕉，沉着大气而又从容自在；山坡上的茶花，热烈而不失清新；青石上的蔷薇，开出深红浅红；远处栀子花唱着白色的歌谣；绣球花开出平凡中的素雅。有时会遇到萱草，怎么看都觉得它的花瓣里藏着母亲的微笑；至于金盏菊，它似乎总不忘提醒你时间的匆忙。

蝴蝶、蜻蜓以及不知名的飞虫，它们始终在花朵间流连。也许它们的生命并不长。可它们那么单纯，那么自得，那么轻盈。这些小小的生命，谁又真正关心过它们的生死？谁会关心它们如何与山间的风雨雷电搏击，它们怎么在这山间幸福地度过一生？

没有哪一株草，哪一朵花，哪一只昆虫不是由岳麓山孕育，不是在岳麓山死去和轮回。它们不曾想过离开这座山，这座山就是它们的家园，也是它们的世界。

一条山径就像一条岳麓山的经络，山路上的花草昆虫，亦如岳麓山的呼吸和心跳。

四

雨一下，每一条山路又是不同的风景。

春雨迷蒙，绿树笼着青烟，山路像一条湿漉漉的线索，在故事里蜿蜒；夏雨爽利，它啪啪敲打山径的石阶，雨水如箭镞般射向地面，溅起白雾，整个山都陷入哗哗的声响之中。

若是狂风暴雨，每一条山路似乎都是恐怖谷。有一回，我正走在山上，云忽然昏暗下来，山里狂风大作。一时间枝丫狂舞，像着了魔一般，叮叮当当，带着金属的声响。雨中树木披头散发，不知是在跟命运搏击，还是在向天地祈祷？

高山多白云。岳麓山并不高,却常有“缥缈白云封”的古典意境。岳麓山的云从来就是一道独特的风景。在麓山寺，在云麓宫，在响鼓岭，山上的云，或像雪峰耸立，或像野马受惊，或如羊群温驯，或如玉宇琼楼。云的变化，亦如草木生长，它们在风里醒来，在阳光下盛开，又悄无声息地消逝……

凝望云朵，就像俯看花朵。如果你足够耐心，黎明时，你可能遇见远处浮起的美丽紫色。黄昏时，你可能邂逅夕阳，像一个巨大的气球正从林间落下。一束炫光从云后射过来，云朵似乎镀上了一层银边。

山间看不到云的时候，天空仿佛巨大的花萼。那种纯净天蓝令人俗念顿消。你甚至想融进那样的色彩，化为无痕。

但我更喜欢雨后的岳麓山。阳光下，树叶上闪着无数水滴，仿佛银河里坠落的星星。那么多雨滴，都是山中不死的精灵吧？它们从云间到大地，永远生生不息。

这时候，山径上的石头上泛着微微的光泽，似乎有种肌肤的质感。

五

越幽僻的石径，越充满人迹罕至的惊喜。脚步放慢的时候，每一条路都有你想象不到的自然之趣。

坐在清风峡边的岩石上小憩时，我喜欢看夏日的阳光将影子印在石板上，深深浅浅，虚虚实实，像梦里的光影画。

我曾凝视树荫下的蚂蚁。它们不知从哪里来,也不知到哪里去，常于枯叶、石头、草丛间出没。有时候，蚂蚁脚步忽而放慢，仿佛遇到某种抉择，停下思索一阵，忽然掉过头，迎着一缕夕阳，朝着蜻蜓飞来的方向，匆匆融进夕阳的余晖……

我曾端详过蚱蜢起落的轨迹，那么优美的弧线，简直是上天的杰作；我曾惊叹过清溪边蝴蝶的舞蹈，那么优雅轻盈，哪个舞者能及它的万一？

蜥蜴偶尔也会从某一处灌木或草丛间钻到山路上来。本地人把这种长了四个脚的爬行动物称作四脚蛇。其实，这种小动物根本不是蛇，它极善良，并不会给人以任何伤害。它从石阶滑过的时候，动作那么敏捷，而小眼睛里的光，又是那么柔顺。它皮肤的颜色，有时浅绿，有时银灰，背上还有一线美丽的火焰蓝……

六

从哪条路上山，取决于你的选择。选择大道还是小径，就像选择共性还是个性，选择确定还是不确定。

很多次走在岳麓山道上，我都情不自禁想起弗罗斯特的《未选择的路》。

黄色的树林里分出两条路，

可惜我不能同时去涉足。
我在那路口久久伫立，
我向着一条路极目望去，
直到它消失在丛林深处。

但我却选了另外一条路，
它荒草萋萋，十分幽寂，
显得更诱人，更美丽；
虽然在这条小路上，
都很少留下旅人的足迹。

虽然那天清晨落叶满地，
两条路都未经脚印污染。
呵，留下一条路等改日再见！
但我知道路径延绵无尽头，
恐怕我难以再回返。

也许多少年后在某个地方，
我将轻声叹息将往事回顾：
一片树林里分出两条路——
而我选择了人迹更少的一条，
从此决定了我一生的道路。

世间没有两片完全相同的树叶，人不能两次踏进同一条河流。岳麓山间，每一条小径都让你回到独一无二的自己。

在我心里，岳麓山上的柏油路与石径，仿佛成了现代与古典的两种隐喻。柏油路，彰显出风驰电掣的现代性；崎岖幽径，则更具岳麓山的自然肌理，坐柏油路上的景区游览车固然能够快速登顶，但只求速度的登顶，终归无法融进自我的生命。

当年那隐居在岳麓古寺的高僧，那悠游于林泉的高士，那从千年书院进出的青年士子，他们的串串足迹都曾印在山中的幽幽小径上啊！

为君亲烹岳麓茶

一

一直有一片小小茶园，在记忆里泛着暗绿的光。

说是茶园，其实是一个小山包，掩映于参天古樟之后。那些茶树并不高，却成行成垄，一梯一梯地弯在山坡上，像卷起的绿色书册。

那里叫云弯，却从未见过云遮雾罩，而是明亮的一个山垭。春天去茶园采茶，最让乡下孩子神往。采茶是孩子的劳动课。每逢采茶的季节，孩子和香樟树上的喜鹊一样兴奋，吱吱喳喳叫个不停。不知那到底是喜鹊的天堂，还是我们的课堂？

从儿时起，我就喜爱茶树上生出的细嫩绿叶，喜欢那淡远的草木味道。年岁渐长，也渐渐明白：茶是如此寻常，又如此特别，它是如此生活，却又如此艺术。

草木世界里，还有谁拥有如此特殊的地位？茶，就是中国文化的一部分。不是吗？人不分男女，地不分南北，中国人见面最基本的礼节几乎就是递一杯茶。茶礼，亦如古人的打躬作揖、现代人的握手拥抱一样，再自然不过。在寻常百姓那里，饮茶犹如吃饭。

崇尚生活素简，人们就说粗茶淡饭；若是心事重重，就形容他茶饭不思。乡下老人家寒暄挺有意思，他们不问家里几口人，而问：

家里几个人吃茶饭？

茶寿和米寿皆为长寿的代称。“米”的字形可拆分为“八十八”，故米寿指 88 岁。“茶”字的下半部分也能拆出“八十八”，上面草字头是二十，故茶寿指 108 岁。20 世纪 80 年代初，哲学家冯友兰曾在金岳霖先生 88 岁时赠以寿联，其中有云：何止于米，相期以茶。如此妙联，一度传为佳话。

去年深冬，和朋友去了岳麓山上的一间茶楼。那楼崛起于崖壁边上，屋子四面皆为玻璃墙。入其室，触目便是满坡茶园，随那丘壑起伏，直铺向远处。

我们在午后的阳光里坐下来，就像坐在巨大的青绿山水中。阳光从南面玻璃墙外射过来，柔和地落在又长又宽的木质茶桌上，白瓷细杯里的茶水泛着迷人的琥珀微光。

室内萦绕着若有若无的琴音，高山流水的调子，悠远得像从远古飘来。

低头喝一口茶，香醇满口；抬头看一眼山，茶园泛绿。茶室内外的世界，连接着茶的前世今生。

眼前的茶园比故乡大多了，故乡茶园边有古老的香樟守护，岳麓山的茶树却生在那一片桂花、枫香与梅花树下。《茶经》说：“茶性易染。”岳麓山的茶树与梅花间种，不知每年从这里采摘的麓山茶，是不是染着梅花的清香？是不是染着那些古枫的霜醉，或是桂花的馥郁？是否也染着树叶间细碎的阳光，或晨昏里清脆的鸟鸣？

山坡上叫不出名字的树木很多，唯有茶树却是儿时相识。看到茶园，自然就想起童年与故乡，想起村庄，想起采茶女艳丽的纱巾、清亮的采茶歌……

此刻，窗外那一片沉静的茶园，像是这山垭的语言，诉说着千百年来岳麓山种茶、制茶和饮茶的悠悠往事。

二

最先为岳麓山带来茶籽的，乃麓山寺的僧人。不知何年何月，一些身着袈裟的高僧自安化归来，他们的褡裢里揣着黑黝黝的茶籽。僧人将茶籽种在寺庙之外。

到了谷雨时节，种下的茶籽长出幼苗，渐渐泛着油油绿光，长成一棵棵茶树。

茶树上的嫩叶新芽，又软又新，就像麓山僧人的慈悲。

当年僧侣们采茶时，摘下的是一芽二叶。那些茶状如青色旗枪，制作出来的麓山茶叶则深绿细滑，清香持久。当时，麓山茶主要用于山僧礼佛或待客。

岳麓山种茶与饮茶的历史，兴于唐而盛于宋，几乎与中国茶史同步。

晚唐诗僧齐己最爱饮茶。他曾在岳麓山道林寺隐修十年。齐己以诗句记录了一千多年前的岳麓山，记录了采茶、摊青、杀青、二揉、三烘的麓山茶艺。

枪旗冉冉绿丛园，谷雨初晴叫杜鹃。
摘带岳华蒸晓露，碾和松粉煮春泉。
高人梦惜藏岩里，白硾封题寄火前。
应念苦吟耽睡起，不堪无过夕阳天。

在佛堂僧舍，在白鹤泉边，在赫曦台上，岳麓茶的清香氤氲于梵音、钟磬与香火之间。条索紧结、卷曲多毫、深绿细润的麓山茶，不知为多少僧人困倦的午后或寒夜带去清明。

在唐代，岳麓茶就已是名茶。那时候，张谓是潭州刺史。当年，他在道林寺送别友人莫侍御，喝的正是麓山茶。山中无酒肉，亦无笙歌，唯有一桌山蔬、一杯清茶。

诗人写道："饮茶胜饮酒，聊以送将归。"张刺史没说"寒夜客来茶当酒"，而说"饮茶胜饮酒"。在他心里，岳麓茶更令人沉醉，也更具幽人风致。

"山行马拂湘川石，寺宿僧供岳麓茶。"宋代王禹偁曾夜宿于此，万籁俱寂之中，陪伴他的就是一杯红尘之外的麓山茶。

麓山茶由此闻于士林。"辛勤旋觅新钻火，为我亲烹岳麓茶。"作此诗的魏野也是宋代人。那时的岳麓茶，是天下共知的名茶，就像今天的龙井、普洱、铁观音一样。

岳麓茶的奇妙，或许并不限于茶，它与整个岳麓山连在一起。当烘干的茶叶与煮沸的山泉相遇，一杯岳麓茶就会还原整个岳麓山的春意，连同远山近水、朝晖夕阴，甚至让人想起山间催春的杜鹃，想起灰色的鹧鸪。

岳麓山的饮茶之风，并非止于僧侣，云麓宫里的道士们也乐于此道。"香爇何年柏，芽煎未社茶。道人三四辈，相对诵南华。"未社茶，即春雨霏霏里又新又软的麓山新茶。此诗出自翁卷之手，就是那个写下"绿遍山原白满川，子规声里雨如烟"的诗人。

千百年之后，"汲峰顶之泉，试壑源茶"的僧侣们无不隐入历史的尘烟，唯有岳麓茶的清香还一如唐宋。

三

"茶者，南方之嘉木也，一尺、二尺乃至数十尺，其巴山峡川有两人合抱者。"在陆羽的《茶经》里，茶树高大繁茂，就像岳麓山上的古樟或古枫。

岳麓山茶树多为低矮绿茶。相形之下，岳麓茶更多一份清丽秀美，宛如江南女子一般，带着“山有木兮木有枝，心悦君兮君不知”的温柔欢喜。

茶非苦非甜，不执一端。茶的味道，就像生活本身。从哲学上看，它所指向的恰是中国文化崇尚中庸的本质。茶，没有酒的刺激，没有花的浓艳，更没有罂粟的诱惑。茶是生活的艺术化，也是艺术的生活化。

据《茶经》所说，茶的叫法有五种：“一曰茶，二曰槚，三曰蔎，四曰茗，五曰荈。”中国茶文学之滥觞不是茶赋，而是西晋杜育所作的《荈赋》：

厥生荈草，弥谷被岗。承丰壤之滋润，受甘露之霄降。……水则岷方之注，挹彼清流；器泽陶简，出自东隅；酌之以匏，取式公刘。惟兹初成，沫沉华浮。焕如积雪，晔若春敷。

若乃淳染真辰，色殨青霜，□□□□，白黄若虚。调神和内，倦解慵除。

一片小小树叶，竟饮风露，融水火，见浮沉，历沸止，抵身心。看似截然对立，却又和谐统一。相反相成的中国哲学旨趣，分明就映照在一杯清茶里。

“一杯为品，二杯即是解渴的蠢物，三杯便是饮牛饮骡了。”饮茶就是生活的审美，就是文化的滋养。品茶的灵魂就在一个“品”字，由品茶、品水、品气，到品境与品心。

小住为佳，且吃了赵州茶去；

曰归可缓，试同歌陌上花来。

在赵州和尚那里，智慧之开示不离饮茶日常。懂得饮茶真谛的人，此生且行且歌。

四

说起龙井，就想起杭州西湖；说起岩茶，就想起福建武夷山；说起云雾茶，就想起江西庐山；说起碧螺春，就想起太湖洞庭山；说起君山银针，就想起洞庭君山……至于六安片茶、祁门红茶、信阳毛尖、太平猴魁，哪一种茶不与独特的山水形胜、气温降水、日照霜露在一起?

一种茶，就是一种生态。

世间好茶从不孤立，它们与山水、土壤、温度、降水、人文不可分离。茶就像人的生命一样，不可复制。因此，口里喝的是茶叶，心头荡漾的却是湖光山色，升腾的却是云雾飘飘……

好茶必然离不开好水。何为好水呢？山水为上，江水为中，井水为下。《红楼梦》有一回的回目是“贾宝玉品茶栊翠庵，刘姥姥醉卧怡红院”。妙玉当时所用的沏茶之水极其讲究，是旧年梅花上积雪的融水。或许，白雪红梅，才是妙玉心中的清高吧。

张大复在《梅花草堂笔谈》里说：“茶性必发于水，八分之茶，遇十分之水，茶亦十分矣；八分之水，试十分之茶，茶只八分耳。”

张又新在《煎茶水记》里提供了天下好水的总排名：庐山康王谷水帘水第一，无锡县惠山寺石泉水第二，蕲州兰溪石下水第三……就这样，他甚至将前二十名都排出来了。可以想象，那一份排名的得来，意味着多少跋山涉水，多少晓行夜宿的寻访啊！

每一处泉水，都意味着一处好山水，一种好生态。

对岳麓山来说，白鹤泉的泉水不只是清冽，不只是甘甜，它终年泛着神光。

以白鹤泉水煮茶，水底会出现一只小白鹤的影子，不知那是真实还是幻觉？但张栻的诗里记下了那奇妙的瞬间：

谈天终日口澜翻，来乞清甘醒舌根。
满座松声闻金石，微澜鹤影漾瑶琨。
淡中知味谁三咽，妙处相期岂一樽。
有本自应来不竭，滥觞端可验龙门。

穿石坡的传说里，岳麓山的白鹤曾化作美丽的姑娘，与陶侃约会。这里又说它映在茶杯底下，难道岳麓山上到处都有那鹤的气质、鹤的灵魂？如此神性，天下再也找不出第二处吧？

五

不知道岳麓山上到底有多少饮茶的佳处，响鼓岭、如愿山房、山隐栖苑、五彩堂……这么多茶室，分布于山峰坡谷，隐身于密林幽处，散发着一种古意与沉静。

去年冬日，我们从岳麓山北面入山，又从峰头下步道进到一间山坡茶室。窗外不是青青茶园，而是一派冰清玉洁，一派晶亮剔透。对着半山雾凇，我们喝着麓山茶，在红泥炭火上烤着橘子、柿子，小茶社竟弥漫着异香。

遥想几千年来，茶馆一直是中国人最为特别的精神空间，就像西方人对咖啡馆的钟爱一样。王旭烽在《南方有嘉木》中有一段关于茶馆的精彩比喻：

它（茶馆）是沙龙,也是交易所；是饭店,也是鸟会；是戏园子,也是法庭；是革命场，也是闲散地；是信息交流中心，也是刚刚起步的小作家的书房；是小报记者的花边世界，也是包打听和侦探的耳目；是流氓的战场，也是情人的约会处，更是穷人的当铺……

茶馆，见证着中国人的精神生态。岳麓茶，是不是也见证了岳麓山的精神生态？

六

茶的故乡在中国。茶叶、丝绸、瓷器确实一度成为外国人心中的古代中国。近代以降，国运衰微，茶业不断凋零。然而，印度、锡兰、日本的茶业却迅速崛起。

曾几何时，中国茶业日渐失去了昔日的荣光。据统计，自20世纪80年代以来，世界茶业居主导地位的还是印度、日本与英国，中国茶业销量仅占10%。一些人甚至将印度视作茶叶的原乡，对日本的茶道更是赞叹不已。

印度是茶的故乡吗？至少迟至清代乾隆年间，马戛尔尼才从中国江南将第一株茶树苗带向加尔各答。此时的中国，已经历了唐宋两朝的盛大与繁华，茶文化早已在这片土地上枝繁叶茂。

今天，如何重估茶叶之于人类身心健康的价值？如何让传统茶业融合现代科技？如何以“神奇的东方树叶”接续源远流长的中国故事？如何让古老的中国茶业重回世界的中心？已经有越来越多的人在思考中国茶，越来越多的人在创造新的中国茶。今天的岳麓山，再度因茶叶而赢得世人的目光。

为君亲烹岳麓茶。此间固然有煮茶听雨、抚琴赏画的古典浪漫，但同时，作为现代产业，一壶麓山茶里映现着遥深历史，更映现着浩荡未来。

后山是一种生活

一

多少年来，在世人心中，岳麓山被定格为一座文化名山。提起岳麓山，人们想到的，无非是挂在千年书院大门上“惟楚有材，于斯为盛”的楹联，无非是“停车坐爱枫林晚，霜叶红于二月花”的爱晚亭……

岳麓山留给世人的，似乎只有这一个面相。多少年来，人们登临的岳麓山主要是面朝湘江的东麓，所赞美的也是前山的古木参天。

不错，书院、古寺、道观、山亭、墓庐，每一步都可能溅起轻微的时间回响；每一株古树，每一片山崖，每一条小路，似乎都带着幽深的历史印记。有时候，你甚至忘了岳麓山由亿万年前的地质运动造成，好像它天生就是“为天地立心”而来。

就像一个人有正面就一定有背影一样，一座山同样有其前后左右。然而，这么多年，谁真正想起过岳麓山的另一面，谁想起过岳麓山的后山呢?

相对于前山的厚重，后山更像大隐隐于市的隐者。它与叠翠的青山默然相对，日日注视着崛起中的长沙西城。直至 2022 年，后山才真正向游人敞开它的襟抱。

二

开车上西二环半小时，很快就到了岳麓山西门。它建在巨大的山垭前，披一身沉着而纯净的浅灰。

西门外一派敞亮。全然不像前山，永远有熙熙攘攘的车流人流。此处的山形地势、青树翠蔓和天光云影，与建筑设计所体现的古典气韵呼应得恰到好处，仿佛它本来就是空蒙山色里不可分割的一部分。

西门系传统的建筑架构，上下两层，左右排布，前有数级台基。"人"字形坡顶，巨大立柱，顺檩密布，榫卯连接，一切都传递着建筑审美的中国风。屋面以岳麓山脊、书院屋脊为元素，远看如徐徐翻动的书页。整个建筑庄严厚重，而又不失自由轻盈。

骤雨初歇。我们一行人，踏着新修的后山步道，朝着山顶拾级而上。

走进岳麓后山，仿佛突然卸去了所有的文化背负，没有叫人肃然起敬的意义提醒，就像故乡后山般亲近，天真与野趣时时可见。

不同于清风峡一带的古枫群落，不同于麓山路两侧的凌云古樟，后山树木似乎是一群年轻后辈，鲜有团团如盖的参天古木。

石阶越来越陡，山间渐渐升腾起骤雨后的闷热气息。路上除了我们笃笃的脚步和微微的喘息，整个山谷弥漫着亘古的安静。刚刚被雨水淋过的树木，像聆听历史，又像注视远方。这些绿色朋友似曾相识，却又叫不出它们的名字。

山间多油茶。我去的时候，树上正挂着油茶果。果子尚未成熟，圆圆的绿色里泛着淡淡的红。油茶果有些零星地隐在枝叶丛中，有些却累累地挂到枝头。

至少在民国时期，岳麓后山还没有什么原生树木，当时还是一座樵采、牧牛的濯濯童山，一片白云与乡炊缭绕的山坡。二十世纪六七十年代，人们才遍种油茶，以它作为经济作物。从此，油茶成为后山的景观。时至今日，此地仍叫茶场村，显然与一山油茶有关。

当年种茶树还是在中华人民共和国成立后不久，后山一定是热火朝天吧？谁还记得那样的热情呢？只有山风从油茶树轻轻吹过。

行至半山腰，突然走到一株南酸枣树下。一枝一叶，都亲切得如同故人。小时候，老屋后边的那株南酸枣树，几乎见证了我的童年。什么时候花开了，什么时候果青了，什么时候果黄了，都曾是少年最大的念想。多年后，在岳麓后山，我猛然发现石径旁的杂草间，躺着两枚表皮泛黄的南酸枣。当即拾起来，用清水洗净。轻轻咬一口，酸酸的，甜甜的，那是让人秒回童年的滋味啊！

石阶在接近山顶处向两边分出岔路。一条连接响鼓岭，稍显平缓；另一边则通向岳麓山顶的观景长廊，极其陡峭。我们选择了陡峭。站在陡岭上回望来路，曲曲折折的石道，悄然隐入如流的翠色之中。向前眺望，桃花岭像一道天然的绿色屏障，与后山默然相看。在那里，可以远远眺望梅溪湖波光，也可以纵览星罗棋布的楼宇，看绿岛似的小山峦，更有四通八达的道路延伸至西方天际的尽头……

我们坐在草木簇拥的石凳上，喝口水，喘口气。

终于站到山脊上，面朝湘江，山川形胜，人文氤氲；面朝西城，野趣盎然，绿野滴翠。远处红尘滚滚。一面大江奔流，一面千年沉默。

岳麓山何止一枚文化标签呢？它本是多元而丰厚的生命整体啊！

三

下山途中，特意拐入密林深处的羊肠小路。窄窄的路面看不到一寸水泥，只看到树根裸露在路面，或粗或细，或隐或显，像劳动者手上暴起的青筋，虬劲中透着坚忍。

松间小路上，一切都带来心灵治愈。

一朵蒲公英，正在轻轻告别斜阳；一株八角枫，仿佛于晚风里叮咛；一片藤蔓，悄悄爬上一块巨石；一个枯黑树桩，生出蓬勃的新绿；一群蚂蚁在树荫里匆匆集结；一只羽毛极为艳丽的山鸡从幽篁里扑棱而出，旋即没入苍茫暮色中；一只山猫，机警地从昏暗岩石下向你瞪大绿色的瞳孔……

忽然觉得梁朝简文帝游华林园时的那句话，极有玄意。他说："会心处不必在远，翳然林水，便自有濠、濮间想也，觉鸟兽禽鱼自来亲人。"会心于岳麓后山，便觉得一切草木都来亲人。

盐肤木，很熟悉，却一直不知它叫这个名字。在后山邂逅时，不禁俯下身去，摸摸它的卵形叶子，顿时心就柔软下来。我总觉得那植物心性纯良，不存一点浮华。

有一种草，看起来很像蒲公英。一查，偏又不是。它叫香丝草。只见它斯斯文文地开在路旁，一副自得其乐的样子。

一片蓬乱的荆棘上，结了几颗带刺的红果。别看红果带着刺，形状却极像一个小小的糖罐，吃起来沁甜沁甜。

栎树的叶子，对时间特别在意。你看，去年的绿得深，绿得浓，今年的绿得浅，绿得淡。叶子上的新与旧，分得清清楚楚。与栎树的叶子不一样，泡桐叶特别宽大。水打在上面，会传来啪啪的闷响。

后山的树木，绝大多数是原始野生的。近年来，园艺工作者才有意识地在后山新种了一些树种，如高大的金丝楠木，如木质优良的榉树，如香飘四溢的桂花，如自开自落的木芙蓉，等等。这些草木，多已入乡随俗，与后山打成了一片。

四

下山大约行至半山腰的样子，远远看到树荫下一间独立小屋，说不上古色古香，却也宁静幽雅。一扇自动玻璃门，扫码可进。

屋内陈设着两个小小的书架，一台电视，一张小圆桌，几把椅子，墙角还有一个自动售货机。游山走累了，倘若坐进屋里，听听音乐，读读书，喝喝水，自有一份文字融山水、书香共花香的惬意和美妙吧。

这个小屋,就叫“爱晚·驿”。“爱晚·驿”妙在并没有什么主人。每一个在此阅读过的人，都是它的主人，而它，也成为他们的书屋。

坐在书屋小憩之时，脑海里闪过一个画面，那是我在岳麓山西门大厅里看到的一幅油画。画的是层林尽染时节的爱晚亭，亭子边还画了一只白狐、一只兔子。最触动我的，是白狐与兔子的眼睛。它们的眼睛里没有征服，没有杀伐，没有对峙。秋色映在两只动物的眼眸里，仿佛万物都沐浴在爱的光辉里。

“爱晚·驿”所期许的，不正是文字里的爱与光辉吗?

五

后山开放以后，一种重新拥抱岳麓山的方式正在年轻人中悄然兴起。那就是岳麓山的环山徒步。朋友告诉我，目前后山的游人晚上比白天更多。

徒步后山，纯粹就是一种对大自然的亲近。徒步者相约而来，以脚步去丈量岳麓山带来的惊喜。

每一次徒步走完全程，手机所呈现的线路图，不断带给人们意想不到的惊喜。环山徒步 8 至 10 公里，有人走出了一个“心”形，有人走出了一片“枫叶”,有人走出了“中国地图”,有人走出了“恐龙”“北极熊”“马”和“兔”……

如此充满惊喜的徒步，为岳麓后山注入了一股青春的力量。

不要说长沙、株洲、湘潭，就是武汉，也不断有徒步者加入这支队伍。不让时间在抖音带货与无效的信息里化作碎片，不让自然疏离于心灵之外，在岳麓山，徒步似乎成了一种年轻人的生活方式，悄然流行。

然而，岳麓山毕竟是国家级风景名胜区，于景区徒步，存在诸多安全隐患，也可能造成对公共资源的一定损害，此举不被景区管理者所接受，徒步者减少。

岳麓后山就像山的背影，它们同在风里亿万斯年。山前与山后的距离，难道永远隔着文化的敬意与生活的忙碌吗？

岳麓之于长沙，不只是一道天然屏障，或是一处人文风景。岳麓后山不只是岳麓山的另一面，也是生活的另一面。

后湖之光

一

远远看见柳荫下的后湖，在这初夏的风中，正泛着明亮的波光。湖畔高低错落的屋舍，并不高大，也不簇新，像低头在午后绿荫里小憩。这些房子，似乎都交织着历史记忆和现代情调。一壁青藤爬至半墙，一串凌霄花开到窗边。屋前屋后的空地上，或数株老树，或一径花畦。湖风自南，湖畔洋溢着草木气息。

这两年，长沙流行一句话：东看马栏山，西看后湖园。后湖处于岳麓山大学科技城核心区，包含曾经的 3 个村落和一个社区，总面积达 2000 余亩。其中，水域面积近 600 亩。多年前，后湖曾叫岳麓渔场，是长沙市鲜鱼的生产基地。

谁也不曾想到，短短几年间，这个湘江西岸最大的城中村，发生了如此令人惊奇的凤凰涅槃。它已变成一个科技支撑、创新驱动、艺术浸润、设计赋能的国家级文化产业示范基地，变成一个文化、科技、旅游真正深度融合的城市生态样本。

如果要给出一个关键词，今日后湖最大的气象就是生长。艺术在这里生长，科技在这里生长，青春在这里生长。总投资近 4 个亿，占地 5 万多平方米的湖南省美术馆进驻后湖，来自湖南师范大学美术学院、音乐学院，湖南大学设计艺术学院，中南大学艺术学院等处的一众艺术名家在大师岛上扎堆，才华卓越而风华正茂的青年艺术家沐浴在后湖的风里。多家从事软件信息服务、云计算服务、人工智能、区块链、物联网技术研发的高科技公司入驻后湖园区，几千名科技创业者会聚后湖中建智慧谷。还有众多从市场中脱颖而出的高质量艺术培训机构也在此落地生根，蓬勃发展。

这么多机构、工作室，这么多人环湖而居，却听不到半点喧哗，整个后湖像一个氤氲着茶香和咖啡香气的艺术村庄，或像这湖水一样，清清亮亮，安安静静。

从后湖风里走过，总觉得有一种新与美的力量扑面而来。生态清新怡人，艺术各美其美，而后湖所昭示的，又并不只是生态和艺术，它是一种新业态，一种新经济，一种新生活。

二

午后的后湖，人很少。一个人自东向北，又由西而南，以逆时针方向绕着后湖走了一圈，大约花了四十分钟。

碧水，蓝天，白桥，绿树。走在亲水栈道上，似乎每一步都踩在油画或水彩的色块与线条上，又像踏着大自然的天然韵律。大师岛上那些掩映于绿荫深处的艺术馆群站在阳光里，什么话都不曾说。可那些开着的窗子，敞开的门，似乎又始终睁着一双双深情的眼睛。

东面的亲水栈道直通北岸。夏风拂着年轻的芦苇，丛丛苇叶摇曳着新绿，它们在风里发出清脆的声响。从栈道上，远远能看到湖心岛上醒目的白桥，它浮在水波之上。桥洞是一个独拱，投在湖水里的倒影也是一个半圆。远远望去，桥和它水里的倒影正好构成一轮满月。

⊙ 俯瞰后湖

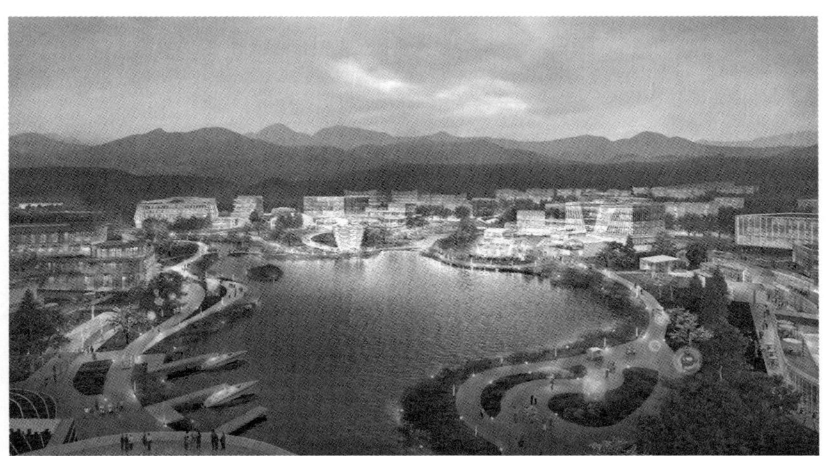

⊙ 后湖夜景

此桥造型古典玲珑，而又透着现代气息。其建筑材料并不是传统的石头，而是一根根条状的乳白色高科技材料，看上去素洁而轻盈。若只是听到桥的名字，你甚至以为它来自大唐，因为它叫云裳桥，就是“云想衣裳花想容”的“云裳”。

从栈道绕到桥拱上，朝南看是一片浓郁的夏木葳蕤，向北望则是一线短短的汀岸。汀岸边垂柳依依,水杉高而且直。三五只木舟，泊在绿荫里。

鳞次栉比的橘红建筑踞守湖之北岸，那是大学生公寓。晨昏午旦间，无数姑娘、小伙子推开窗的时候，就能看见这一帧帧湖光山色。他们凝望后湖的时候，后湖也在凝望着他们吧？或许，远远地也会看到云裳桥那红色或白色的裙裾吧？那样的时候，正如卞之琳《断章》所写：“你站在桥上看风景 / 看风景人在楼上看你 / 明月装饰了你的窗子 / 你装饰了别人的梦。”

后湖有 600 亩水域。然而，只有南北相望的时候，你才会感受到它烟波浩渺的气势。不知春天的时候,后湖是不是有那种迷蒙感？此刻，满湖绿树浓荫，楼台倒影，似乎都因为那波上的光亮，将各自的心情镀亮。

由北而西，亦是长而宽的亲水步道。相对于东岸，这一线多了幽雅的气质。逆着阳光的方向朝前走，耳朵里不时传来一句一句蛙鸣。那蛙鸣不同于月下的鼓噪，它不嘈杂，不急促，似乎还有几分独守后湖的逸致闲情。我清晰地听到蛙声，却并不知道，那声音究竟来自柳荫、苇丛，还是栈道下、石隙里？它们永远都保持一种漫不经心的节奏：呱——呱——呱——

西岸大约走到一半，看到一大片茵茵绿草。几顶露营的帐篷随意支在湖边。稍远一点的树荫之下，面湖坐着一对情侣。他们偎在

⊙ 后湖日落

⊙ 后湖的山光水色

一起细语，湖水的蓝色映着天空和他们的背影。几个年轻学子在帐篷投下的阴影里席地而坐，他们弹着吉他，唱着歌，手里捧一杯奶茶。

在后湖，更好唱歌的地方并不在草地。夏夜星光之下的湖畔音乐会刚推出一期，就带来了岳麓山大学城的青春轰动。那样的户外音乐会，确实是场馆音乐会难以媲美的。你想啊，星月很好的晚上，头上素月分辉，星河共影，水上流光溢彩，旋律低回。幕天席地之间，是不是一场青春狂欢的盛大夜宴？湖畔音乐会的舞台就是湖上，它处于后湖西岸。白日里看它，仿佛绿意参差的水湾。岸边的芦苇很深，风吹草低的时候，那个美丽的月牙儿灯饰会呈现在你眼前。

南端还有一段步道。从那儿经过的时候，仰头看到梨树、桃树都挂着圆圆的青果，而杨梅树上的杨梅也透着浅红的欢喜。所有的花树此刻都在岸边迎风张望，这里有比北岸更幽深、更浓郁的黛色山影。那是岳麓山的影子。

经过南面栈桥时，湖风特别大，衣裾被它吹得啪啪作响。从栈桥环看整个后湖，人仿佛置身于巨大的玉鉴琼田。那时候，你也许才觉得，与其说后湖是长沙的会客厅，莫如说它是一只闪着灵光的蓝色眼睛——那么宁静，那么从容的眼睛。

三

后湖是自然诗画，更是光阴故事。它映现着天光，亦映现着历史。

若只论湖光山色，后湖这样的水域并不鲜见；若只论艺术园区，后湖也很难说独一无二。当自然与艺术完美结合，后湖却成了一束照亮历史的蝶变之光。

后湖一带，地层中蕴含着可追溯至西汉的记忆。《湘城访古录》云："湘水左径麓山东，上有故城。故城无名，盖吴湘西城也。"三国时期，这里属于长沙的湘西县。在漫长的农耕时代，后湖是岳麓山下的小小村落。竹篱茅舍，炊烟袅袅，一条水渠从村里潺潺穿过。新中国成立之时，后湖的格局悉如旧时。后湖水渠的水，来自岳麓山和桃花岭，它们都从这里流向湘江。

1958 年，后湖迎来了第一次蜕变。当时，村民们将那条排水渠淘深，拓宽，延长，逐渐建成一片渔场，一条水渠终于变成了一片碧水。这是从岳麓山至湘江的最后一个湖泊，人们将它称为后湖。在村民眼里，后湖的价值主要是渔业经济。当时，后湖是长沙城市的鲜鱼供应基地，是有名的渔场。后湖所聚居的都是养鱼的村民，这里的空气也飘着浓浓的鱼腥味。

如今上了年纪的后湖村民，或许还记得当年这片水域边上常常能见到一个年轻人的身影。那时他还刚从中国科学院生物所毕业不久，一直潜心在这里研究鱼类品种的改良与优化。直至多年之后，渔民们才回想起他在后湖的身影。此时，那个曾经孜孜不倦地奔走在鱼塘间的年轻人，已成为中国工程院院士，他就是湖南师范大学已故教授、博士生导师刘筠先生。他所研究和培育的新型鱼苗，被人们亲切地称为"工程鲫"。刘院士所培养的这种鲫鱼，其体型、体重及产量，一般土生鲫鱼无法望其项背。

20 世纪 90 年代中后期，社会主义的市场经济如东方风来，整个中国社会到处春潮奔涌，拥有数千年农耕历史的社会借着市场的力量向着城市社会一步步转型。这时候，后湖也迎来了它的第二次巨变。

市场经济建立起来之后，后湖一带的区位商业价值立马凸显。

它不仅背倚岳麓山，面朝湘江，而且与中南大学、湖南大学、湖南师范大学毗邻而居。作为城中村，它兼有城市公交便捷与乡村房租低廉的优势。于是，当高校艺考培训行业如雨后春笋般崛起时，昔日的渔场摇身一变成了河西最大的艺考培训基地。据说，高峰时，这里所存在的艺培机构多达 200 多家。这意味着，在后湖拥有房屋的村民，从此无须辛辛苦苦养鱼，凭房屋租赁足可以获利。

然而，令人们始料未及的是，随着艺考培训机构的蜂拥而入，这个城中村的人口数量陡增，结构也变得极其复杂。在“一切向钱看”的蛊惑下，后湖生态、环保、社会治理等种种问题接踵而来。电线私拉乱接，违建屡禁不止，垃圾堆积如山，废水污物不断排入后湖。后湖水变黑了，变臭了，旧时的“群莺乱飞”终于成了“群蝇乱飞”，后湖水被测定为地表水劣质五类水。

这是后湖历史上的至暗时刻。湖光暗了，山色暗了，田园也不再是自然诗画，空气里弥漫着急功近利的团团欲望。后湖成了一片令路人掩鼻的污水塘。每一个有责任、有担当的人站在湖边，都在心里画出了一个巨大的问号：难道这就是从“一片渔场”到“一片市场”所付出的代价吗？

后湖脱胎换骨似的蝶变始于 2015 年。从这一年开始，政府斥巨资 30 亿元，全面启动后湖的综合治理，其中包括环湖修路、截污清淤、拆除违建、生态治理与产业发展等五大工程。特别是后湖从靳江河引入了源头活水，先以一种河湖相连的思路彻底修复后湖的水生态，再以园林建设的美学标准全面美化后湖的驳岸景观。

短短几年时间，后湖先后关停了 600 多家门店，拆除违章建筑 3000 多栋，清除淤泥 60 余万立方米，新建后湖路、麻园路、湖大路等 7 条主干路，环湖修建滨水栈道，并改造了 4 个湖心岛。改造之后，整个后湖包括现代滨水休闲区、水上活动区、湖湘艺苑区、渔场体验区、村民安置区和综合服务区。今日后湖不仅具有河湖相连的泵站及 1400 米内部循环管道，而且人们在后湖重新放养浮藻等水生植物 3.5 万平方米，所有的鱼类、虾类、螺贝迎来了清澈的家园。后湖沿岸更是遍种银杏、垂柳、桂花、桃树、梨树、杨梅、芙蓉、玉兰等各类乔木 7100 多株。

午后的后湖像一面镜子，折射着社会与生态的变迁。谁说后湖只是一只艺术的眼睛呢，它分明还映着历史和时代的画卷啊！

四

对一片土地来说，建筑恰如其独有的记忆。

今天你走在后湖，走在这个国家级艺术园区，这里并没有你想象或期待中气势恢宏的楼台馆舍，相反，映入眼帘的是那些经过精心修缮、保留原貌的老房子。它们散落其中，散发着田园的温馨与亲切，让人备感舒心。

很多艺术家的工作室由原来的农舍改造而成。从事绘画与设计的艺术家的审美到底不一样，往往略加改造，房子就变得充满情趣。一栋普通的砖瓦房，一栋寻常的水泥房子，在空间艺术设计师眼里都可能是一件艺术品。他们以一壁幕墙，一角空间，一块色彩，一些线条，让它们重新焕发出一种美的格调，而一些新建筑，都与环境保持着共生与对话的关系。

至 2021 年，后湖的 90 亩大师岛有大小工作室 62 间，签约艺术家 82 名。如湖南省美术家协会主席朱训德先生，工业设计艺术家何人可先生，建筑设计大师魏春雨先生，书画艺术家何满宗先生，以及莫高翔、陈和西、曲湘建、童柯敏、陈飞虎、坎勒、旷小津、段江华、丁超、卢雨、党朝阳、肖小裘、王飞涯、杨贵等一大批艺术家。所有带有记忆的建筑，全都成为立体的诗意与艺术造型。

而在中建智慧谷，一束科技之光将湖边照亮。据说，在那栋大型写字楼里，集聚了数以千计的数字科技、动漫产业人才，后湖的风每天都吹动着他们的梦想和青春。

在后湖，每一片空间似乎都在诗意地流动，而每一片落地窗前都是充满无限可能的云卷云舒。

艺术中的人和艺术中的湖，永远相得益彰。

心归岳麓

一

岳麓山立于湘江西畔，已亿万斯年。整个城市的西边天际踊跃着它青色的山脊，而湘江像一条闪光的飘带，日夜飘在它的襟前。

江北去，山南来；江宛转，山连绵。在我心里，岳麓之于长沙，如同一场亘古的晤对。一城繁华对着一山幽静，现代红尘对着古典山林。

不管你是不是见到岳麓山影，也不管你是否身在山中，岳麓山在那里，仿佛整个长沙城就安定了，心安顿于斯，气蕴积于此。从此，城市浮华的日子忽而就有了一份笃定，一份从容，一份沉着。

你见，或不见，岳麓山都像一朵绿色流云，停在你的念想里。

有时候忽发奇想，假如有那么一天，岳麓山像太行、王屋那样被某位神仙搬走了，你想啊，失去岳麓山的长沙，将陷入怎样的平庸、肤浅和空空荡荡呢？是的，这座城里再雄伟的建筑消失了，长沙依然是长沙。然而，长沙不能没有岳麓山。它是长沙的依靠。正如老舍写济南的山一样，山在注视一个城市的目光里，有着父爱似的深情。

相看两不厌，唯有岳麓山。

这么多年，我曾混在观光队伍里游历过许多名山。在泰山极顶，我走过云雾缭绕的天街；在南岳衡山的祝融峰上，我拥被守候过太阳的喷薄；在阿里山，我仰望过一株株千年神木……

然而，在这些山面前，我从来都是一个匆匆过客。唯独岳麓山不一样。

我熟悉每一条山路，就像熟悉手上的掌纹。我对岳麓山这个名字的记忆，可以追溯到孩提时代。那时，乡民所吸的一种香烟，牌子就叫岳麓山。在那印制粗糙的烟盒上，我第一次见到了黑白模糊的爱晚亭。

那么多年，一直未曾登临过岳麓。大学毕业那年，我被分配至长沙一中，隔着一碧湘江，我第一次默默凝望着麓山青黛的山影。当时已夕阳西下，我从清水塘骑一辆凤凰牌单车，转眼之间就到了湘江桥头。我站在斜阳里望岳麓山，天空那么干净，像是一种安慰。我恍惚听见绿野深处有那无声召唤。身后大楼林立，而大师却在岳麓山的绿树红墙里。我向往那座山。几年后，岳麓山以其厚重与灵秀，深深地将我这位游子，拥入它的襟抱。

木兰路上的木兰开了又谢，谢了又开。在岳麓山下的湖南师大校园，我从容念完了硕士，又慢慢攻读了博士。

三年前，我重新回到文学院。第一次站在讲台上的时候，窗外正好淅淅沥沥地下着秋雨。岳麓山在雨里，像长者一样注视我，静静地聆听着。

心归麓山，此生所安。

二

这么多年，不知到底爬过多少次岳麓山。在映山红开的春光里上山，又在红叶似火的秋色里下山；在浓荫匝地的夏日拾级，又在白雪压枝的冰天里独行。我听过山风袭来的风雨，也踩过斑驳细碎的月色，更妙的是，很多次我立在岳麓山顶，遥看远处的满天星光与长沙城的万家灯火相映生辉……那么浩瀚，那么璀璨。

最喜欢岳麓山路的幽静与丰富。有时候，遇见一块石头，或邂逅一株古木，都可能引起感发。石头纹理，古木年轮，它们都是这座山远去的岁月啊！其实，岳麓山的语言，远比我们更古老，也更深刻。每次走在山路上，走在寂静的林间，都会被一些细微的生命疗愈或开示。

有一回，我看到一根青藤，它正沿着古树向上攀升。新雨后的藤蔓细叶，每一片都青绿发亮。但我知道，无论它们多么可爱，也没有人真正喜欢一根藤蔓。因为，人们不喜欢攀附，而攀附是青藤的宿命。宿命，意味着无法改变的结局。难道我们寄望于某一根藤蔓也长成你心中的树？然而，万物皆得造化，生命各有本来。草木有本心，何须人教化？放下固有的观念，你才会重新去打量自然：那古木其实像一位沧桑的爷爷，而那根小青藤就生长在他慈爱的目光里。是啊，再苍老的历史，也可以看得见爱，看见纯净的人性。

岳麓山原本安静。到了秋天，山里的安静更添了些许明亮和暖意。那时候，一些树木从幽深的沟壑里撑起来。若从山腰俯瞰，它们如同一幅幅苍劲的素描。清风徐来，漫山树木摇晃着婆娑的光影。那秋天的调子，应和着太阳的煦暖与空气的微凉。这时候，你寻一条幽僻的小径走去，满地都看得见灰枯的落叶，而厚厚的褐色松针已将树底铺得软软的。那么，且撩起你黑色的风衣，随意坐到松针与落叶之上吧。这时候，什么话也不用说，你静静地看着对面的湘江好了，此刻，它正在秋阳里泛着波光，而远处，是一只云中的江鸟。

清晨的岳麓山更是鸟的天堂。多年前，我到岳麓山下参加一个活动。那天去得太早，活动还未开始，只好到近旁的山路走走。走进山里的晨光，便走进一个众鸟和鸣的世界。树林与树林之间，山坡与山坡之间，屋顶与屋顶之间，远近高低到处回荡着鸟儿的问候与应答。不知它们是在说话，还是在唱歌？

一种鸟的声音就是一种性格、一种情调，抑或一个故事。在爱晚亭前的小树林里，我看到枝丫间跳荡的几只小鸟，声音和身子一样秀美。小鸟的话语不多，温文尔雅，锦心绣口。这与另一种大喊大叫的鸟形成鲜明对照。大声的鸟叫回荡在山坡上，显得粗重而急促。真的辨不出，那洪亮的声音到底是来自密林，还是来自远处屋顶？只知道它们高谈阔论，旁若无人。相对于林间落叶和流泉的浅语低吟，那鸟语确乎有些粗鲁。转念一想，那么好的晨光，怎么表达它内心的欢愉呢？每一种鸟都有自己发声的方式。哪怕赶走一种，整个山林就失去了百鸟和鸣。

岳麓山上的众生，值得用每一只审美的耳朵去谛听。

三

一座岳麓山，半部近代史。这是一部壮怀激烈的流血史、战争史，也是一部日月昭昭的报国史、丹心史。

1917 年，国葬蔡锷、黄兴的典礼在岳麓山举行。这些伟大的灵魂，最终在这里化作了闪烁星斗。愿这些英灵聚在此间，从此不再寂寞。在岳麓，辛亥革命武昌起义军总司令、前线总指挥蒋翊武葬于此，辛亥革命志士焦达峰葬于此，辛亥革命中任湖南起义副都督的陈作新葬于此，民国奠基者禹之谟葬于此，参与领导萍浏醴起义的刘道一葬于此，以《猛回头》《警世钟》传世的民主革命家陈天华亦葬于此……一百多年过去，英烈们就这样长眠于麓山明月之中。

岳麓山的历史，以生命和碑文写就，更以野花和思念写就。

上世纪三四十年代，抗日战事正酣。岳麓山成为三次长沙大会战的天然屏障。其时，薛岳将军曾将指挥所设于岳麓山上。长沙守军以山头重炮给侵华日军以重创。然而，交战是惨烈的。岳麓山最终失守，长沙不幸沦陷。无数浴血奋战的年轻将士们，终于血染大地，将生命融入了这片泥土。

我不知岳麓山到底埋了多少忠骨，也不知道这山上到底有多少坟茔。我想提醒的是，那些墓碑上有着太多太多戛然而止的青春。黄兴的生命止于 43 岁，蔡锷的生命止于 34 岁，蒋翊武的生命止于 29 岁，焦达峰的生命止于 25 岁，陈天华的生命止于 30 岁……

岳麓山的英雄祭，何尝不是岳麓山的青春祭？

学正朱张，一代文风光大麓；勋高黄蔡，千秋浩气壮名山。

壮哉！岳麓山。

一座岳麓山，也是一部传道济民、探求真理、实事求是的思想史。

远在宋代，张栻在《岳麓书院记》中明确提出：“盖欲成就人才，以传道而济斯民也。”经世致用，才是岳麓山的士子风骨。至清代，康熙、乾隆两朝皇帝分别御赐匾额以嘉勉，一曰“学达性天”，一曰“道南正脉”。千百年来，一批又一批改变中国历史的湖湘俊杰都从书院走向了世界，也走进了历史和未来。他们以卓越的思想与功业，彰显出湖南人经世致用、实事求是的精神气象。王船山如此，魏源如此，曾国藩如此，郭嵩焘如此……

至近代，1917 年，宾步程手书“实事求是”四字，制匾悬挂于岳麓书院讲堂。20 世纪初，青年毛泽东曾寄居于岳麓书院半学斋，从他的寓所推开窗子，就能看到堂前的匾额。遥想当年，毛泽东经常与蔡和森等新民学会的同学少年一起，在爱晚亭边，在山间石径上，探求宇宙的大本大源，寻求救国救民之路。为了体会“纳于大麓，烈风雷雨弗迷”的大境界，他甚至还在雷电交加的夜晚独自从岳麓山巅跑下来，借以磨砺勇气和意志……

四

仁者乐山，知者乐水。心存仁念，则如山踞千年。水流不滞，日知而智。如是，麓山深厚，乃仁者之象征；湘水灵动，系智者之精神。这里又岂止山水相依、仁知互见？岳麓山站在那里，仿佛就是一个儒、道、释并存的文化标识。

山脚，岳麓书院以传道济民为己任，它所崇尚的是入世的儒家思想；山腰，梵音飘飘，钟磬悠扬，那里有佛陀的清音；山顶，云麓宫所弘扬的却又是出世飘逸的道家思想。

然而，在儒道释的兼容中，最能代表岳麓山底蕴、精气与格局者，当数山下的岳麓书院。此书院始建于北宋之初。一千多年来，这里人才辈出，弦歌未绝。那挂着“惟楚有材，于斯为盛”的书院大门，早就成了湖湘文化的地标，辉映着三湘四水的精神门楣。

“千百年楚材导源于此，近世纪湘学与日争光。”诚哉斯言。但我对书院讲堂两侧的长联更念念不忘。

是非审之于己，毁誉听之于人，得失安之于数，陟岳麓峰头，朗月清风，太极悠然可会；

君亲恩何以酬，民物命何以立，圣贤道何以传，登赫曦台上，衡云湘水，斯文定有攸归。

见天地，见自我，见众生。天人相应，儒道共济。岳麓山因为这一份守望，吾心与宇宙一起，进入生命的澄明之境。

我曾在书院青石上缓缓踱步。有时，竟幽幽地想：每天游人散去的时候，墙上那些碑文、诗句中的文字，会不会在月色如水的无人深夜，从时间那边泅渡过来，在这一带山水间发出清雅的回响？

跋

天上长沙星，地上长沙城。长沙又称作星城，这是不是一种天意垂怜？这座城市西边的天际线一派青葱，穿过车水马龙，迎候的却是碧水云天。这不是莫大的自然恩赐吗？千万年来，这里是山水洲城。因为山水，城市拥有如此巨大的绿肺，这何止是幸运呢？分明是深深的福缘啊！

我们都是岳麓山、湘江水的孩子，就像我们都是时间的孩子一样。

作为《致敬岳麓山三部曲》的作者之一，自去年春天起，书写岳麓山的草木生态变成了我的日常。岳麓山和湘江水从来没有像这样终日萦绕心间。

桃花开过，紫云英铺向天际，油菜花也盛开在山腰，我却几乎都被文字局限在书房的桌前。水光潋滟，山色空蒙，每个日子待我如亲人，我却不能不行走在自己的时间里。我在一屏文字间徘徊不定，唯有那键盘声记录着思维的行止。

就这样与岳麓山水同行，从春华到秋实。夜深人静的时刻，肩背酸痛地躺下，身体疲惫至极，那被山水缠绕的心还久久地醒在夜色里。

很长一段时间，压力山大的“山”，就是岳麓山的“山”。岳麓山如此厚重，如此丰富，如此博大，我的文字却乱如飘蓬，微如草芥，它担不起为一山草木立传的重任。无论如何书写，都只能表达我对岳麓山的谦卑与敬意。

想起禅宗公案里的一个话头：看山是山，看水是水；看山不是山，看水不是水；看山还是山，看水还是水。许是与山水纠缠日久吧，对这三重境界似乎有了一点开悟。

看山是山，看水是水，这是存在意义上的山水。看山不是山，看水不是水，这是审美意义上的山水。看山还是山，看水还是水，这是文化意义上的山水。现代文明定义下的生态，是不是可以理解为自然、审美与文化的和谐统一？

千百年来，岳麓山就被认为是儒道释共存的文化空间。儒为表，道为骨，佛为心。从山脚到山头，岳麓山之大，彰显的不只是湖湘精神的盛大，更是中华传统文化的盛大：海纳百川，兼容并包，儒道互济，身心兼修，家国一体……

今天，你在岳麓山间流连忘返之时，目光所至之处，或许就是陶侃、智璿、杜甫、刘长卿、朱熹、张栻、王阳明、罗典、曾国藩、郭嵩焘、蔡锷、毛泽东、蔡和森等人凝望过的古树，你在石径上的步履可能就叠印着无数历史的足迹。

这就是我们与岳麓山奇妙的精神连接吧。“泉在山清，万里朝宗终到海；松经岁古，百年培养自凌云。”万泉入海，百年树人。岳麓山属于历史与荣光，更属于青春和创造。

今天，岳麓山下的大学城已会聚了数以万计的青年，因为他们，麓山湘水间才看得见千帆竞渡的生命浩荡。

岳麓山的生态世界是写不完的。绿树红墙，弦歌不绝。我的文字仅仅抛砖引玉。期待未来的笔，期待亲爱的你。

最后，感谢长沙市岳麓山风景名胜区管理局领导的信赖和支持，感谢每一位对本书创作给予过指导的专家、学者。书中若有疏漏、错讹，敬请读者批评、指正。

图书在版编目(CIP)数据

万年青翠/黄耀红著. --长沙：岳麓书社，2025. 5. --ISBN 978-7-5538-2288-4

Ⅰ. I267

中国国家版本馆 CIP 数据核字第 2025W530P3 号

WANNIAN QINGCUI

万年青翠

著　　者：黄耀红

主　　编：杨淑岚

执行主编：黄友爱

出 版 人：崔　灿

出版统筹：马美著

策划编辑：李业鹏

责任编辑：潘素雅　薛文骏

责任校对：舒　舍

书籍设计：周　晨

岳麓书社出版发行

地址：湖南省长沙市爱民路 47 号

直销电话：0731-88804152　0731-88885616

邮编：410006

版次：2025 年 5 月第 1 版

印次：2025 年 5 月第 1 次印刷

开本：880mm×1230mm　1/32

印张：11.25

字数：271 千字

书号：ISBN 978-7-5538-2288-4

定价：96.00 元

承印：湖南天闻新华印务有限公司

如有印装质量问题，请与本社印务部联系

电话：0731-88884129